CW01511813

ATTIRANCE BRUTALE

Ce livre est une œuvre de fiction. Bien qu'il puisse être fait référence à des événements historiques réels ou à des lieux existants, les noms, les personnages, les lieux et les incidents sont soit le produit de l'imagination de l'auteur, soit utilisés de manière fictive, et toute ressemblance avec des personnes réelles, vivantes ou décédées, ou avec des établissements commerciaux, est entièrement fortuite.

Ce livre, dans son intégralité et en partie, est la propriété exclusive de

The Twins: Talon p.s. & Tarian p.s.

Copyright © Mai 2013 by Talon P.S. Livre Électronique
Copyright © Février 2014 by Talon P.S. Livre Imprimé
Copyright © Juillet 2024 by Talon P.S. Édition Française
- Titre original : Rough Attraction

2024 PUBLIÉ PAR TPS PUBLISHING ~ DEUXIÈME ÉDITION FRANÇAISE
Ingram Sparks ~ Livre imprimé - ISBN-13: 979-8-3303-1471-3(Talon ps)
Aucune partie de ce livre ne peut être reproduite, scannée, téléchargée ou distribuée via Internet ou tout autre moyen, électronique ou imprimé, sans l'autorisation de TPS Publishing ou des Twins : Talon P.S. et/ou Tarian P.S. Avertissement : La reproduction ou la distribution non autorisée de cette œuvre protégée par le droit d'auteur est illégale. La violation criminelle des droits d'auteur, y compris la violation sans gain monétaire, fait l'objet d'une enquête du FBI et est passible d'une peine pouvant aller jusqu'à 5 ans de prison fédérale et d'une amende de 250 000 $. (http://www.fbi.gov/ipr/). Veuillez n'acheter que les éditions électroniques ou imprimées autorisées et ne pas participer ou encourager le piratage électronique de matériel protégé par le droit d'auteur. Votre soutien aux droits et aux moyens de subsistance de l'auteur est apprécié.

PAS D'IA NI DE ROBOT. Nous ne consentons pas à ce qu'une intelligence artificielle (IA), une IA générative, un grand modèle de langage, un apprentissage automatique, un chatbot ou toute autre analyse automatisée, un processus génératif ou un programme de réplication reproduise, imite, remixe, résume ou réplique de quelque manière que ce soit toute partie de cette œuvre créative, par quelque moyen que ce soit : imprimé, graphique, sculpture, multimédia, audio ou tout autre support. Nous soutenons le droit des êtres humains à contrôler leurs œuvres artistiques.

Traduit de l'anglais par TPS Publishing
Relecture de l'anglais par Alison Greene and Tarian P.S.
Formatage des livres et des pages: TPS Publishing
Conception graphique: TPS Publishing

Ce livre contient des scènes sexuellement explicites de domination et de soumission. Il contient une relation MM dans l'intrigue principale, et un langage adulte, qui peut être déclencheur pour certains lecteurs. Il s'agit d'une œuvre de fiction destinée à la vente et au divertissement pour adultes UNIQUEMENT, conformément aux lois du pays dans lequel vous avez effectué votre achat. Veuillez conserver vos fichiers avec soin, dans un endroit inaccessible aux mineurs.

Cependant, à la lumière des récentes censures qui ne sont rien d'autre que des simulacres de brûlages de livres, il est devenu prudent de clarifier le niveau d'avertissement concernant le contenu de ce titre. Dans les définitions les plus récentes de ce qui est considéré comme un contenu offensif inacceptable, il est devenu prudent de clarifier le niveau d'avertissement concernant le contenu de ce titre. Ce livre ne contient PAS de viol, de post-viol ou de viol suggestif. Il ne contient PAS d'inceste, de bestialité, de jeux avec des mineurs ou de scènes sexuelles avec des personnes n'ayant pas atteint l'âge légal.

Langage / Contenu sexuel explicite

"Le corps humain n'est pas un instrument à utiliser, mais un domaine de l'être qui doit être expérimenté, exploré, enrichi et, par conséquent, aimé profondément."

~ *(Délibérément mal cité) Thomas Hanna*

ATTIRANCE BRUTALE

LA SÉRIE DES FRÈRES DU DOMINION : TOMES 4

TALON P.S.

~ BEST-SELLER DE LA ROMANCE ÉROTIQUE BDSM ~

~ BESTSELLER SÉRIE ÉROTIQUE~

LA SERIE DES FRERES DU DOMINION
TALON P.S. & TARIAN P.S.

Cinq frères d'armes partagent un désir pour le contrôle et le bondage ; ils vivent maintenant ouvertement le style de vie BDSM et ils sont de véritables Maîtres qui peuvent procurer de la satisfaction dans un monde de tabous.

Beaucoup de gens aiment leur excentricité, mais lorsque les frères du Dominion arrivent à New York, ce mode de vie prend une nouvelle dimension avec non seulement une augmentation dans la stimulation, mais les membres de cette communauté obtiennent également un protecteur. Maintenant, les Frères ne reculeront devant rien afin de protéger leurs amis, leurs proches, et ceux qui se tournent vers eux pour une liberté sexuelle.

DEVENIR SON ESCLAVE (parties 1 & 2)

DOMINER l'HÉRITIÈRE

UN HAVRE POUR CLIFF

ATTIRANCE BRUTALE

PRENDRE LE CONTRÔLE DE TROFIM

Succombez au désir avec les Frères du Dominion et immergez-vous dans un monde de Dominance et de Plaisir, mais soyez prêt...

"Je suis sur le point de vous exciter"

~ Talon ps

ATTIRANCE BRUTALE

LA SÉRIE DES FRÈRES DU DOMINION: LIVRE 4

Comme le soufre et le caramel. Lorsque deux hommes se rencontrent et ressentent une attirance brutale qui s'enflamme aussi vite que du protoxyde d'azote dans leurs veines, il est difficile de trouver le régulateur de vitesse et de croire qu'ils peuvent faire durer cela sur le long terme.

La vie et les relations ne sont pas toujours nettes et propres ni ne viennent dans de petits paquets parfaits. Maxum St.

Laurents le sait très bien. Après une relation de quatre ans qui fait tout sauf lui apporter le plaisir et l'épanouissement, il lutte encore pour les trouver. Le fait que l'homme qui satisfait chacun des besoins et des désirs qu'il pourrait avoir est celui avec lequel il a une liaison ne simplifie pas les choses. Car pour Maxum, les liaisons ne se concluent pas par des relations à long terme.

Darko Laszkovi n'avait pas pu résister lorsqu'il avait aperçu le bel homme qui râlait devant un pneu crevé sur le bord de la route. Par ailleurs, il n'aurait pas pu être plus heureux lorsque la récompense pour l'avoir aidé s'était soldée par un amant insatiable qu'il espérait garder sur le long terme. Mais, malgré l'attirance brutale qui les unit l'un à l'autre comme de puissants aimants, lorsque Maxum lutte pour abandonner une relation qui ne fonctionne pas pour lui, la patience de Darko et la compréhension que nous ne sommes pas toujours là où nous voulons être sont testées au maximum

MM-Romance / Romance milliardaire / Mauvais garçon avec un cœur de Besotted / Romance érotique / Quand tu es l'affaire / Brut / Collection de voitures sexy / Liens familiaux / Rangée d'hommes sexy / Smouldering & Scolding Burn Right Out the Gate / Chaleur extrême / Langage explicite

DÉDICACE

Pour Talon

&

Pour notre Bug et Bobcat.

Un remerciement spécial pour :
Alison Greene et Nick Hasse
Pour avoir corrigé notre dyslexie.
Et pour tous nos fantastiques bêta-lecteurs
Alyn Love, Ethan LJubankovic, Tina Moran,
Michelle Regan Friedoff & Kristina Kirkpatrick Semiche.

MARQUES DÉPOSÉES

L'auteur reconnaît le statut de marque déposée et les propriétaires de marques déposées suivantes mentionnées dans cette œuvre de fiction :

Véhicules :
Bugatti Roadster
Bugatti Veyron L'or Blanc
Pagani Zonda F Roadster
Auburn boat-tail Roadster
Ford Tungsten F -350 Roadster
Fisker Luxury Sedan
McLaren MP4-12C F1
Devon GTX
Austin Healy
Jaguar XKE sportscar

Alcools :
Bodegas Dios Baco Imperial Amontillado Jerez
Daniel Bouju Cognac
Remi Martin Cognac
Butchertown Black Ale
Imperial Iba Black Ale
Föroya Bjor Black Sheep Black Ale
Point 2012 Black Ale

Divers :
Le Bernardin – Restaurant
Gramercy Tavern Steak House – Restaurant
Piste d'Essais Ehra-Lessien de Volkswagen – Allemagne
Dream of you – chanson de Schiller

Harold et Maude - film de Hal Ashby
La cage aux folles – film de Mike Nichols
Tour Beekman/Gehry, NY
Tour Woolworth, NY

TABLE DES MATIÈRES

CHAPITRE UN

Darko roulait sur la nationale, restant sur la voie de droite. C'était l'heure de la circulation matinale, et il n'était pas pressé de se mettre avec sa chopper dans La Course à la mort de l'an 2000 contre la crème de New York. Ce qui était habituellement son impression quand il essayait d'esquiver les bien trop nombreux conducteurs de la ligne de gauche qui *devaient y arriver en premier* en faisant la navette habituelle du matin pour se rendre dans New York. *Qu'ils la prennent donc.* Quant à lui, il arriverait au travail quand il y arriverait et c'était tout ce que représentait la conduite du matin pour lui.

Ce matin-là n'était pas différent d'un autre. Il ne le fut que lorsqu'il aperçut l'homme spectaculaire se tenant sur le côté de la route, jurant contre un nouveau modèle de Mercedes, sur la bande d'arrêt d'urgence. Même l'expression querelleuse sur son visage, lorsque Darko le dépassa, lui fit se lécher les lèvres et son sexe le démangea pour sortir et toucher cette personne. *Bah ! dis donc.* Les deux le convainquirent instantanément que cet homme valait bien sa bonne action de la journée. Darko s'arrêta donc rapidement sur la bande d'arrêt d'urgence, fit demi-tour avec sa moto et roula jusqu'au tournant où se trouvaient la voiture et son béguin en détresse.

Il arrêta sa moto devant la Mercedes, balança une jambe par-dessus et alla tranquillement vers le côté de la voiture d'une démarche qui parlait davantage de séduction présomptueuse que de savoir-faire mécanique. Retirant un gant d'une main, Darko laissa ses doigts effleurer la peinture brillante, comme pour caresser ses courbes. La voiture était si neuve qu'il pouvait le sentir, même sur le passage d'un trafic intense et sa puanteur âcre de gaz d'échappement.

Il baissa les yeux vers la roue arrière – plate comme le torse d'un minet, cependant, l'*homme* était tout sauf ça. Grand, dépassant peut-être le mètre quatre-vingts, cela le mettrait à sa hauteur – des cheveux châtain doré, des mèches blondes, avec une touche d'ondulation. Ils avaient probablement commencé la matinée bien peignés, mais étaient maintenant ébouriffés sous son exaspération. La touche de bronzage sur son visage et ses mains le révélait comme étant un homme d'extérieur lors d'une météo favorable, et les muscles définis se cachant sous le costume gris clair à l'apparence onéreuse ainsi que la chemise blanche impeccable disaient qu'il était actif et en bonne forme. Bien sûr, en ce qui concernait l'évaluation de Darko, cela ne faisait pas du tout de mal non plus qu'il possède un joli derrière dans son pantalon sur mesure. Il retint l'envie de s'humecter les lèvres, mais le spectacle pour le plaisir des yeux que cet homme dégageait valait déjà la peine de s'être arrêté.

— On dirait que vous êtes à plat ?

Darko énonça l'évidence avec un sourire malicieux.

L'homme se retourna.

— C'est évident, non ?

Pas du tout amusé, ni ne comprenant pas très vite qu'il était sur le point d'être sauvé.

Oh et il a du feu en prime, pensa Darko et maintenant son sexe faisait plus que le démanger.

— Avez-vous besoin d'aide ?

Le ton de Darko était sincère en cet instant.

— Je sais changer mon propre pneu, si je pouvais juste trouver la putain de boîte à outils pour le faire.

L'homme mécontent tourna les talons, lançant ses mains vers le ciel avec un geste éloquent vers la voiture, plus frustré envers lui-même qu'autre chose. Il posa les mains sur ses hanches, et se retourna vers la proposition d'assistance.

— Ça ne fait qu'une demi-journée que j'ai cette voiture, elle a déjà un pneu crevé, et je ne trouve rien.

Tout ce feu, en un clin d'œil, contenu par un aveu d'échec. *Le contrôle dans toute sa splendeur chez celui-là.*

Quelques-unes des mèches de cheveux dorées étaient maintenant déplacées autour de son visage, touchant des joues lisses et rondes qui adoucissaient un regard dur. Des lèvres, qui même si elles se serraient en une grimace, semblaient un plaisir absolu pour les baisers, de l'avis de Darko. Juste à cet instant, les yeux de l'inconnu capturèrent la lumière du soleil qui se levait tardivement. Le marron ne serait pas la couleur qu'il utiliserait pour décrire ses yeux, parce que lorsqu'il le regarda, ils s'illuminèrent comme des pièces renforcées d'un mélange de cuivre et de bronze. La coloration lui faisait plutôt penser à la pierre Œil de Tigre. Il aimait la manière dont ils rayonnaient, en lui jetant un coup d'œil. De plus, si Darko apprécia la manière dont ses yeux se baissèrent pour le mater alors même que son propre regard se baissait de nouveau pour une autre appréciation du corps se tenant sous le beau visage qui venait de lui couper son souffle, eh bien... *dis donc*. Darko profita de la vue de cet homme se tenant là, lui faisant face, puis lui offrit finalement un rictus compréhensif.

— Mon frère en avait une.

Darko s'avança. Il ouvrit la portière arrière, tendit la main derrière l'appui-tête et actionna le bouton caché. Il y eut un léger déclic sous le siège arrière et quand il le souleva, il exposa le compartiment caché là. À l'intérieur, il attrapa un sac noir qui rendrait d'autant plus facile le travail pour sauver son irascible et preux chevalier en armure *étincelante*.

Il dépassa son chevalier d'un pas tranquille, ne ratant pas une occasion de l'effleurer, puis se déplaça à l'arrière de la voiture où il s'accroupit et commença à assembler la tringle à manivelle allongée.

— Vous voyez, les snobs qui ont conçu la voiture ont décidé qu'ils ne voulaient pas voir les outils ou la roue de secours. Ils pensaient que leur vue gâchait la somptueuse silhouette du design et la fiabilité de la voiture.

Darko déblatéra à voix haute alors qu'il alignait la barre d'extension avec un renfoncement juste au-dessus du pare-chocs et la glissa à l'intérieur jusqu'à ce qu'elle s'accroche au loquet invisible et commença à actionner la manivelle.

Le propriétaire *novice* de la voiture se pencha et put voir l'objet sombre s'abaisser du châssis. Sa roue de secours.

Darko se laissa tomber au sol, tendit le bras en dessous, défit le plateau de chargement et tira la roue de sous la voiture. Vingt minutes plus tard, elle était comme neuve. Il n'avait pas manqué de remarquer que durant la mission de sauvetage, cet homme l'avait regardé *lui* d'un air à peu près aussi brûlant et lourd que Darko l'avait fait.

— Vous ne savez pas à quel point j'apprécie.

Son chevalier sauvé jeta un coup d'œil à la montre sur son poignet, qui avait peut-être coûté plus cher que la voiture.

— Je vais peut-être arriver à ma réunion de ce matin, après tout.

Il regarda Darko placer la roue crevée dans le coffre avec le sac d'outils, les yeux plus posés sur ses muscles alors qu'ils se bandaient sous le mouvement que sur le pneu qui était placé dans sa voiture.

— Je ne sais pas comment vous remercier... dit-il en sortant une carte de visite de la poche de son revers. Mais, s'il y a quoi que ce soit que je puisse...

Darko se tourna, saisit le chevalier par la veste de son costume et l'attira brusquement afin que leurs corps se heurtent l'un contre l'autre, sa bouche s'écrasant instantanément sur celle de l'homme en un baiser vorace. Darko lui lécha les lèvres sollicitant l'entrée et avec à peine une touche d'hésitation, son chevalier la lui offrit. L'homme d'affaires fougueux et richement vêtu avait le goût d'un de ces cafés sophistiqués et une trace de confiture de fruits sur du pain grillé, mais ce fut sa langue qui fit gonfler Darko dans son pantalon. L'homme répondit à son baiser. La caresse de sa langue était puissante, affamée et complètement malléable contre la sienne. Comme s'il était fait pour s'assortir à lui, comme une paire de gants en cuir luxueux. Il pouvait s'imaginer cet homme baiser en en portant une paire et ce visuel apporta une fermeté à son érection imminente. Darko relâcha la veste de costume, glissant sur le bras de l'homme jusqu'à enserrer la main de son chevalier et il la déplaça pour lui faire palper son érection définie sous son jean. De plus, il balança ses hanches en avant, pour enfoncer le renflement dur de son sexe contre sa paume.

Darko laissa échapper un grognement et un sourire gêné apparut sur son visage. *Grrr...* cela avait été trop bon, de frapper quand l'homme s'y attendait le moins. Il était sur le point de chercher un autre baiser quand Darko se rendit compte de ce qu'il avait fait à son costume. Il se pencha en arrière et baissa les yeux, produisant un léger claquement de langue entre ses lèvres avant de reculer. La veste de costume et la chemise blanche étaient maintenant maculées de traînées noires de cambouis que les roues avaient laissé sur ses mains.

Les yeux de l'inconnu, brillant de la même chaleur que Darko venait lui-même de sentir, se baissèrent en réponse, découvrant l'état dans lequel le baiser l'avait précisément laissé. Rapidement, Darko attrapa la carte de visite toujours dans la main de son chevalier et sortit le stylo chic de la poche de sa chemise, créant d'autres traînées.

— On dirait que j'ai sali tes beaux vêtements.

Darko griffonna sur l'arrière de la carte puis la lui remit avec le stylo dans sa poche de chemise. Sa main s'attarda juste assez longtemps pour laisser ses doigts sentir le corps ferme sous la chemise et lui pincer le mamelon dur qui s'y cachait, laissant encore une fois davantage de preuves du contact de Darko en une empreinte palmaire de saleté.

— C'est mon adresse. Sois là pour le dîner. Ce soir. Amène le costume et je paierai le nettoyage à sec. Pose-moi un lapin, et le costume sera ton problème.

Il lui fit un large sourire, assez satisfait de lui-même. Il n'y avait aucune trace du fait qu'il pourrait se sentir confus d'avoir sali les beaux vêtements de cet homme. Puis il se retourna, et rejoignit son véhicule.

Il s'assit sur sa chopper, ferma sa veste en cuir et remit ses gants, tout en regardant l'homme devant lui qui reprenait ses esprits avant de monter dans sa voiture. Son chevalier affichait l'expression d'un homme qui avait été bien embrassé, et Darko espéra que ce serait suffisant pour le faire appeler.

Darko ne réfléchit pas à l'identité de la personne derrière la porte quand on frappa, jusqu'à ce qu'il l'ouvre. Son *preux-chevalier-en-armure-brillante* secouru entra, frôlant un Darko assez surpris, même s'il fit de son mieux pour ne pas le montrer. Fermant la porte, Darko ne put empêcher de ressentir un peu de suffisance lui revenir, il ne s'était pas vraiment attendu à ce que le stratagème du costume sali et du baiser fonctionne. Mais, s'il avait d'autres pensées, elles disparurent instantanément quand il se retourna, pour se retrouver le corps projeté contre la porte. L'homme qu'il venait de laisser entrer était appuyé contre lui avec une force étonnante, ainsi qu'une érection impressionnante. Il écrasa ses lèvres contre les siennes et quand Darko sentit la langue tentatrice... il *la* laissa pénétrer, ses lèvres étaient chaudes et exigeantes comme si elles avaient attendu toute la journée d'avoir un deuxième avant-goût.

Pile à ce moment-là, la main de son invité descendit, allant précisément à l'endroit où Darko l'avait placée ce matin-là.

— *Humm,* on dirait bien que tu es à plat.

Il appuya le bas de sa paume plus fort, frotta le membre de Darko, qui durcissait avec enthousiasme pour réfuter son affirmation.

— Voilà. C'est mieux, dit-il en reculant, affichant l'air suffisant qu'il venait de voler à Darko. Comme dans mes souvenirs.

— Je suppose qu'il n'y a pas besoin de cérémonial pour s'embrasser lors du premier rendez-vous, alors ? demanda Darko, ses yeux à demi-clos de satisfaction.

— Comment étais-je censé décliner une proposition pareille ?

L'expression du chevalier s'ajouta au grognement de sa voix qui conjura des désirs qui n'avaient peut-être pas été enflammés depuis longtemps.

Darko attendit une reprise de ce baiser, mais à la place, son invité se retourna et commença à faire le tour du salon comme si la présence de Darko dans la pièce était devenue invisible pour lui. Il le regarda retirer le long manteau croisé en laine puis le plier sur le dossier d'un des fauteuils et se retourner, se tenant là à le regarder. Il avait l'air rayonnant dans un costume gris cendré qui était adapté à chaque ligne de son corps dans une suave perfection. La chemise violette tirant sur le noir d'encre s'assortissait d'une manière douce au gris foncé, et l'allure était parachevée par une cravate d'une couleur obsidienne. Darko sentit un grognement sourd démarrer du fond de son torse – il pourrait sacrément bien s'habituer à regarder cet homme.

Le chevalier continua sa visite, s'arrêtant pour regarder des objets dans la pièce comme s'il pouvait tout discerner sur l'occupant rien que par ce qui s'y trouvait, et dans quel état se trouvait chacun d'eux. Les mains du chevalier défirent distraitement sa cravate et commencèrent à déboutonner sa chemise. Il s'arrêta devant la console murale, soulevant un cadre – *deux avironneurs dans la lumière de l'aube. La surface de l'eau projetait un reflet flou d'or et d'ocre, laissant les rameurs n'être que des silhouettes sombres*. L'invité de Darko jeta un coup d'œil au trophée qui se trouvait à côté et passa le doigt sur la plaque en cuivre, remarquant nettement l'absence de poussière. Il lut tout haut – plus contemplatif : « Régate du championnat régional de Nouvelle-Angleterre – Division solo des masters. » Sa main gauche tira sur sa cravate, la retirant puis, il enleva sa veste de costume et la drapa sur le dossier du sofa, sa cravate la suivant.

Encore maintenant, sans la présence d'une voiture de luxe, Darko appréciait l'homme devant lui – le preux chevalier en armure *scintillante* lui correspondait toujours, plutôt que lui qu'on ne verrait pas comme le vaillant chevalier qui l'avait sauvé. Quelque chose dans le comportement de cet homme le faisait étinceler comme une peinture foncée et brillante dans la faible lumière de son salon. Son chevalier retira ensuite ses chaussures, marquant seulement une pause d'un instant pour lire le poster encadré sur le mur, montrant une vue de face de plusieurs hommes musclés assis, alignés les uns derrière les autres tirant farouchement sur des rames. La légende en bas affichait : *Les vrais athlètes rament. Les autres ne font que jouer au ballon.* Son chevalier se retourna, le regardant comme s'il le déchiffrait – fan, fanatique ou joueur impliqué ?

Darko décida de le laisser le découvrir par lui-même, s'humectant les lèvres alors qu'il regardait le strip-tease continuer et que la chemise tombait, se retrouvant encore sur un autre meuble.

— Je ne m'attendais vraiment pas à ce que tu viennes. Je n'ai rien de prévu pour le dîner, avoua Darko à voix haute pour briser le silence.

L'homme s'interrompit et le regarda.

— Tu as un téléphone et une adresse, n'est-ce pas ?

Darko lui lança un regard perplexe.

— Des plats à se faire livrer feront l'affaire…

Et il s'en alla dans le couloir.

— Après t'avoir baisé ! lança-t-il.

Darko sourit. *Cela lui convenait très bien.* Seulement, quand son béguin ne revint pas, Darko alla le chercher, le trouvant dans sa chambre, se tenant devant la commode, la montre et le portefeuille de son invité maintenant posés dessus. Son doigt s'appuya contre son portefeuille alors qu'il regardait autour de lui comme s'il avait oublié quelque chose, puis il se déplaça très délibérément vers la table de nuit à côté du lit. Il ouvrit le tiroir du haut, trouva ce qu'il cherchait et lança une bouteille de lubrifiant et quelques emballages carrés sur le lit.

Son pantalon fut le suivant à être retiré puis il se laissa tomber sur le lit, rebondissant avant de se positionner en une parfaite pose aguicheuse, s'appuyant contre la tête de lit.

— As-tu l'intention de te déshabiller ? Ou est-ce que tu baises toujours en portant tes vêtements ?

Darko avança vers la commode, s'empara du portefeuille et l'ouvrit.

— Je ne savais pas que je devais payer, commenta l'homme sur son lit aisément.

— Ce n'est pas le cas, lui assura Darko avant de lire le nom sur le permis de conduire. Je voulais juste savoir qui je suis sur le point de baiser…

Il remit le portefeuille sur la commode et le regarda.

— Maxum St. Laurents.

Si Darko avait pensé qu'il avait l'air absolument délicieux dans le costume sombre, il lui mettait encore plus l'eau à la bouche nu et allongé sur son lit comme si c'était sa propriété.

Tendu et lourd, le pénis de Maxum émergeait d'un nid superficiel de poils bruns et soyeux. Être plus long ne faisait peut-être pas d'un homme un meilleur amant, mais c'était certainement plus agréable à regarder : circoncis, rosâtre, avec des veines définies. Il égalait les vingt centimètres non circoncis de chair foncée et rosée de Darko, même s'il pensait qu'il le dépassait en diamètre. Il regarda, fasciné, le chevalier se caresser et une goutte opalescente apparaître.

— Tu aimes ce que tu vois ? demanda Maxum depuis le lit.

Darko croisa les bras sur son torse, mâchouillant presque sa lèvre inférieure devant la vue délectable, alors qu'il s'appuyait sur la commode pour profiter du spectacle un peu plus longtemps.

— Oh, j'ai aimé ça ce matin quand je me suis arrêté pour te voler ce baiser, dit-il avant d'inspirer profondément et d'expirer avec un grognement. Ça ne fait que s'améliorer.

Maxum donna une chiquenaude du pouce à son membre, le laissant rebondir d'un coup sec contre son ventre. Tout ça pour le spectacle.

— Vas-tu bientôt te joindre à moi ?

Darko haussa les épaules sans enthousiasme.

— Tu sais, je vis ici depuis trois ans maintenant, et je ne crois pas que mon lit ait un jour eu l'air aussi appétissant. J'apprécie le nouvel accessoire d'amélioration.

— Attends de l'essayer.

Darko se redressa de la commode et retira son tee-shirt.

Un grognement d'approbation affamé provint de l'homme qui attendait.

— La vue de ce côté de la chambre a l'air bien aussi.

— Elle est sur le point de devenir encore meilleure.

Darko offrit cette séduction languide et s'avança vers le pied du lit, descendit doucement sa fermeture éclair et écarta les pans suffisamment lentement pour torturer son invité. Ses pouces attrapèrent son caleçon et le tirèrent vers le bas, juste assez pour laisser son pénis en jaillir, laissant l'élastique claquer juste sous ses bourses.

(ᴄ૭)

Le regard de Maxum caressa le corps de l'homme qui approchait. C'était bien mieux qu'il ne l'avait imaginé. En fait, de ce qu'il pouvait en voir, lorsque Darko défit la fermeture de son jean et que la chair bronzée de son membre gonflé et non circoncis jaillit, ce type était parfait pour la satisfaction de tous les désirs qu'un homme pouvait avoir.

— Ah, quelle belle vue !

Son souffle s'accéléra, ses veines se gonflèrent sous le besoin qui le traversait. Bon sang, il mourait déjà d'envie de le pénétrer. *Un désir enivrant.* Maxum caressa son sexe avec sa paume à plat, le regardant avec un appétit grandissant se mettre sur le lit, un genou, puis une main, puis l'autre, et il vint lentement en marchant à quatre pattes vers lui. Le membre de son hôte se balançait depuis son jean alors qu'il se rapprochait en rampant, laissant tomber sa main sur la jambe de Maxum tout en l'embrassant. D'abord sa cheville, en déposant un baiser humide peu après vers l'arrière d'un genou puis le suivant – *ahh, merde* – puis sa cuisse.

Avant même que Maxum ne soit conscient de son contrôle moteur, il offrit son membre pour un passage de la langue de son hôte, et il ne lui refusa pas.

— Bon sang, oui.

Il siffla au premier contact de sa caresse humide, même pas faible et taquine. Il lécha avec un contact total du plat de la langue son organe en érection de bout en bout. Des yeux bleus, tel du verre cobalt, le regardaient directement. Maxum émit presque un petit rire lorsqu'il lui traversa l'esprit que les lumières étaient encore allumées. *Presque* – parce que, précisément au moment où il commença à penser que c'était drôle, la bouche de Darko arriva sur son gland et se mit instantanément à l'œuvre. Toute pensée, drôle ou non, avait disparu. Cette langue appuya contre le dessous doux de son gland et en réponse ses hanches décollèrent pratiquement du lit.

— Oh, putain, grogna-t-il avec un encouragement considérable pour que le plaisir continue.

(ω)

Darko prit ça comme un signal – *et oh oui, cet homme avait grand besoin que son attirail soit utilisé.* Il prit les deux jambes de Maxum sur ses bras et roula avec lui en poussant fort, jusqu'à ce qu'il soit sur le dos avec les genoux de Maxum plantés de chaque côté de sa tête, et il avala le sexe de son chevalier sans faire de pause. Un chapelet de jurons projeté au-dessus de lui le motiva encore plus, et il travailla deux fois plus sur la chair gonflée avec sa langue, utilisant les muscles de sa mâchoire pour se resserrer autour du membre, ajoutant une pression supplémentaire sur les côtés du sexe de Maxum. Darko poussa ses mains vers le haut pour caresser le corps ajusté avec précision, sentant les flancs lisses puis le muscle doux et ondulant qui s'affinait vers une taille définie puis ces fesses. Oh, oui, les fesses – elles *étaient* aussi agréables entre ses mains qu'elles en avaient *eu l'air* dans le pantalon onéreux un peu plus tôt ce matin-là. S'emparant des hanches de Maxum, Darko commença à le soulever, faisant pomper le membre épais dans sa bouche. *Hum*, mais il ne pouvait s'empêcher d'apprécier le goût et son odeur, ceux d'un homme viril et délicatement soigné.

Mais avant qu'il n'ait vraiment eu une chance d'en profiter aussi pleinement qu'il l'avait prévu, Maxum se déplaça, son sexe se libérant de la bouche de Darko, et il se recula.

— Hé, je n'en avais pas fini avec ça, objecta-t-il, se redressant pour s'emparer avec sa bouche du corps qui se dérobait.

La réponse de Maxum ne réussit à sortir que dans un grognement lorsque cette bouche humide déposa une traînée sur son torse alors qu'il tentait de se positionner sur son hôte. Il se força à ralentir jusqu'à ramper pour profiter de la traînée de plaisir que Darko lui donnait. Maxum baissa les yeux sur son corps – des yeux bleus, assombris de désir le fixaient, le regardant, tandis que sa langue cherchait un de ses mamelons. Les yeux de Darko se fermèrent juste au moment où il en pinça un, la vue et la sensation traversèrent brusquement le corps entier de Maxum. Il se baissa plus bas pour en avoir davantage, se pressant contre la bouche exquise qui suçait son téton maintenant ferme. Mais l'encouragement de son corps qui s'abandonnait ne fit que mettre à l'épreuve son manque de rythme déjà présent.

— Bon sang, bébé. Je dois goûter à ton cul tout de suite, grogna Maxum, en espérant que non seulement son amant comprendrait, mais accéderait également à sa pulsion soudaine.

Maxum ne put se retenir, ses mains trouvèrent et s'emparèrent de la braguette déjà ouverte du jean de son hôte. Il roula sur le dos et tira Darko sur lui. Chaque centimètre de son corps et de son besoin s'arqua pour fusionner parfaitement avec celui de Darko. Leurs bouches s'écrasèrent l'une contre l'autre, tandis que la main de Maxum cherchait leurs membres, se frottant déjà l'un contre l'autre comme des serpents s'accouplant. Il les empoigna tous deux, les caressant ensemble.

— Oh, putain, jura-t-il, se noyant dans cette énergie de plaisir pur.

C'était comme la toute première fois où il s'était glissé sur le siège de sa toute nouvelle Bugatti. La manière dont tout son corps avait vibré et l'avait picoté sous une anticipation euphorique du premier essai sur la piste allemande, sachant qu'il n'aurait pas à se retenir. Il pourrait pousser le véhicule jusqu'à ses extrêmes limites et encore plus loin, et la voiture pourrait les supporter. L'homme étendu sur son corps, chaud et qui se pressait contre lui comme le cabriolet exotique démarrant précipitamment prenait tout ce qu'il pouvait sortir, et en acceptait avec plaisir encore bien davantage.

Avoir les lumières allumées – voir chaque détail, chaque nuance du corps de cet homme – rendait l'échange encore plus sexy. Maxum se redressa, força son hôte à se mettre à genoux et à l'enjamber. Il baissa les yeux sur le membre non circoncis, gonflé au maximum, dans l'attente. Une goutte de fluide clair pendait de la fente, l'appelant. Maxum n'avait pas besoin de davantage d'invitation, et il fut là, léchant ce superbe morceau de chair.

Darko laissa échapper un grognement bruyant lorsque Maxum le renversa pratiquement en arrière pour qu'il se tienne sur ses chevilles pendant que son chevalier passait la langue sur son phallus comme s'il léchait les derniers restes d'une saveur favorite sur une assiette puis l'avala en un seul mouvement. Maxum ne faisait pas que sucer, il le dévorait comme un homme privé de ce plaisir. Penché en arrière, Darko essaya de s'appuyer sur un bras pour le regarder le travailler au corps. Mais bon sang, c'était la meilleure fellation dont il pouvait se souvenir, sacrifiant la technique au profit d'un enthousiasme sans bornes. De ce fait, Darko se laissa tomber sur le lit et ce fut tout ce qu'il put faire pour ne pas perdre l'esprit.

Pile quand il fut amené au point de perdre ce dernier nanomètre de raison, Maxum le retourna sans rien demander, ses mains écartant largement ses fesses et cette bouche avec sa langue chaude et humide, ne montrant aucun signe de vouloir ralentir ou de reculer, descendit sur son orifice. Les mains de Darko serrèrent les couvertures qui avaient déjà quitté leur position habituelle et étaient bien froissées avant même que lui et Maxum n'en soient arrivés à la partie pénétration. Il enfonça son visage et sortit un gémissement – qu'il fit suivre d'un sifflement – puis gémit de nouveau. Bon sang, cet homme enflammait toutes ses torches. C'était tellement bon, il n'avait jamais rien eu de pareil. Oh, on lui avait déjà fait une feuille de rose, mais ne venant pas d'une bête affamée, comme maintenant. Le visage de Maxum était carrément enfoncé entre ses fesses. Sa langue alternait entre de grands coups, des pénétrations fermes et une succion pure et dure. Darko savait que la chevauchée de sa vie l'attendait quand deux doigts humidifiés trouvèrent lentement leur chemin dans son derrière bien détendu en allant droit vers son bouton de la victoire. Darko écrasa son visage dans les couvertures et céda à l'assaut du plaisir intense, hoquetant dans son sillage. *Bon sang*, son corps et son esprit acquiescèrent simultanément pour prendre la position en dessous pile à ce moment-là.

C'était une bonne chose que Darko soit implicitement d'accord pour être passif, parce qu'une fois que son postérieur fut bien sucé et submergé, Maxum s'aligna derrière lui. Il entendit le froissement de l'aluminium et un instant plus tard il sentit le sexe glisser le long de sa raie, oscillant et caressant – se déhanchant et coulissant – puis, le pénétrant lentement. Darko se mit en boule et hoqueta sous l'étirement initial. Cela faisait trop longtemps, mais il n'allait pas dire non maintenant, parce qu'il en avait envie. Il désirait cet homme, de toutes les manières dont il pouvait l'avoir, et avec de la chance, il aurait Maxum des deux façons.

Il se força à se détendre, son dos s'arqua, ajustant l'angle de ses fesses pour recevoir ce membre entièrement en lui, et il se balança à quatre pattes, poussa et s'empala de manière exquise centimètre par centimètre.

Maxum laissa tomber une main lourde sur son dos, pour se stabiliser plus qu'autre chose, alors que cet homme qui avait l'esprit libre d'une manière exotique utilisait son propre corps sur son sexe. Plein régime lancher – résonna dans ses oreilles. Pourtant, alors que le .... à rebours pour à vos marques, prêt, partez ! et que les lumières s'illuminaient d'un vert brillant, il resta là, hypnotisé par la gloire de ce signal de départ pendant un instant. Cependant, lorsqu'il sentit les testicules de Darko heurter les siens, le choc de liberté vola en éclats et son corps répondit. Il recula ses hanches, son cerveau se concentra sur la sensation exquise de l'anneau étroit qui enserrait sa verge. Glissant à nouveau en arrière, Maxum s'enfonça entièrement en projetant presque son amant la face contre le lit.

— Putain, bébé. J'ai envie, non... j'ai besoin de marteler ton cul.

— Arrête de parler et commence à me marteler, alors.

Monsieur yeux-bleus lança ses mots par-dessus son épaule, et ce fut la seule permission dont Maxum avait besoin. Déplaçant ses mains vers les hanches de Darko, Maxum prit appui et ressortit, s'enfonça de nouveau, brusquement, et détermina le rythme pour une pénétration dure et implacable. Chaque caresse à partir de cet instant ne promettait aucun repos avant qu'ils se soient tous les deux couverts mutuellement de sperme. La pièce s'emplit de jurons et de grognements de plaisir intense, et cela sentait tellement bon. La sueur de leurs corps déclenchait les déodorants qu'ils portaient tous les deux. Des notes mélangées de basilic, de rhum et de quelque chose de citronné donnaient de l'attrait à ce que Maxum portait, transportant une odeur boisée et chocolatée. Tout cela s'entremêlait avec les senteurs du musc humain et du sexe. *Putain, c'était vraiment bon.*

Malgré le pilonnage de Maxum, Darko réussit à se tenir dans la même position, ses mains enserrées dans les couvertures pour se tenir en place. Il poussait en arrière, s'accordant aux poussées de Maxum, ses fesses rencontrant ses hanches sur un rythme régulier. Chaque fois qu'il s'enfonçait dans l'étroit canal de Darko, le sexe de Maxum caressait sa glande et lui envoyait des vagues de plaisir brûler son corps.

Les bras et les jambes de Darko commencèrent à le picoter, ses muscles devenant élastiques alors que son orgasme montait en lui jusqu'à ce qu'il craigne ne pas pouvoir soutenir son poids. Il força son corps à obéir, se tournant pour jeter un coup d'œil à celui qui s'enfonçait en lui. Son chevalier étincelait absolument maintenant, brillant d'une faim profonde et d'une couche de sueur perlant sur sa peau. Maxum releva un genou, posa son pied sur le lit et commença à changer d'angle avec chaque coup de reins, plongeant en assauts circulaires. Chaque poussée dans son orifice le rendait fou, et Darko se retrouva le visage contre le lit, mordant les couvertures. Son sexe, dardant sur son ventre et visant droit vers son menton, menaçait de faire feu à tout moment. Chaque coup de reins contre son corps envoyait d'étranges expressions étranglées qui résonnaient en un son et même s'il n'était pas sûr de la manière de les définir, il semblait en produire beaucoup.

— Bon sang ! bébé, ton entrée frémit autour de ma queue quand tu es prêt à jouir. Vas-y... siffla Maxum, lâche-toi.

Il s'enfonça à nouveau, prit juste le bon angle pour toucher l'emplacement de la victoire de son amant, une dernière fois, glissant dessus jusqu'à toucher le fond et s'y immobilisa, sentant le corps sous lui enserrer son membre sous le spasme qui était destiné à traverser les testicules de Darko et à faire jaillir la preuve en giclées blanches de sperme partout sur son torse et le lit. Maxum vit le mouvement d'un bras, sachant parfaitement que la main de son amant reposait autour de son pénis. Il regarda les muscles tendus et exposés de l'épaule et de l'avant-bras de son amant, évaluant la prise en étau qui était attribuée à son membre, alors même qu'il grognait et gémissait à chaque convulsion sous Maxum. Bon sang, c'était agréable de regarder et de

Maxum pouvait ressentir la capacité, ou peut-être complètement accroc à lui.

...t pour l'instant, il n'en avait pas encore terminé. ...m se retira juste assez longtemps pour retourner encore une fois son amant abandonné puis s'abaissa entre ses jambes et s'enfonça de nouveau dans les parois délicieuses de son derrière. Maxum se mit à faire des va-et-vient, reprenant là où il s'était arrêté en le forçant à surfer sur un flot de contrecoups, chacun d'eux était une étreinte attrayante sur son pénis alors qu'il s'enfonçait à l'intérieur de Darko jusqu'à ce qu'il ne puisse plus retenir son orgasme. Maxum se retira, arrachant le préservatif juste à temps pour décharger, s'ajoutant au fluide déjà collé sur le torse de Darko. C'était tellement intense que lorsque les muscles de Maxum se contractèrent et le déchirèrent, il réussit à peine à faire sortir les grognements qu'il voulait exprimer alors que sa semence chaude, jet après jet surgissait de lui jusqu'à ce que chaque once de force de son corps ne soit déversée avec la dernière goutte laiteuse. Quand ce fut terminé, Maxum chuta durement, écrasant presque le corps sous lui. Pourtant, il fut ravi de découvrir qu'aucun mal n'avait été fait quand des bras l'attrapèrent et accueillirent son poids. Il s'abandonna donc joyeusement à l'étreinte.

Il aurait pu se laisser aller facilement à une béatitude profonde ici même, mais les mains calleuses qui lui caressaient le dos étaient agréables, un contact qui s'attardait et l'incitait à rester alerte, à ce que ça ne se termine pas encore, à prendre l'instant pour chaque goutte de satisfaction possible. Bien sûr, le premier essai pour rassembler un peu de force physique l'amena à peine sur ses coudes, mais lorsqu'il le fit, il y eut ces yeux bleus profonds qui le regardaient sous des paupières lourdes qui égalaient les siennes. Et ils émirent des petits rires. Maxum ne pouvait pas le comprendre, mais son désir était si bien apaisé en cet instant qu'il se retrouva touché par une forme étrange d'intimité. En tout cas, c'est ce qu'il pensait parce qu'il en avait tellement entendu parler, mais il ne l'avait jamais connue lui-même. Comme un événement mythologique. L'instant d'après, sa main caressait la tête de son amant, écartant les cheveux ondulés coul[...] café, maintenant collés contre son front couvert de sueur.

— Je ne sais pas comment tu t'appelles, chuchota Maxum.

Son regard dérivait sur les traits de cet homme, des traits faciaux robustes, européens, et d'autres celui d'un bad boy qui avait grandi en Amérique.

— Tu veux connaître mon nom ? demanda Darko, apparemment content de baigner dans la béatitude pendant encore un moment avec ou sans renseignements personnels.

Maxum hocha la tête alors que son attention se concentrait sur ses lèvres, alors même que son corps commençait à se réveiller lentement. Leurs jambes étaient collées les unes contre les autres, tandis que leurs torses se livraient une féroce compétition pour garder un faible espace pour respirer. C'était une telle rareté de partager ce plaisir après l'orgasme avec un étranger, pourtant ça lui plaisait tout de même. Maxum sentit le sang s'écouler vers son membre, c'était fou, mais le tressaillement contre sa cuisse lui annonça que cela se produisait. Son attention retourna vers ces lèvres, se rendant compte qu'il était loin de les avoir embrassées autant qu'il l'avait désiré, et il hocha de nouveau la tête, plus très sûr de ce à quoi il acquiesçait.

— Je m'appelle Darko. Darko Laszkovi.

Et pile à cet instant, Maxum s'abattit sur les lèvres de Darko et les attaqua d'un baiser affamé, grognant une version rauque du prénom entre eux. Ses mains se déplaçaient sur le corps de Darko en une caresse brusque, dessinant la carte des angles et des muscles noueux pour faire correspondre le nom au corps dans son esprit, appréciant chaque centimètre de Darko Laszkovi coincé sous lui.

(•ω•)

Bon sang, un deuxième round, ou juste de bonnes caresses après l'action, serait de la balle, de l'avis de Darko, comme un bonus que peu d'amants pouvaient offrir aussi rapidement après le premier. Il plaça un pied sur le lit et poussa, les faisant rouler tous les deux, jusqu'à ce que Maxum se retrouve en dessous de lui et il se pressa contre la hanche de son chevalier, sentant déjà son sexe gonfler alors qu'ils commençaient à s'embrasser profondément et à se caresser.

La main de Maxum s'abattit durement, donnant effrontément une sensation cuisante sur la fesse de Darko.

Celui-ci tressaillit, s'arrachant de leur enchevêtrement de langues, et baissa les yeux vers l'homme qui venait de lui donner ce coup.

— Tu ne viens pas de faire ça, dit-il en penchant la tête avec une surprise feinte. Est-ce que tu viens de me fesser ?

— Oui, répondit Maxum, bien trop satisfait.

Et pour le prouver, il répéta l'action sur son autre fesse.

— Maintenant, que vas-tu faire ? continua-t-il.

— Oh, grogna Darko, ses bras se tendant autour de Maxum. Je vais te montrer ce que je vais faire.

Et à cet instant, les bras de Darko se déplacèrent le long de Maxum attrapant les jambes du chevalier au niveau des genoux et les remonta brusquement, jusqu'à ce que ses pieds soient en l'air, et son derrière une cible à découvert. Darko laissa retomber ses hanches, frotta son sexe à nouveau dur contre la raie accessible, faisant des va-et-vient, taquinant son orifice.

Il se replia sur Maxum, utilisant son corps pour le garder immobilisé dans cette position pendant qu'il cherchait un préservatif sur le lit et l'enfilait sur son membre. Il frotta le léger lubrifiant de l'emballage sur son sexe épais et saillant plusieurs fois avant de s'aligner jusqu'à ce que le large gland embrasse l'étroit sphincter.

Les yeux brûlant sous un autre round de désir anticipé, les deux hommes se fixèrent du regard, et Darko se pressa à l'intérieur. Il s'arrêta quand l'homme sous lui se tendit sous une douloureuse tension. Les dents de Maxum claquèrent.

— Doucement, doucement, doucement, supplia-t-il presque, ses mains frappant les cuisses de Darko pour le repousser un instant.

Darko recula rapidement pour diminuer la pression, mais seulement pour revenir, poussant à nouveau contre le premier anneau étroit de muscles – répétant l'action plusieurs fois avec de micropoussées jusqu'à sentir l'invitation de l'orifice inutilisé et affamé de Maxum, et il introduisit au moins les deux tiers de sa longueur avant de se retirer entièrement.

Il aimait l'expression qu'il obtint de Maxum – le besoin le consumant pour qu'il se laisse fléchir et se fasse prendre, du moment que la nuit ne se terminait pas entre eux. C'était semblable à un Système à l'Oxyde d'Azote pompant le carburant amplificateur dans un moteur qui adorait déjà les hautes puissances, mais qui se faisait trop souvent tromper par des substituts qui était à peine plus que du plomb. Darko était tout aussi peu habitué à l'intensité des sensations que son chevalier l'était à l'évidence, mais peu disposé à nier qu'il s'en délectait.

Encore une fois, il saisit les hanches de Maxum, positionna son gland contre l'ouverture détendue, et d'un coup de reins régulier, il s'enfonça entièrement, arrachant un hoquet à l'homme sous lui lorsque le choc de la soudaine pénétration envahit tous ses sens.

Maxum lutta pour contrôler sa respiration tout en s'adaptant à l'étirement et à la brûlure, mais après des années et des années d'envie intense, il découvrit que son corps acceptait étonnamment bien l'homme qui venait de le retourner pour qu'il soit passif.

Il avait pénétré et maintenant on le lui renvoyait. Il appréciait – désirait – était affamé des deux positions sans jamais s'en être rendu compte. Ses sens tourbillonnaient comme s'il avait un peu trop bu, balançant son corps en une vague d'action salace. Le mouvement du membre de Darko enflammant un besoin perdu hurlait maintenant pour s'éveiller et se faire dévorer par cet homme.

— Oh, mon Dieu, tu es si étroit, grogna Darko.

Il était impossible qu'il tienne longtemps le coup à l'intérieur de son chevalier. Pas s'il continuait au rythme qu'il avait prévu et il n'allait pas davantage se retenir que Maxum l'avait fait avec lui. Il poussa la jambe de Maxum vers le bas et se pencha en arrière, créant l'accès maximum qu'une personne pouvait avoir dans le corps d'une autre et donna des coups de piston jusqu'à se retrouver dans les profondeurs de cet homme.

Les terminaisons nerveuses s'enflammèrent dans son corps, se dispersant dans tous les sens. Le plaisir bouleversant était bien plus intense que Darko n'en avait jamais partagé ou reçu d'un autre homme. Malgré la sensation écrasante, il s'enfonça plus vite et plus fort, peu disposé à fournir moins de la moitié de ce qu'il avait lui-même ressenti.

— Oh putain... oh putain...

Maxum hoquetait sous lui. Ses mains s'accrochaient aux cuisses de Darko, essayant de ramener l'attaque du plaisir à un niveau plus compréhensible, mais Darko n'obtempéra pas. Et juste pour s'assurer que ce serait tout aussi explosif, il tendit le bras entre eux, prenant le sexe de Maxum en main, et commença à le masturber avec tout autant de fureur que son pénis s'engouffrait en lui.

Ils haletaient et grognaient ensemble, jurant devant le fait qu'un rapport sexuel aussi irrégulier puisse être aussi écrasant et enivrant à la fois pour leurs esprits et leurs corps.

Darko pouvait sentir son orgasme arriver comme la charge de mille étalons en colère. Cela allait être trop bon s'il ne finissait pas emballé. Il se retira, arrachant instantanément le préservatif et écrasa l'érection de Maxum contre la sienne. Il se pencha sur le côté et glissa plusieurs doigts dans le derrière de Maxum et les courba pour toucher sa prostate pendant que son autre main se joignait à celle de Maxum qui s'enroulait déjà autour de leurs deux membres et se balançait contre lui.

Chaque muscle du corps de Darko se contracta et tressaillit violemment. Cela l'assaillit tellement intensément avec l'explosion concentrée d'euphorie que même son expression haletante peina à briser les muscles crispés de sa mâchoire.

Le poing de Maxum se serra autour de leurs sexes et son corps s'incurva contre lui. Darko savait qu'il jouissait avec lui, mais il n'arrivait pas à trouver la force d'ouvrir les yeux pour le regarder. Les grognements de Maxum faisaient écho aux siens, tandis que des jets de sperme giclaient comme d'épais rubans blancs de liquide écumeux les éclaboussant tous les deux.

Alors que les derniers contrecoups se calmaient et lui rendaient le contrôle de son corps, Darko se laissa tomber sur le matelas, le corps complètement épuisé. Son esprit dériva instantanément dans un brouillard nébuleux, apaisé par l'élixir de leur halètement combiné. Il ne pouvait même pas rassembler l'énergie de se soulever pour l'embrasser, même s'il en avait désespérément envie. Il laissa échapper un profond soupir guttural.

— Rappelle-moi de t'embrasser sans fin jusqu'à ce que tes lèvres soient à vif quand nous nous réveillerons et que j'aurai retrouvé mes forces.

Son petit rire léger se transforma en un grognement, glissant dans un oubli fatigué et repu.

CHAPITRE DEUX

Maxum St. Laurents faisait les cent pas dans son bureau tandis qu'il écoutait la réunion par satellite par le téléphone en réseau, cependant, son esprit était focalisé sur l'homme avec qui il avait couché la nuit précédente. Tellement passionné, ses veines brûlaient comme une voiture de course carburant au kérosène pour obtenir plus de cet homme qu'il connaissait maintenant comme étant Darko, et le consumaient de ce besoin. Chaque instant de la nuit avait été puissant, brut et charnel. *Bon sang, il adorait ça, comme un junky avec une nouvelle drogue.* Tellement, qu'au lieu de filer en douce au matin comme il l'avait prévu, ils s'étaient de nouveau jetés l'un sur l'autre. Il ne se souvenait pas de la dernière fois qu'il s'était réveillé avec les lèvres d'un homme autour de son membre, mais c'était exactement ce que Darko lui avait fait en humidifiant son érection matinale de la langue et lui n'ayant pas pu tenir plus longtemps, il l'avait retourné, et avait pénétré son derrière durement et implacablement. Seulement pour répéter la frénésie quand ils s'étaient douchés. Savonner ce magnifique corps masculin était trop de tentation. Il se souvenait du timbre profond et rauque de sa propre voix, alors qu'il gémissait...

— M. St Laurents ?

La voix de l'homme provenant du haut-parleur perturba sa rêverie.

Maxum s'interrompit et se retourna pour regarder le téléphone posé sur son bureau comme s'il le voyait pour la première fois – et que le fait qu'on s'adresse à lui, lui était complètement étranger.

— M. St Laurents ?

Maxum sortit de sa brume en clignant des yeux.

— Oui.

Il s'éclaircit l'esprit un instant pour ramener ses pensées sur la réunion de conférence où elles auraient dû se trouver.

— Je suis désolé. Que disiez-vous ?

— Avez-vous examiné les rapports sur la SCS ?

— Oui.

— Et êtes-vous prêt à transférer des fonds dedans ?

— Là-dessus, ça va être un *non* total. Les rapports sont gonflés. Leurs appuis financiers ne sont pas assez substantiels pour accomplir les retours promis.

Maxum retourna à son fauteuil de bureau et étant agité, il s'assit.

— Stivvenson et Stephens s'impatientent de votre absence de transfert de fonds dans les SCS et sur le Nasdaq. Ils veulent savoir quand vous allez avancer et lancer des investissements à haut rendement.

La voix à l'autre bout du haut-parleur prit un ton de défi.

Maxum se pencha en arrière dans son fauteuil à cuir à haut dossier, les mains sur les genoux, détendu comme s'il parlait du menu au déjeuner.

— Vous leur dites de se calmer. Ce n'est pas le moment de déposer tout l'argent de notre investisseur dans de hauts rendements. Le flux est toujours très instable.

— Ils menacent de se retirer, réitéra le challenger avec une note d'inquiétude plutôt que de discuter davantage cette fois.

— Alors vous leur dites que nous ne sommes pas dans les affaires pour jeter l'argent des gens. Si c'est ce qu'ils veulent, nous leur souhaitons bonne chance. Toutefois, je ne gaspillerai pas les fonds de cette société avec le leur. Je les ai rendus bien plus riches qu'ils ne l'étaient quand ils sont venus à nous il y a huit ans. Je le referai. Stivvenson et Stephens ont besoin de liquide en main rapidement pour commencer leurs nouveaux marchés. Pourtant le produit n'a pas fait ses preuves, ce qui est la raison pour laquelle les soutiens ne sont pas là pour eux. D'où la raison pour laquelle ils insistent pour un investissement individuel avec des promesses à haut rendement. Je ne mords pas à l'hameçon. Ce n'est pas le moment de casser notre tirelire. (Il jeta un coup d'œil à sa montre.) Messieurs, autre chose ? Je dois rejoindre une autre réunion.

— Je crois que nous avons fait le tour aujourd'hui, s'éleva pour répondre une nouvelle voix dans la conférence.

— Très bien, Brent, voulez-vous ajourner la séance ?

— Bien sûr, Président, répondit la nouvelle voix à qui il s'adressait.

Maxum se leva d'un bond, saisit sa veste de costume et l'enfila.

— Messieurs.

Il appuya sur un bouton, terminant l'appel, et il sortit précipitamment en informant son assistante de reporter ses rendez-vous du reste de sa journée jusqu'à nouvel ordre, et il prit la porte.

Maxum suivit les indications sur le GPS et trouva l'atelier de motos juste avant le déjeuner. Il resta assis dehors, regardant quelques hommes déambuler de l'autre côté de la large vitrine. Tous trois portaient des salopettes bleues crasseuses, maculées de graisse, mais aucun d'eux n'était son homme.

Que diable faisait-il là ? La nuit dernière avait été incroyable, ce matin encore meilleur. Au-delà même de cela, pour être consumé par la tornade de désir au point de laisser Darko le baiser *lui* après qu'il se soit frotté contre cet homme jusqu'à se vider de chaque goutte de sa semence.

Maxum était sur le point de redémarrer la voiture et de partir pendant qu'il le pouvait encore, quand l'homme coincé dans ses pensées et sa libido apparut dans sa vision. On ne pouvait pas se tromper sur l'homme à moitié nu. *Où avait-il développé un tonus musculaire aussi parfait ?* Maxum s'humidifia involontairement les lèvres sous l'anticipation à l'idée de lécher le corps entier de Darko et son sexe palpita douloureusement dans son pantalon, se remémorant leurs ébats de la nuit précédente. Il s'était réveillé ce matin avec son membre à l'intérieur de Darko – regardant le corps désirable, il savait maintenant – que cela *n'avait pas suffi*. Il lui était impossible de partir, maintenant.

— Hé, Darko ! lança un des hommes vers l'arrière juste au moment où Maxum entrait, mais ce dernier l'avait déjà repéré. Tu as de la compagnie !

Les deux autres travaillant sur l'Iron Eagle en pièces détachées s'esclaffaient entre eux.

Maxum les ignora en les dépassant, n'attendant pas une invitation. Il n'avait pas prévu de faire autre chose qu'inviter Darko pour une nuit, ou peut-être qu'il faudrait le weekend entier pour en avoir assez de lui, mais c'était tout, juste demander et partir. Pourtant, un regard sur lui, arborant toujours un bronzage estival de près, et Maxum était condamné à échouer dans son plan. Des bras musclés bronzés après avoir passé des heures en extérieur étaient trempés jusqu'aux coudes de pétrole noir, tandis que de la sueur brillait sur son dos. Tout cela parfaitement combiné au derrière ferme emballé étroitement comme un cadeau dans un jean délavé.

Darko se retourna et lui fit face, l'avant de son corps doublement alléchant – la vue percuta Maxum. La sueur et la graisse n'avaient jamais été son style ou c'était ce qu'il avait cru, parce qu'en cet instant, c'était la chose la plus sexy qu'il ait jamais vue sur un homme. Sa bouche salivant instantanément pour goûter Darko et il sut qu'il était mordu.

Un sourire penaud apparut sur son visage alors que Maxum faisait un pas vers lui pendant qu'il faisait de son mieux pour essuyer une partie de l'huile sur ses bras avec une serviette de l'atelier.

— Une visite surprise… je les aime bien, l'accueillit Darko d'une voix aussi sombre qu'une bière brune Bohemian.

Un pouce se déplaça pour glisser paresseusement sur une démangeaison invisible, laissant une traînée noire sur la peau dorée d'un muscle pectoral, juste au-dessus d'un mamelon tendu de couleur mauve pâle. Si cela avait été comestible, Maxum se serait déjà jeté sur l'homme pour la lécher. Rien que cette vue le faisait respirer profondément, et une expression dans l'esprit de *s'il m'embrasse, ça y est, on baise*, lui traversa l'esprit.

— Hé, Darko, on dirait que tu pourrais avoir besoin d'espace, donc nous sortons pour le déjeuner. Nous en aurons pour un moment ! lança un des trois à l'autre bout de l'atelier.

Darko fit un léger mouvement de tête de confirmation, mais son regard ne quitta pas Maxum, ses yeux bleu foncé débordant de désir.

— Je ne pensais pas être aussi flagrant, commenta Maxum, pas le moins du monde honteux ou inquiet pour l'instant, mais plutôt amusé.

☙

— Non, mais, moi si.

Darko aspira ses lèvres et passa sa langue sur celle du haut de manière séductrice comme s'il savourait un souvenir passionné alors que son regard dérivait sur l'homme en costume de soie se tenant devant lui.

— De plus, il se pourrait que j'aie mentionné quelque chose dans un rapport avec le fait de m'être fait emballer par un preux-chevalier-en-armure-*étincelante*.

Darko jeta ensuite un coup d'œil par la fenêtre vers le modèle de collection dans le parking. Des flancs argentés avec des pare-chocs et bordures noirs. Des collecteurs d'admission chromés couvraient le côté des panneaux du moteur et la caractéristique supplémentaire de roues bicolores lui donnait cet air de roadster à la Gatsby le Magnifique. Ses petites sœurs, qui n'en avaient que pour la mode Steampunk, approuveraient.

— Jolie armure aujourd'hui.

Les yeux de Darko glissèrent de la voiture dehors et revinrent sur l'homme qui se tenait à l'intérieur, sa voix taquine comme une goutte de chocolat fondu qui suppliait d'être léchée.

— Alors, qu'est-il arrivé à la Mercedes ? continua-t-il.

— Je leur ai dit de la reprendre, dit Maxum en haussant les épaules.

— Et maintenant, tu as… ?

Darko laissa la question en suspens, pour lui offrir une chance de se vanter de sa voiture de remplacement.

— Un Roadster Auburn Speedster de 1936, dit-il avec un autre léger haussement d'épaules. J'ai celle-ci depuis un moment.

Darko s'avança, refermant l'espace entre eux puis, il se pencha.

— Je préfère celle-ci, dit-il alors qu'il déposait un baiser tentateur qui humidifia les lèvres de Maxum.

L'air quitta les poumons de celui-ci. *Ça y est.*

— Peux-tu sortir d'ici ?

Maxum grognait presque de désir, sa tête tombant contre le front de Darko, échangeant des bouffées brusques de souffle chaud.

Darko resta tout près, le taquinant délibérément davantage avec la chaleur de son corps.

— Qu'as-tu à l'esprit ?

— Je ne suis passé que pour te demander si tu avais des plans pour ce soir, mais le fait de te regarder m'a rendu si dur que je doute de pouvoir m'asseoir sans que ma queue transperce mon pantalon.

Le sourire de Darko s'élargit, ses yeux déplaçant à nouveau son attention sur la voiture unique dehors qui annonçait la voiture de course Steampunk, mais ce qui comptait le plus pour l'instant, c'était qu'elle n'avait pas beaucoup de place pour s'amuser dedans.

— Pas de siège arrière, signala-t-il verbalement, retournant à Maxum.

— As-tu un placard à balai ? bredouilla Maxum, ne se souciant pas des détails de l'endroit alors qu'il se penchait pour voler un baiser à Darko qui le lui rendit et entretint instantanément son désir.

Darko laissa le baiser s'attarder jusqu'à ce qu'il ne puisse plus rester aussi proche de lui et ne pas le toucher par un autre moyen que sa bouche. Il recula la tête, séparant leurs lèvres.

— J'ai un office, proposa-t-il dans un grognement passionné.

— Il y a un bureau ? grogna Maxum.

— Oui.

(°ѡ°)

— Parfait.

La langue de Maxum surgit de sa bouche, cherchant à retrouver le goût de cet homme. Juste à cet instant, du coin de l'œil, il vit l'image floue de mains noires qui approchaient, et il attrapa instantanément les poignets de Darko, avant que la brute graisseuse ne puisse lui massacrer un autre costume. Maxum tenait Darko fermement, pendant que sa langue trouvait sa cible et la lapait, la suçant avant de mâchouiller ses lèvres, ce qui fit grogner Darko qu'il embrassait et retenait en même temps.

Darko testa malicieusement la poigne de Maxum, poussant davantage de son poids dans la prise, et les mains de Maxum se resserrèrent davantage autour, tenant sa position.

— Oh… si tu penses que nous allons le faire sans que je te touche, tu te trompes.

Darko se pressa contre Maxum et commença à le faire marcher à reculons vers le petit office dans le coin à l'arrière de l'atelier.

— Je dois retourner au bureau après.

— Tu n'y gardes pas un costume de rechange ?

Le débat était lancé.

Ils rejoignirent la porte, les yeux de Darko se baissèrent vers la poignée avec un sourire ironique et il attendit. Maxum lui lâcha un bras pour saisir la poignée, et c'est là que Darko donna le coup de grâce. Sa main se referma instantanément sur la chemise et la veste de costume de Maxum, tout comme auparavant, les rapprochant énergiquement, et il lui dévora la bouche d'un baiser brûlant. Maxum ouvrit la porte et poussa Darko à l'intérieur, sans se donner la peine d'allumer les lumières.

— Espèce de porc, grogna Maxum, fermant la porte et commençant à retirer ses vêtements.

Darko poussa un petit rire légèrement sinistre, ses yeux emplis de flammes de désir carnassier alors qu'il le regardait se déshabiller.

— On m'a traité de bien des choses. *Porc...* n'est pas l'une d'elles.

— Tais-toi et enlève ce jean, aboya Maxum.

L'agressivité avec laquelle Darko lui répondait le faisait déjà haleter rapidement, pas qu'il eut besoin d'aide pour y arriver. Il était devenu accroc dès l'instant où il l'avait embrassé brutalement sur la route le jour précédent. C'était comme perdre la tête d'une manière romantique, mais chauviniste et tordue. Et ça lui avait plu dès le début. Cependant, si Darko ne commençait pas bientôt à se déshabiller, il allait lui arracher ses vêtements.

Maxum jeta sur le sol sa chemise blanche impeccable, maintenant barbouillée d'empreintes de mains graisseuses, ainsi que sa veste de costume. Il retira ses chaussures puis défit sa ceinture et ouvrit sa braguette, une main glissant à l'intérieur pour caresser son érection tourmentée pendant qu'il regardait Darko faire glisser de ses hanches son jean moulant.

— J'ai voulu te baiser toute la matinée.

— Je crois que c'est mon tour, protesta Darko doucement, avec un sourcil relevé présomptueux.

— Oh non, je vais te baiser. Mais, je vais te donner quelque chose en échange pour l'instant.

Maxum se rapprocha, se laissant tomber à genoux et sans demander, aspira le membre de Darko dans sa bouche en un mouvement rapide, prenant chaque centimètre de peau brune dans sa bouche affamée.

Il poussa, enfouissant son visage dans l'aine de Darko jusqu'à ce qu'il sente son corps s'arrêter contre le bord du bureau. Il laissa échapper un grognement, savourant la sensation et la saveur du membre maintenant gorgé de sang dans sa bouche. Cela faisait trop longtemps qu'il n'avait pas profité de ça et il allait l'avoir jusqu'à ce qu'il jouisse. Quand il sentit le soupir d'abandon du corps de Darko, Maxum laissa le pénis glisser hors de sa bouche, se déplaça plus bas, déposant une traînée de baisers avec la bouche ouverte le long de la partie inférieure plusieurs fois, puis se déplaça encore plus bas pour baigner les testicules de Darko de sa langue. D'abord l'un, puis l'autre. Bon sang, il en mourait d'envie, alors que sa main s'abaissait pour enserrer son propre membre, et pompait lentement quelques fois distraitement avant de prendre le sexe de Darko dans l'autre main et de commencer à l'encourager, le léchant des bourses à la pointe. Maxum sentit la piqûre sur son crâne lorsque les doigts de Darko passèrent dans ses cheveux et s'enroulèrent étroitement, tirant sa tête sur le côté, pour se donner une meilleure vue de l'action qu'il recevait. Maxum passa à la vitesse supérieure en aspirant le bout bulbeux et le fit tourner sur sa langue, tourmentant la fente puis suçant fortement pour saisir chaque goutte de liquide pré-séminal, et paracheva le tout avec un grognement ferme qui était sûr de se réverbérer sur le membre de Darko. Le juron au-dessus de lui le confirma et Maxum fut ravi que cet homme soit si réceptif à ses besoins. *Ses* besoins, parce qu'il fallait qu'il ait ça – il désirait intensément le goût du corps d'un homme, du sexe d'un homme sur sa langue. Être un homme et adorer l'acte de dévorer un autre homme.

— *Oh ! meeeerde !*

Darko interrompit un long juron entre ses dents serrées, sa main enserrée étroitement sur le crâne de Maxum, et ses cuisses tressaillirent sous la tension lorsque son membre palpita dans sa bouche puis propulsa des émissions immaculées.

Le poing que Maxum qui était toujours enroulé autour de son propre pénis commença à pomper. S'arrêtant seulement assez longtemps pour chercher à l'aveugle le plastique qui l'attendait déjà dans sa poche arrière puis préparant son érection pendant qu'il avait la récompense que le corps de Darko projetait dans son gosier. Un bonbon exotique, sombre et richement salé, rien que pour son palais, comme un whisky single malt. Il ne pouvait pas en avoir assez. Et il lui caressa encore le sexe, jouant avec la peau supplémentaire de la langue alors même qu'elle se détendait jusqu'à ce que Darko le force à le lâcher.

— Putain. C'était incroyable.

C'était de cette manière que Darko l'applaudit, puis il se pencha, plongeant dans sa bouche et l'embrassa franchement. Ça aussi, c'était quelque chose que Maxum n'avait pas eu depuis longtemps. Il laissa échapper un grognement et se releva, pour se retrouver dans les bras de Darko, se pressant contre son corps et approfondissant leur baiser, se chamaillant avec la langue qui cherchait à partager les saveurs avec la sienne.

— Sois maudit.

Maxum s'arracha à lui avec un grognement et enfonça la tête contre la joue de Darko alors qu'il s'efforçait de reprendre son souffle.

— Humm... une pipe pareille et maintenant tu me maudis ? Ça semble plutôt trivial, plaisanta Darko en poussant la joue de Maxum avec son nez, essayant de la faire tourner pour un baiser plus accessible, mais saisit finalement le menton de Maxum et le souleva pour le prendre.

— Tu es comme une dro...

Le dernier mot fut avalé par le baiser insistant de Darko et si à ce moment-là Maxum pensa à discuter, il se laissa fléchir. Leurs langues s'enroulèrent ensemble, s'affrontèrent. Maxum opérait à l'instinct, la débauche et la frustration refoulée. À aucun moment, leur baiser ne fut une douce exploration, mais tout aussi explosif qu'une guerre féroce, chaude et dévorante, une reddition de soi, une soif insatiable. Il voulait davantage et il en avait besoin maintenant, et ses bras cherchèrent instantanément les jambes de Darko, le hissant sur le bureau et l'allongeant sur le dos.

Maxum ne pensait pas au contrôle lorsqu'il aligna le bout de son membre avec la rosette de Darko. La prise des mains de celui-ci lorsqu'elles saisirent les hanches de Maxum pour les rapprocher disait que lui non plus, et Maxum s'enfonça, marquant une pause seulement pour savourer le premier hoquet qu'ils partagèrent. Il recula légèrement alors que la vague de plaisir se déplaçait en lui et installait sa pulsation épique à la base de ses testicules, puis il le pénétra jusqu'à être entièrement à l'intérieur. Le corps de Darko se resserra autour de lui comme un poing, un léger juron sortit d'une voix rauque de ses lèvres alors que Maxum se déplaçait d'un côté et de l'autre pour trouver ce dernier micron de profondeur, et encore un autre hoquet. Néanmoins, une fois que cette première sensation délicieuse fut passée, il commença à faire des va-et-vient dans l'amant sur lequel il était tombé par hasard, et il perdit le contrôle de lui-même. Le glissement salace de son sexe entre les parois étroites de Darko était aussi intense que le visage émotif qui le regardait, tout aussi consumé par ce feu de joie ardent qu'ils partageaient.

Leurs regards se soudèrent alors que Maxum trouvait un rythme qui leur convenait à tous les deux, leurs souffles rauques résonnaient dans le petit bureau alors qu'ils devenaient tous deux rien de plus que consommation et frénésie. Maxum ne pouvait pas penser, seulement ressentir, et tout n'était pas purement physique. Il y avait quelque chose chez l'hédoniste à l'air sauvage qu'il tourmentait actuellement. Comme la voiture exotique qu'on ne prenait pas seulement pour un essai auquel on devenait accro.

La sueur perla sur son dos, passant son parfum à la vitesse supérieure, embaumant l'air enfermé de la pièce qui se recouvrait tout aussi rapidement de l'odeur du sexe. Maxum aimait cette odeur. Pas de pots-pourris, juste deux hommes et le parfum masculin se battant pour dominer l'odeur de l'atelier mécanique.

Maxum augmenta encore sa vitesse, sentant l'intensité monter à la base de sa colonne vertébrale. Darko, aussi, grognait avec des respirations staccato créées par le pilonnage implacable de Maxum contre son derrière. Les poussées de ses testicules ajoutaient non seulement au bruit de leurs corps et de leurs expressions, mais stimulaient également leurs passions, l'envoyant précipitamment vers une jouissance explosive.

Seulement, Maxum voulait entendre davantage que les grognements de Darko et il plia les genoux et changea l'angle de ses coups de piston vers le haut pour trouver le jackpot. Darko projeta la tête, sa main entoura son membre et elle commença à pomper frénétiquement pour régulariser le plaisir intense qui le parcourait.

— Humm, *pu...*

Le mot se transforma en halètements puis il frappa, sa tête heurta le bureau, pour ensuite se recroqueviller avec le reste de son corps alors qu'il se crispait sous l'orgasme.

Maxum le suivit immédiatement. Il se redressa tout droit puis s'écrasa contre les fesses de Darko aussi fort qu'il le put et son membre s'installa jusqu'au fond où il s'immobilisa, grognant comme un animal menaçant alors qu'il jouissait. Le son qui résonna contre le mur et lui revint n'avait rien d'humain, mais il venait de lui, et correspondait complètement à ce qu'il ressentait. Et quand cela disparut, il s'écroula sur Darko en un amas de vide haletant. Des mains huileuses et crasseuses se posèrent sur lui en une caresse paresseuse sur son dos, en une faible tentative de le câliner, avant de retomber sur le bureau. La sensation granuleuse du contact rappela à Maxum les empreintes crasseuses qu'elles avaient probablement laissées derrière elles – *oh bon sang, il s'en foutait en cet instant.*

Maxum resta là jusqu'au moment où le chœur de halètements céda la place à un silence gêné et il se releva, se retira prudemment de l'homme auquel il était tellement accroc. Il retira sèchement le préservatif utilisé de sa verge, le laissa tomber comme un trophée dans la poubelle et disparut dans la petite salle de bain. La lumière clignota puis brilla sur lui d'un éclat jaune alors qu'il regardait son reflet et les marques de graisse sur sa mâchoire et son épaule.

— Putain, jura-t-il en tournant la tête pour mieux voir.

Il enduisit ses mains de la crème dégraisseur provenant du pot sur le bord du lavabo, l'étala et fit une tentative futile pour nettoyer la crasse alors qu'il réfléchissait silencieusement à ce qu'il en pensait.

Il saisit plusieurs feuilles d'essuie-tout dans le distributeur, les humidifia et tenta d'essuyer les marques de crasse de son épaule. Il essaya de se mettre en colère en se tenant là à les regarder, ou plutôt, il essayait de condamner leur présence. Les traînées de noir étaient simplement un symbole du fait qu'il était là où il ne le devrait pas, mais la colère ne vint jamais. Ni concernant l'endroit où il était, ni que son amant l'ait sali. Bien sûr, il s'en souciait. Il s'en souciait quand c'était une insulte envers ses sens. Ça, ce n'était pas la même chose. Darko le défiait, il ne l'insultait pas, n'agissait pas comme si Maxum n'était même pas là comme une personne réelle. Il ferma les yeux et se pencha en avant jusqu'à ce que son front touche la surface fraîche du miroir et resta simplement là, refoulant mentalement ses pensées. *C'était simplement...*

Un bras passa à côté de lui, ouvrit le robinet, perturbant ses pensées, et Maxum se redressa, son dos placé contre le torse de Darko. La main dans le lavabo essora un chiffon blanc propre puis se déplaça pour laver la verge détendue de Maxum, tandis que des lèvres douces embrassaient son cou. Et des yeux bleu foncé se reflétaient dans le miroir et le regardaient attentivement par-dessus son épaule.

— Tu as des doutes à mon sujet ?

— Non, répondit Maxum, juste un petit peu trop hâtivement, mais il ne voulait pas que ses pensées interfèrent. Viens passer le weekend avec moi.

Mais au lieu de lui répondre, Darko passa sa main autour de lui, prit la mâchoire toujours tachée et l'attira pour qu'il se retourne et atterrisse droit dans un lent baiser tendre, peut-être trop tendre, mais Maxum, en cet instant, ne s'en souciait pas non plus.

CHAPITRE TROIS

Darko avait en fait persuadé Maxum d'altérer leurs plans pour rester chez lui à la place, sous l'insistance qu'il n'allait pas dormir dans un lit inconnu la nuit avant l'entraînement. Maxum pensait que c'était une piètre excuse, jusqu'à ce qu'il aille l'observer d'un des ponts au pied du hangar à bateaux. Le skiff d'aviron de huit hommes glissait sur la surface de la rivière dans le soleil du petit matin. Il se pencha en avant sur le banc, fasciné par le physique et la fluidité de chacun des hommes. Il y avait une chose dans certains sports qui attirait l'attention d'un homme, comme le rugby ou le football. L'aviron en faisait maintenant partie.

Le vent de la fin du mois d'octobre fouettait sur l'eau, puis bondissait par-dessus le pont où il se tenait pour le frapper au visage avec l'arrivée imminente d'un hiver new-yorkais. Il resserra son manteau en laine autour de lui, souhaitant être sur le bateau. Même s'ils portaient beaucoup moins de vêtements, leurs corps vibrant sous l'effort du sport signifiaient qu'ils avaient plus chaud que lui.

Même si la vue était spectaculaire, l'aviron remontait la rivière avec régularité et allait se retrouver hors de vue, il décida donc de retourner chez lui, prendre un sac de voyage et faire quelques autres choses, puis de changer de voiture. Il calcula même ça bien, revenant au hangar à bateaux juste au moment où Darko en sortait pour le chercher. Celui-ci fut plus qu'heureux de voler Maxum et de le ramener à l'appartement.

Toute la journée et la suivante, Maxum et Darko se prélassèrent sur le sofa à regarder du porno gay, et jouèrent librement mutuellement avec leurs corps. Il n'y avait jamais aucune demande ou allusion, ils le faisaient simplement quand l'humeur leur en prenait, ce qui était assez fréquemment. Si Maxum avait été de l'alcool, Darko aurait du vent dans les voiles. Il n'était pas un homme inexpérimenté en matière de sexe, Darko savait ce qu'il voulait et n'avait pas peur d'être aventureux, et il avait beaucoup de sujets volontaires pour son menu. Malgré cela, Maxum s'appropriait ses désirs d'une manière qu'il n'avait jamais ressentie avec aucun d'eux. Il ne flirtait pas, il s'investissait. Son intensité était un effleurement constant contre les terminaisons nerveuses de Darko, éveillant une partie de son corps endormie depuis longtemps, le poussant dans une vraie frénésie.

— Alors, à quel point es-tu aventureux ? demanda Maxum en asticotant l'homme étalé sur ses genoux.

Darko lui lança un regard interrogateur.

— Du moment que ça n'implique pas de devoir appeler un de mes frères pour payer ma caution, je suis partant.

Maxum émit un petit rire.

— Je pensais davantage à de la nourriture. *Le Bernardin* organise sa petite fête de dégustation de nourriture et de vin ce soir. J'y ai une table réservée. Je n'étais simplement pas certain que tu serais prêt à endurer des plats sophistiqués surévalués et excessivement stylés.

Darko se retourna pour pouvoir lever les yeux vers lui.

— Ces choses-là te plaisent-elles ?

Le regard de Maxum tomba sur lui et il se gratta la lèvre d'un doigt, presque comme un tic nerveux.

— Oui.

Darko se contenta de sourire.

— Alors, allons-y.

— Bien. Habille-toi, et mets une cravate.

— Très bien, cependant ne t'attends pas à ce que je me lave les mains, plaisanta Darko.

Maxum s'immobilisa soudain, juste après s'être levé. Sa main chercha celle de Darko et amena lentement ses doigts à sa bouche et en suça deux. Un léger grognement accompagna son soupir lorsque sa langue goûta les restes de leurs masturbations précédentes.

— Je suis d'accord.

Il sourit malicieusement, lâcha la main de Darko et se dirigea vers la chambre où il avait placé son sac de voyage et le cintre de son costume un peu plus tôt.

Une heure et demie plus tard, ils s'arrêtaient devant le Waldorf Astoria sur Park Avenue. Pour autant que l'hôtel somptueux ne surprenne pas Darko, puisqu'ils allaient à une petite fête avec nourriture chic et dégustation de vin, la partie où Maxum s'arrêta devant le voiturier, le fit. Oh, bien sûr, les riches faisaient toujours ça, mais pas avec une voiture qui coûtait le salaire de toute une vie pour la plupart des gens. Pourtant Maxum laissa les clés sur le contact alors qu'ils sortaient. La deuxième chose qui prit Darko par surprise fut la sensation soudaine d'une main au creux de ses reins. Il jeta un coup d'œil à Maxum, juste avant qu'ils n'arrivent à l'intérieur.

— Alors, c'est un rendez-vous où on se touche ?

Maxum s'arrêta et quelque chose de hanté menaça d'apparaître juste sous son visage, mais sa main n'avait pas bougé.

— Tu ne veux pas que je le fasse ?

— Non... dit Darko avant de secouer la tête. Je veux dire si, simplement je ne m'y attendais pas. La haute société et tout ça.

Maxum sembla soulagé.

— À cinq mille la portion, je suis autorisé à quelques gestes en public, ou j'arrêterai de venir.

Avec ce commentaire, la main de Maxum s'appuya un peu plus, l'encourageant à entrer.

— D'une certaine manière, je doute que la perte de cinq plaques les fassent reculer.

Darko sourit d'un air suffisant alors qu'ils avançaient dans le large couloir rempli de gens s'attroupant vers la salle de réception.

— Ils le font, quand je vais de six à huit de ces trucs par an, dit-il avec un petit rire.

Ils entrèrent dans la salle événementielle et l'odeur de nourriture, de vin et d'argent les frappa de plein fouet. Sans le contact réconfortant de la main de Maxum toujours sur son dos, Darko était sûr qu'il se serait immédiatement retourné pour partir. Il était déjà allé dans des petites fêtes, à proximité de gens riches, mais il savait parfaitement qu'il n'y avait pas sa place. Cependant, il aimait beaucoup avoir sa place dans les bras de l'homme près de lui, alors un peu de malaise social était tolérable, étant donné les retombées.

Presque tout de suite, quelques mondains dans la foule s'approchèrent pour saluer Maxum. Chaque fois, remarqua Darko, il lui caressait le dos avant de s'éloigner pour serrer des mains ou attraper une épaule pour une bise de salutation impertinente, puis il revenait à sa position d'origine avec sa main caressant Darko comme un signal qui disait *Je sais que tu es encore là*. Darko aimait ça. Alors qu'ils continuaient à se diriger vers le bar, il leur fut impossible d'y arriver sans faire quelques autres arrêts. Mais une fois là-bas, un lourd soupir provint de Maxum qui provoqua un petit rire chez Darko. Clairement, l'imitation de la relâche de la soupape de pression était provoquée par toutes les tentatives banalement innocentes du toucher des dames. Que ce soit pour son apparence ou sa valeur marchande n'avait pas d'importance. Ce qui amusait Darko, c'était qu'à chacune, Maxum semblait s'en inquiéter davantage. Cet homme était purement 100% de muscles gay.

— Alors, ces gestes en public... ont-ils une limite ? le taquina Darko, davantage pour ramener les pensées de cet homme sur une zone de confort en perspective.

Les doigts de Maxum feuilletèrent une des listes de vins sur le bar et la ramenèrent pour parcourir la sélection à goûter. Le bras autour de Darko se resserra, le rapprochant pour avoir entièrement son corps en contact avant de se tourner pour lui faire face avec une expression en partie contente, en partie incandescente.

— Habituellement, si l'expression « *prenez une chambre* » doit être mentionnée, je pense qu'ils s'attendent à ce que nous nous dirigions cordialement vers la sortie.

Et pour le prouver, Maxum se pencha et l'embrassa. Rien de trop excitant, mais ce n'était pas un bisou sur la joue *en coup de vent* non plus. Les lèvres douces de Maxum s'attardèrent sur les siennes, délivrant un message subliminal comme pour dire à chaque fibre de son corps – *enfin, je t'ai trouvé.*

Bon sang. Il pourrait bien apprendre à aimer cet homme.

La soirée continua. De la musique en live pour distraire. Un échantillonnage non-stop de plats – certains tellement chics et exotiques que Darko ne put se décider à les goûter. Il esquissa quelques expressions en serrant les lèvres pour les empêcher d'être enfournées tout de même dans sa bouche, ce que son riche amant prenait un certain plaisir à faire, comme un nouveau jeu auquel il n'avait jamais pu jouer avant. La nourriture, bien sûr, fut encore suivie de vin. Passant de léger et fruité au plus sombre et charpenté. La salle de banquet elle-même avait un riche éclat, des murs couleur chocolat noir parés d'ocre et d'or, des tables bleu marine et quelques tables de bar hautes parsemaient la pièce. Toutes formant un cercle autour d'un banquet central de hors-d'œuvre et canapés à volonté. Maxum était dans son élément, appréciant la soirée autant que Darko aimait d'être à une compétition d'aviron. Il devait admettre que la compensation était toujours en bonne position dans la course pour lui. Néanmoins, il commençait à regarder les balcons qui surplombaient la salle de bal, remarquant qu'aucun n'était utilisé – et c'était bien plus facile que de prendre une chambre, avec un côté coquin en plus. Maxum avait abandonné son poste pour une pause-toilettes et sans aucun doute, les dames arriveraient comme des vautours à l'affût d'un instant sans personne à ses côtés. Darko se replia donc vers le bar principal, commandant une bière brune pour soulager son palais. Il ressentait le besoin d'équilibrer les plats chics avec la saveur d'un malt audacieux, davantage à son goût, et avec la familiarité pendant qu'il attendait que l'homme tout aussi sympathique et au goût tout aussi audacieux revienne.

Un gentleman roux, vêtu d'un beau costume ocre s'approcha de Darko, posa ses coudes lourdement sur le bar et fixa son corps avec autant de poids. Darko eut seulement un sourire suffisant, le niveau de son gaydar allant fortement dans le rouge. Il y en avait toujours un qui finissait par s'approcher. Il vit tous les *signes* écrits partout sur son visage : marié, hétéro, une vie sexuelle insatisfaisante, et toujours incapable de la combler. Ces types-là draguaient bien souvent ceux qu'ils espéraient être assez expérimentés pour les mener jusqu'à l'épanouissement de leurs besoins refoulés. Darko émit un petit rire, *une proie parfaite à transformer en un matériau soumis*. Il porta un doigt à sa bouche, dissimulant le rire intérieur et silencieux alors qu'il s'humidifiait les lèvres. *Eh bien, il pourrait même le brancher, si l'humeur pour être aussi gentil le prenait.* Ce qui n'était pas le cas – pas ici – et pas pendant son rendez-vous. Même si Darko ne lui avait fait aucun signe en invitation, cet homme avait clairement eu la main lourde sur son courage en bouteille et commença quand même par les banalités d'usage. Darko savait qu'il n'était pas sur son domaine, s'il avait été à la Taverne, au *Club Pain*[1] ou, *bon sang*, même en visite occasionnelle au Bracelet en Cuir, il aurait été clair sur ce que signifiait la définition de *dégage*. À la place, il s'en empêcha, juste au cas où *Monsieur Rouquin* serait un client ou un ami proche de Maxum. Dans un cas comme dans l'autre, ami ou pas, Darko ne donna aucun encouragement vers davantage de conversation. Regardant droit devant lui, il savourait sa brune. Rien de cela ne sembla dissuader cet homme. Ce ne fut que lorsque Maxum fut de retour à ses côtés, que *Monsieur Rouquin* posa la question.

— Alors, il y a une chance que je puisse avoir votre numéro ?

Monsieur Rouquin baissa nerveusement les yeux vers le sol.

— Ce n'est pas un gigolo.

---

[1] Club de la Douleur

Un ton possessif passa par-dessus l'épaule droite de Darko et il se retourna pour voir que Maxum était mécontent vu son expression.

Darko ne pensa pas une seconde qu'elle pouvait être à cause de lui, et il pencha la tête en arrière, attrapant Maxum par la cravate, et le tira pour un baiser.

— Mais, *lui,* c'est ce qui arrive quand tu laisses ton miel à portée des mouches, plaisanta Darko pour alléger l'atmosphère.

Quelque chose changea en Maxum à cet instant, Darko reconsidérant que peut-être une partie de l'agitation fût vraiment à cause de lui. Le défaut dans l'expression de Maxum fut réparé et effacé. Il sembla soulagé et avec un sourire qui le montrait, il se pencha sur Darko et l'embrassa plusieurs fois. Chaque baiser devenait plus long et plus profond jusqu'à ce que le dernier les laisse figés en leur faisant comprendre qu'il était l'heure pour cette chambre, ou peut-être le balcon qu'il avait repéré. Il le dit même dans un grognement lorsque Maxum recula pour reprendre son souffle.

— Ne m'oblige pas à le dire deux fois, le taquina Darko.

Maxum répondit avec un grognement sourd et pencha la tête.

— Humm, partons d'ici alors.

Quelques heures plus tard, la lune les éclairant à travers les murs vitrés de la chambre, les deux hommes étaient couchés, en cuillère, l'un contre l'autre, les bras de Maxum enroulés autour de Darko, le gardant pressé contre son torse alors qu'ils écoutaient tous deux silencieusement leurs respirations se stabiliser après un long rapport sexuel. Le sexe de Maxum se trouvait encore à l'intérieur de Darko, savourant quelques coups de reins post-coïtaux, alors qu'il lui mordillait l'épaule. Darko avait un bras replié sous la tête, l'autre accroché fermement à la cuisse de Maxum, toujours drapée sur sa hanche, de peur qu'il décide de s'arrêter trop vite. C'était la première fois qu'ils ne s'étaient pas sautés dessus comme des animaux sauvages, se précipitant pour se marquer mutuellement de sperme. À la place, cela s'était passé lentement. Beaucoup de contacts et de baisers – et de génialité. Ses yeux se posèrent sur le réveil. Une heure et quinze minutes. Sacrément long. Une main se leva et détourna son visage pour le barbouiller de baisers humides et de léchouilles.

— Merci, dit Maxum en soupirant de contentement.

— Pour ? demanda Darko en se déplaçant pour mieux le voir.

— Pour une nuit parfaite.

— Et le gigolo ?

Darko n'avait pas vraiment l'intention de le contrarier là-dessus, mais il était juste assez curieux pour le taquiner.

La raillerie lui obtint un baiser brûlant et un grognement en prime.

— Putain, tu es trop beau pour être possédé, mais je ne voulais pas que qui que ce soit se fasse une mauvaise opinion de toi.

Son étreinte se resserra, tirant Darko pour qu'il s'installe contre le torse parfaitement sculpté qui s'appuyait contre son dos. La cuillère était toujours un confort idéal, mais jamais auparavant il ne lui avait semblé qu'il était avec le parfait complément alors qu'ils se pelotonnaient pour dormir. Il sentait les lèvres de Maxum appuyées de manière permanente contre sa nuque.

— Tu sais que je pourrais être fourni avec un bail avec option d'achat, réussit à suggérer Darko avant d'avoir trop dérivé.

Mais le lourd soupir de silence derrière lui fut plus que Darko n'en avait attendu. Il sentit même la légère tension dans le corps de Maxum et il eut un pincement au cœur, car Maxum ne se mit pas à rire face à cette suggestion, mais se déroba devant. Un autre *signe* – seulement celui-ci, Darko aurait préféré ne pas l'avoir relevé.

Le lundi de Maxum était comme celui de n'importe quel homme d'affaires – agité, chaque heure de son emploi du temps réservée avec plus d'une réunion à laquelle il pouvait humainement assister. Mardi fut à peine mieux pour lui, et quand une chute soudaine dans certaines actions signifia qu'il devait convenir d'une visioconférence avec des PDG à Hong Kong, il put à peine caser du temps pour passer l'appel qui annulerait ses projets de dîner.

— Alors, comment va mon preux chevalier en armure scintillante ? Je m'attendais à avoir de tes nouvelles plus tard.

Maxum oublia presque la raison de son appel, lorsque la voix grave de l'homme à l'autre bout du fil se glissa dans son esprit et y prit forme.

— Euh, oui, j'ai peur de devoir annuler. Une réunion avec des clients à Hong Kong va avoir lieu.

— Tu me rejettes pour de la nourriture chinoise, hein ?

Darko émit un petit rire à l'autre bout du fil. S'il y eut une note de méfiance, Maxum ne la remarqua pas.

— Eh bien, ne viens pas te plaindre quand tu auras faim une heure après.

— J'essaierai.

Maxum laissa échapper un rire détendu, mais resta silencieux, s'attardant au téléphone, ne sachant pas quoi dire, mais curieusement, il ne se sentait pas obligé de raccrocher non plus. Il trouva même un réconfort inattendu lorsque Darko ne coupa pas court à l'appel, la conversation insignifiante n'ayant que peu d'importance, excepté pour lui tenir compagnie, le laissant dans une zone de confort qu'il trouvait rarement ces temps-ci, qui pourtant s'attarderait tout au long de son voyage.

Maxum devait revenir ce soir-là et il avait dit à Darko qu'il appellerait une fois rentré, Darko fut donc surpris quand il entendit le coup à la porte, et jetant un coup d'œil par la fenêtre, il remarqua la voiture exotique familière.

— Es-tu vraiment venu directement...

Ses paroles furent coupées quand Maxum entra, laissant tomber la valise sur le sol puis tendant les bras pour l'attraper et l'attirer dans un baiser langoureux. C'était de loin les meilleures retrouvailles disant *content d'être rentré* qu'il n'ait jamais expérimenté et pendant qu'un bras remontait pour se joindre à l'étreinte, Darko se tenait toujours à la porte pour se stabiliser alors que la langue de Maxum le renversait littéralement.

Sans briser le baiser sensuel, Maxum tendit le bras et retira la main de Darko qui tenait la porte, la refermant, puis il le prit à nouveau dans ses bras, approfondissant le baiser.

OK, donc il se sentait totalement renversé.

Darko commença à marcher à reculons et Maxum sembla suivre le rythme, comme une danse incandescente réglée sur le rythme de leurs désirs mutuels, ne permettant pas à la connexion d'être coupée si ce n'est que, par quelques mots prononcés contre ses lèvres.

— Je pensais que j'allais te câliner à fond avant que nous allions dans ta chambre.

Maxum émit un petit rire.

— Pas la chambre... la cuisine.

— Hum, pervers. Je peux gérer de m'occuper de toi dans la cuisine.

— Le repas...

Sa tentative de débattre de l'utilité d'aller dans la cuisine fut interrompue par d'autres baisers, ainsi que par le déshabillage de la veste de costume de Maxum, qui alla voler par-dessus le dossier du sofa lorsqu'ils passèrent devant. Darko se libéra de l'étreinte de leurs lèvres.

— Dans le sens de, je prépare le dîner.

— Hum, mais je n'ai faim que de toi pour l'instant.

Maxum plongea sur lui avec l'enthousiasme total de son appétit sexuel.

Bon sang, mais ce type l'excitait non-stop. Darko sentit le renflement apparaître dans son jean, et les mains de Maxum ne s'y étaient même pas encore aventurées. Même si *l'endroit* où ses mains bifurquèrent était incroyable, le corps de Darko lui hurlait d'arriver à son sexe de préférence tôt plutôt que tard. Et, comme si on exauçait ses prières silencieuses, Darko se retrouva poussé contre le plan de travail pendant que Maxum descendait sur son corps, défaisant le jean pour le retirer comme s'il était affamé de ce qui se trouvait à l'intérieur.

Darko s'appuya en arrière sur les mains, attrapant le plan de travail, pendant que Maxum manipulait ses jambes et retirait son jean une jambe après l'autre. Ses yeux volèrent vers les steaks sur le gril de la cuisinière, mais ils furent immédiatement éloignés de ses pensées du dîner par la langue qui remontait lascivement sur sa cuisse. Il laissa échapper un sifflement, sa tête tombant en arrière alors que ses hanches donnaient un coup de reins pour aller à la rencontre de la bouche en pleine ascension.

Les dents de Darko trouvèrent sa lèvre inférieure, sa tête toujours penchée en arrière sur ses épaules, et ses mains accrochées sur le rebord du plan de travail dans une prise en étau alors qu'il abandonnait son corps aux lèvres qui touchaient maintenant son membre à travers son caleçon. *Bon sang, comment avait-il passé la semaine sans ça ?* fut-il forcé de se demander. Les mains de Maxum se posèrent sur l'arrière de ses cuisses puis sur ses hanches, enserrant son caleçon et le descendant. Son sexe surgit pour être accueilli par la pression du visage de Maxum qui s'écrasa contre lui, inspirant profondément comme s'il testait l'odeur de Darko pour se souvenir de ce qu'il préférait.

— Je dois éteindre le gril, siffla Darko, mais l'information ne sembla pas passer dans le cerveau de l'homme agenouillé devant lui.

Une main attrapa la cuisse gauche de Darko, l'encourageant à s'écarter et Maxum plongea. La main libre de son amant écarta ses testicules et une langue humide et chaude trouva sa voie sur son périnée, remonta entièrement en le léchant jusqu'à ses bourses, les suçant l'une après l'autre, donnant à chacun de ses orbes charnus un dernier nettoyage, puis il lécha le dessous de son membre et remonta l'arête dure, jusqu'à finalement encercler le gland en forme de champignon.

Les steaks grésillèrent et crépitèrent sur le gril de la cuisinière jusqu'à ce que l'odeur de viande carbonisée commence à remplir la cuisine.

— Maxum, il faut que je...

— Ne bouge pas, grogna celui-ci.

— Hé ! C'est de la bavette sur le gril. S'ils brûlent...

— Je t'emmènerai dîner quand je me serai rempli de toi. Et, par t'emmener, je veux dire un dîner cher.

Et sans un mot de plus et ne le laissant pas tendre le bras vers la table de cuisson, Maxum engloba entièrement le sexe de Darko dans sa bouche, le suçant entièrement.

Darko grogna lorsque son membre toucha le fond de la gorge de Maxum.

— Oh, mon Dieu, c'est tellement bon.

D'autres grognements lui échappèrent et sa main, de son propre chef, trouva l'arrière de la tête de son amant et le tint alors que ses hanches faisaient plusieurs va-et-vient avant de se forcer à sortir pour le laisser respirer tandis qu'il s'étirait pour éteindre le grilloir avant de brûler son appartement.

— Marché conclu.

Darko ronronna ces deux mots et fut immédiatement ravalé dans la bouche de Maxum.

Après que Maxum eut sa dose de *fellation*, les deux hommes se changèrent, montèrent dans la voiture et se dirigèrent vers le *Gramercy Tavern* pour le dîner de steak promis. Maxum essaya de ne pas laisser sa tête se languir des plaisirs avec cet homme. Pas même quand le bras de Darko passa autour de lui alors qu'ils entraient joyeusement dans le coin-taverne pour manger, plutôt que de se diriger vers la section du restaurant, aucun des deux hommes ne fut inquiet des regards qu'ils pourraient attirer. Quoi qu'il en soit, plus important encore, Maxum ne s'inquiétait pas que quelqu'un puisse faire des conjectures du changement dans sa vie ou avec qui il se trouvait. Simeon ne mangeait jamais de steak. En fait, les seules fois où Sim mangeait quoi que ce soit qui n'était pas végétarien, c'était lorsque cela coûtait à Maxum une plaque par assiette à une réception de charité. Il réprima un grognement, sachant qu'il venait d'inviter ses pensées agitées à noyer sa bonne humeur. Ce serait à un autre endroit – à un autre moment – pas ici ou avec cet homme.

Ils prirent un petit box dans un coin qui leur permit de s'asseoir en diagonale l'un par rapport à l'autre et examinèrent le menu. Mais, s'il devait y avoir un moment de gêne, il ne vint jamais. Darko engagea la conversation comme s'ils avaient leur place pile où ils se trouvaient. Aucun passé ou résidu pour assombrir leur soirée.

— Alors, parle-moi de ta toute première voiture de collection.

Maxum cligna des yeux vers lui, presque surpris par cette question. Il n'aurait pas dû l'être, Darko était un homme branché par des trucs d'hommes. Simeon ne s'était jamais intéressé à sa collection, il lui demandait juste de se montrer avec le modèle en pensant que ça impressionnerait ses amis. Darko examina le menu, le regardant occasionnellement, attendant qu'il raconte son histoire. Maxum sentit son sourire réchauffer son visage, brûlant tout le reste de ses pensées et pour la première fois depuis longtemps, il se sentit complètement à l'aise, et bien trop à l'aise.

Un sourire revint sur son visage que Darko put sentir lorsque Maxum se rappela le précieux souvenir.

— Ma première voiture était une Austin Healy de 1955. La maudite chose n'a jamais roulé, mais j'aimais regarder par la fenêtre de mon appartement et la voir sur ma place de parking. J'avais dix-sept ans à l'époque et je ne gagnais pas assez d'argent pour me permettre les réparations donc j'ai pris un deuxième boulot. Avant même que je ne l'aie fait remettre en état, j'avais l'œil sur une autre voiture. J'ai décidé à ce moment-là que j'avais besoin d'une carrière qui allait me permettre de satisfaire mon addiction.

Darko était sur le point de poser une autre question, mais elle dut attendre quand leur serveur arriva pour prendre leurs commandes. Une réponse que Darko devait encore déterminer puisqu'ils avaient parlé non-stop depuis leur arrivée. Que Maxum ait remarqué son hésitation, ou qu'il soit simplement habitué à diriger la table, ayant de toute évidence un plan, il commanda.

— Oui, je vais prendre la courge musquée avec du homard et de la soupe aux choux de Bruxelles, dit-il en jetant un coup d'œil à Darko. T'es-tu décidé sur l'apéritif ?

— Je te fais confiance, fut tout ce que Darko répondit, appréciant de le regarder prendre les rênes.

Maxum émit un petit rire en secouant légèrement la tête et ajouta à leur commande.

— Très bien alors, nous prendrons également des huîtres et de la mousse de foie gras.

La tête de Darko se redressa, affichant une sacrée expression.

— De la mousse de foie gras ?

— Tu as dit que tu me faisais confiance.

— Eh bien... je veux dire... c'est juste...

Maxum lui lança simplement un sourire amusé et les sourcils de Darko avaient dû retomber à moitié sur son visage avec l'expression qu'il lui renvoya.

— D'accord, je vais le tenter une fois.

Leur serveur leur sourit.

— Très jolie sélection, et avez-vous besoin de plus de temps pour vos plats de résistance ?

— Non... dit Darko. Nous prendrons tous les deux des steaks de Kobé saignants avec juste une touche de mélange d'épices à la cajun avec l'accompagnement poireaux et champignons, et des boulettes de pommes de terre avec la sauce au beurre de crème acidifiée.

Ce fut au tour de Maxum d'afficher un air surpris.

— Tu as bien remarqué qu'ils n'ont pas de steaks de Kobé sur leur menu ?

Darko lui répondit avec un sourire satisfait.

— Ah, oui, mais c'est un restaurant de grillades et tous les restaurants de steak de New York savent qu'ils doivent en avoir. Tu dois juste être *dans la confidence* pour en commander.

Maxum hocha la tête, Darko avait raison. Le Kobé était onéreux et rarement listé sur un menu, mais, si quelqu'un pouvait se le permettre, il savait qu'il en aurait un à sa demande. Il leva les yeux vers le serveur qui attendait la confirmation.

— Le Kobé est-il disponible ?

Il sourit joyeusement.

— Eh bien oui, messieurs. Arrivé fraîchement d'hier.

Maxum hocha la tête.

— Excellent. Deux Kobé.

Le serveur griffonna la sélection, s'inclina légèrement et s'éloigna en hâte pour passer leurs commandes.

— Alors, as-tu un jour fait tourner l'Austin ?

Darko ramena rapidement le rythme sur les voitures et les bolides.

Maxum sourit fièrement.

— Oui.

— Et qu'est-ce qui attirera ton œil ensuite ?

Maxum émit un petit rire et se pencha pour déposer un bisou espiègle sur les lèvres de Darko.

— Tu veux dire en dehors de toi ? demanda-t-il en revenant à sa posture précédente. Hum, pas sûr. En définitive, je veux ajouter la McLaren F1 ou peut-être la Devon GTX. Chacune est également une voiture exceptionnelle à posséder.

Il se gratta la lèvre et émit un petit rire.

— Je rêve aussi de voitures de films, mais une de mes préférées n'existe plus. Des bâtards stupides l'ont vraiment jetée d'une falaise et il n'y avait qu'une seule voiture de sport Jaguar XKE modifiée.

— Attends. Tu veux parler de la Hearst Jaguar de *Harold et Maude* ?

Darko se mit à rire.

— Oui, tu connais le film ?

— Qui ne le connaît pas ?

Darko prit une longue gorgée de son verre de bière brune fraîche avant de continuer :

— Donc, pas de Bugatti pour toi ? Ou est-ce hors de ta gamme de prix ?

Maxum se mit à rire vigoureusement.

— J'en ai déjà deux, dit-il en hochant la tête avec un sourire intérieur chaleureux. Et elles sont parmi mes préférées. J'ai pris la Bugatti Roadster avec la palette bicolore, noir mat et bleu mat il y a plusieurs années, mais à l'instant où j'ai posé les yeux sur la Bugatti Veyron L'or Blanc, j'ai su qu'elle devait être à moi. J'ai vendu trois de mes autres juste pour pouvoir l'avoir. J'ai déjà des projets pour un voyage prévu sur la Piste d'Essais Ehra-Lessien de Volkswagen en

Allemagne à la fin du printemps, d'y envoyer les deux voitures pour les pousser à fond.

Le sourire que Maxum affichait maintenant, alors qu'il parlait de la piste ovale de quarante-huit kilomètres *autrefois* top secret avait plus de valeur que les voitures dont il lui avait parlé, et cela faisait que Darko était en train de tomber amoureux de lui. Il y avait quelque chose chez Maxum qui le mettait dans une classe à part. Un homme d'affaires qui s'était fait tout seul, ce qui lui permettait d'avoir tout ce qu'il voulait, pourtant il lui manquait l'ego qu'on trouvait habituellement avec un tel statut. Maxum était décontracté dans presque tout ce que Darko l'avait vu faire, sauf peut-être, son désir pour du sexe pur et brut. Il donnait une impression de majesté qui ne faisait que donner davantage de poids au surnom qu'il lui avait donné en tant que son chevalier. Pourtant, à l'intérieur de tout ça, alors que Darko écoutait Maxum parler de son expérience à foncer sur la dernière portion de vingt-quatre kilomètres aussi vite qu'il pouvait pousser les limites, Darko voyait également un enfant, agitant sa précieuse carte de base-ball de *Mickey Mantle*, ou quelque chose qui était tout aussi sincère, à l'intérieur. Maxum St. Laurents était peut-être riche, mais il était humain aussi, et c'était la partie de lui que Darko appréciait le plus.

Alors que l'heure et demie suivante s'écoulait, la discussion pendant qu'ils mangeaient passa des voitures aux motos, du voyage de Maxum à la manière dont Darko s'était impliqué dans l'aviron. Maxum posa des questions sur la manière dont le nom emblématique et *dans-ta-face* de l'Équipe d'Aviron des Reines de Greenwich avait vu le jour et il écouta Darko discourir sur la manière dont son rythme plus rapide que la normale avait rendu impossible pour lui de concourir d'une autre manière qu'en rameur en skiff. Les deux hommes auraient pu être les meilleurs amis prenant juste des nouvelles de la vie de l'autre, avec un intérêt tout aussi investi. Seulement les leurs venaient avec des suppléments exceptionnellement torrides, alors que la nuit tombait, et que tous deux se sentaient plutôt pressés de continuer.

Après un trajet précipité pour retourner chez Darko, qui avait fait étalage de ses talents de conduite qui correspondaient à sa voiture, Maxum était maintenant assis, complètement nu, dans le coin du sofa à caresser son sexe pendant qu'il attendait son retour. Il fut complètement pris par surprise quand Darko arriva en rampant sur lui par l'arrière du sofa. Des jambes robustes dotées d'une force mystérieuse se fixèrent autour de la tête de Maxum, les genoux appuyés sur le dossier, tandis qu'il s'abaissait jusqu'à ce que son visage arrive au-dessus des cuisses de Maxum, les mettant tous les deux en une position parfaite de soixante-neuf vertical.

Maxum ne perdit pas de temps à s'adapter, enfonçant son visage dans l'odeur musquée du sexe et des testicules qui lui étaient offerts. Il tendit les mains vers les hanches de Darko, les bloquant, et le tira vers le bas jusqu'à ce que son aine lui écrase le visage. Le nez enfoncé contre la chair bronzée, il suça la peau douce, passant d'une bourse à l'autre, baignant chacune entièrement de la langue. Il inspira profondément, profitant de chaque saveur aromatique et émettant un hum appréciateur.

Ses pensées eurent quelques ratés quand il sentit son pénis s'enfoncer dans la caverne chaude et humide de la bouche de Darko, qui lui envoya une vague chaude de plaisir. *Bon sang, cet homme savait comment le nourrir.* Les bras de Maxum se resserrèrent autour des hanches de son amant, l'écrasant encore plus fort contre son visage tandis qu'il avalait chaque centimètre du sexe encore partiellement flasque de Darko dans sa gorge, gémissant à la sensation joyeuse de le sentir grossir dans sa bouche. La chair dure et gonflée se pressa contre sa langue jusqu'à ce qu'il s'étouffe presque avec le gland maintenant enflé d'une manière spectaculaire.

Simeon ne le laissait jamais faire ça avec lui. En fait, il n'aimait pas qu'on touche son sexe en dehors d'une branlette. C'était étonnant qu'il ne se le fasse pas couper, mais bon, si Simeon avait fait cela, Maxum l'aurait largué en un instant. S'il devait avoir un homme dans son lit, ce serait un homme complet, sexe et tout le reste. Ici, Darko ne le contrecarrait pas, et jusqu'ici lui permettait de se délecter de son obsession orale. De ce que Maxum en devinait, il le ferait participer s'il ne faisait ne serait-ce que penser à passer outre de tels plaisirs. Néanmoins, ce n'était pas le cas. Il aimait le corps d'un homme, aimait goûter, sentir et en ressentir chaque centimètre. Il y était accro. Le corps masculin était son fétiche et Darko lui convenait parfaitement.

Pourtant, Simeon avait ses bons côtés, ayant été le partenaire parfait à son bras, faisant de lui-même le quasi parfait mari-trophée. La fourberie féminine de Simeon en faisait un mondain à succès à toutes les fêtes et sauteries publiques. Se liant d'amitié avec les épouses de tous les partenaires de Maxum en un temps record, il avait avec elles un emploi du temps chargé de déjeuners et pour prendre le thé, se transformant essentiellement en un parfait ami *gay en vogue*. Simeon distrayait les femmes et leur donnait l'impression d'être importantes, rien que cela rendait les clients de Maxum heureux. Cependant, Simeon était parfois trop flamboyant pour ses goûts personnels. Pas la beauté masculine androgyne qu'était le frère de Dane Masters, Vince, mais absolument une *queen*.

Contrairement à l'homme actuellement basculé au-dessus de lui, suçant son sexe, lui offrant le sien. Darko était un désir sombre, pur et entièrement mâle dominant qui, étonnamment, semblait apprécier le sexe à l'envers, une chose totalement nouvelle pour Maxum. Mais il était actuellement accro à l'invitation permanente de laisser libre cours à ses besoins profondément réprimés en lui. Il se mit presque à rire rien qu'en imaginant la réaction de Simeon s'il lui demandait un jour d'être actif juste une nuit.

Maxum souleva ses doigts, les trempa de salive et les tendit encerclant l'étroite rosette de Darko puis poussa. Il fut récompensé de son geste par un frisson qui s'écoula le long du corps de Darko. La sensation était exquise, poussant son avidité au niveau supérieur. Maxum déplaçait lentement ses doigts en va-et-vient, appréciant la sensation soyeuse des parois internes de Darko. Il tortilla et incurva un doigt, attrapant le point sensible et l'effet se répercuta sur la bouche de Darko, qui se resserra autour de son membre.

— Oh, mon Dieu, enculé, ton corps est incroyable, grogna-t-il tout haut.

Il lécha une des cuisses de Darko tout en regardant son doigt entrer et sortir en glissant dans l'entrée étroite, alors que ses parties inférieures étaient noyées dans une béatitude totale. Maxum ne s'était pas attendu à ce que son appréciation soit prise comme une invitation, mais ce fut exactement comme ça que Darko la prit. Se décollant de son corps, son membre glissa des lèvres de Maxum avec un bruit sonore, et il le retourna rapidement à quatre pattes sur le dossier du sofa.

— Je serai plus qu'heureux de te faire plaisir.

— Attends.

Maxum résista un instant, il était encore en mode *repas*, et n'en avait pas encore fini avec le sexe de Darko. Il avait eu la ferme intention de goûter son sperme ce soir.

— Ah, impossible, chéri. Tu as dit *enculé* et c'est exactement ce que je vais faire. De plus, c'est mon tour après tout.

La main de Darko attrapa comme par magie l'emballage en aluminium et l'ouvrit avec les dents, puis enfila le préservatif pendant que ses doigts étalaient une petite quantité de lubrifiant autour et dans l'orifice de Maxum.

Son sexe taquina l'anus étroit et Darko s'enfonça à l'intérieur, ses poumons sifflant une expiration bruyante d'air alors qu'il plongeait lentement jusqu'à la garde. La chaleur et la prise étroite des parois musclées s'enroulèrent autour de son membre, l'engloutissant dans une promesse de béatitude extrême. Qu'y avait-il chez cet homme qui rendait le sexe tellement meilleur que n'importe quel autre qu'il avait pénétré ? Darko laissa sa tête retomber sur ses épaules, les yeux clos, laissant chaque terminaison nerveuse plonger droit dans la chaleur que son membre absorbait. Il grogna ce qu'il espérait ressembler à une approbation pure parce que bon sang, c'était incroyablement bon. Ses doigts se serrèrent sur les hanches de Maxum, ses genoux se déplaçant alors qu'il se préparait à le pilonner.

Maxum se mit en boule, empoignant le coussin à l'arrière, grognant des jurons dans sa gorge. Ce doux, mais douloureux premier étirement fut facilement recouvert par le tendre contact de Darko, tandis que son sexe commençait à glisser en allées et venues dans son postérieur. L'élixir exquis du désir corporel commença à fonctionner sur lui comme une voiture de Formule-1 bien préparée, s'échauffant sur les pistes. Son propre sexe se balançait de haut en bas, son liquide pré-séminal s'égouttant par la fente.

— Oh putain, c'est incroyable. Oui, baise-moi.

Et il se poussa en arrière, faisant savoir à son amant interdit qu'il était prêt pour qu'il se lâche et brûle la piste.

Mais, aussi enthousiaste que Maxum soit d'en arriver au pilonnage, son conducteur était apparemment réticent à s'y mettre. Il lança un regard implorant par-dessus son épaule et fut accueilli par des yeux bleu profond qui ne faisaient pas que le regarder, mais observaient en lui avec un air euphorique. Le membre de Darko glissait lentement à l'intérieur et ressortait tout aussi lentement. Une de ses mains lâcha la hanche de Maxum et passa soudain sur son propre torse, il s'humidifia les lèvres avec un hum et ses yeux bleus se révulsèrent, projetant sa tête en arrière, quand les presque vingt-trois centimètres de sexe épais et non circoncis touchèrent lentement le fond de l'orifice de Maxum.

— Putain, tu es tellement délicat, mais bon sang, Darko, je ne sais pas combien de temps je vais encore pouvoir tenir avec ce truc au ralenti. J'ai besoin que tu me pilonnes... grogna Maxum. Baise-moi, bon sang.

Il se poussa en arrière, mais sentit seulement les deux mains qui étaient de retour sur ses fesses, le gardant en place, et Darko allait le faire supporter ça plus longtemps.

Maxum avait eu la ferme intention de s'habiller et de partir dès qu'ils auraient terminé leur festival du sexe. Mais tout comme lors de sa première fois avec Darko, il était tellement satisfait qu'il s'endormit, roulé en boule, les bras et les jambes de celui-ci autour de lui. Il dormirait un peu et filerait à l'aube. Mais quand le matin vint, il s'attarda, prenant paresseusement une douche, se disant qu'il prendrait la tangente ensuite. Maintenant, il se tenait là, regardant l'homme traînassant au lit avec un corps *à tomber*, Maxum n'arrivait toujours pas à se décider à partir.

Il fallait qu'il s'en aille. Ça n'allait pas du tout. Il ne devrait pas se sentir aussi fasciné malgré tout le désir qu'il ressentait pour lui. Cependant, son sexe se redressait déjà sous la serviette enroulée autour de ses hanches. Même son derrière, qui n'avait pas été pénétré depuis qu'il avait quitté l'université jusqu'à ces dix derniers jours, se languissait d'être envahi à nouveau.

Darko remua sur le lit, une main planant au-dessus des muscles de son torse, se grattant puis tombant légèrement sur son ventre. Maxum prit une profonde inspiration et grogna. *Peut-être rien qu'un autre coup et je partirai*, se dit-il.

Maxum rampa sur le lit, se positionna au-dessus du corps tentant qu'il venait d'admirer et posa une main de chaque côté de sa tête, planant au-dessus de lui alors qu'il s'éveillait.

— Te voilà, lui chuchota Darko d'un ton endormi.

Il roula directement sur le dos entre les bras de Maxum, ses hanches se décollant du lit pour aller à sa rencontre en une invitation racoleuse et il gémit son besoin silencieux pour lui.

— Tu dors comme une souche. Heureusement pour moi, tout était facile à trouver, dit Maxum, essayant de son mieux de ne pas avoir l'air aussi captivé qu'il l'était en cet instant.

Darko retira la serviette de la taille de Maxum et la lança au sol, le regardant simplement avec un amusement sinistre, comme s'il le défiait d'y faire quelque chose. Ses hanches se soulevèrent à nouveau, pressant son sexe matinal et turgide contre le sien, sachant parfaitement ce qu'il lui faisait. *Il ne partirait pas*. Pas avant que cet homme ne l'ait encore baisé puis, il avait l'intention de le pilonner à son tour. Darko s'en était assuré rien que par le simple effleurement de son sexe contre le sien. Il n'était pas passif pour un sou et c'était un problème.

— Tu as l'air frustré, le taquina Darko, sa main rapprochant leur membre, poussant toujours ses hanches vers le haut pour ajouter à la friction

Maxum grogna.

— Ça ne pourra pas fonctionner entre nous.

— Alors pourquoi es-tu encore là ?

Les mains de Darko ne s'interrompirent jamais, pas même un hoquet dans ce qu'elles faisaient.

— Parce que tu es addictif.

— Eh bien, dans ce cas, dit Darko alors que son bras passait autour des épaules de Maxum l'attirant pour l'embrasser. Tu veux un bonbon, petit garçon ?

Dès que leurs bouches se rencontrèrent, Darko les fit rouler tous les deux jusqu'à ce que Maxum se retrouve sur le dos et tout de suite il descendit sur son torse, le léchant et l'embrassant partout. Ses mains s'emparèrent des cuisses de Maxum juste au moment où sa bouche trouva son sexe. En des mouvements chorégraphiés, il lui souleva les jambes tandis qu'il laissait descendre sa bouche sur le membre de son amant, le prenant jusqu'à la garde.

— Ah, bon sang, hoqueta Maxum, mais le choc et l'émerveillement ne s'arrêtèrent pas là.

Darko libéra son sexe puis l'objectif de ses jambes en l'air devint évident quand la bouche de Darko se referma autour de son derrière fraîchement douché.

— Ah putain. Ah putain.

Ses mains se refermèrent autour de celles qui lui tenaient les jambes. Darko scella ses lèvres autour de son entrée étroite et passa sa langue en cercles, incitant doucement, mais fébrilement l'anneau de muscles à se détendre. Une chaîne incohérente de grognements et de gémissements s'échappa de la bouche de Maxum alors qu'il luttait pour s'accrocher face à la sensation écrasante qui attaquait son orifice sensible.

À chaque cercle, la langue de Darko s'enfonçait plus profondément en lui jusqu'à ce qu'elle pénètre son derrière.

Maxum était encore sensible après le soir précédent, lui donnant peu de défense contre cette nouvelle attention. Il sentit le grognement de Darko trembler contre son orifice. Le son grave vibra à travers son pénis et ses orteils se recourbèrent – *bon sang, il était perdu.*

CHAPITRE CINQ

Après leurs ébats du matin, Darko se rendormit dans ses bras. Il lui fallut de la volonté pour qu'il puisse s'arracher à ce corps exotique, mais il devait partir. Sa liaison avec un bel homme était terminée, il était temps de retourner à la réalité de sa vie...

... et l'homme avec lequel il était encore engagé.

Il jeta un coup d'œil en arrière à l'emplacement vide sur le lit, l'emplacement qui semblait lui avoir été réservé, et qui semblait même maintenant le rappeler. Comme un message subliminal qui lui disait qu'il faisait tout ça à l'envers.

Maxum se glissa dehors, quittant l'appartement de Darko avant que son amant puisse le piéger davantage avec son bonbon masculin préféré. L'introspection coupable l'avait bombardé au milieu de la nuit, le forçant à se réveiller. Il était resté couché là dans les bras de Darko, se réprimandant silencieusement. La tempête de pensées et d'émotions l'avait tourmenté jusqu'à ce que sa tête palpite sous la migraine provoquée. Le corps superbe – profondément endormi, à côté de lui, l'égal parfait et bien trop mauvais de sa vie amoureuse. Pourtant, Maxum avait été lâche et n'avait pas pu se décider à s'en éloigner. Il avait plutôt consommé chaque bouchée possible.

Maintenant, tout cela devait finir et il sentait déjà des douleurs de désaccoutumance.

Il roula jusqu'à Atlantic Beach, regarda la marée monter, laissant le vent hivernal le fouetter d'un souffle froid jusqu'à ce qu'il ne puisse plus le supporter, puis retourna à sa voiture, et le cœur lourd, se dirigea vers l'Aéroport Kennedy pour aller chercher Simeon Correl, son petit ami depuis quatre ans.

Maxum fit l'effort supplémentaire de retrouver son partenaire au terminal plutôt que de l'attendre sur le trottoir. Un effort qui fut accueilli par à peine plus qu'un baiser sur la joue, alors que Simeon passait le bagage à main dans celle tendue de son partenaire. Maxum se figea de stupeur, se sentant complètement négligé, un chauffeur ou un chasseur au lieu d'un partenaire. Il ferma les yeux, repoussant les jugements qui menaçaient de faire surface du plus profond de lui. Les pensées argumentèrent et justifièrent que Simeon n'était pas Darko, et qu'il était injuste de les comparer. Cependant, cela n'enleva pas le vide que Maxum ressentit quand Simeon ne fit aucune tentative de déposer sa propre marque sur son cœur.

Immédiatement, il discourut sans fin sur son voyage, le mariage de son épouvantable sœur, et ne s'arrêta pas une fois pour l'embrasser pour dire qu'il était heureux d'être rentré.

— C'est une bonne chose que tu n'y sois pas allé. Tu aurais été malheureux. La nourriture était entièrement champêtre et je sais comment tu es du point de vue de la gastronomie. Et ma mère. Oh, ne me lance pas sur ce sujet. Je ne crois pas qu'elle se soit arrêtée de parler tout le temps que j'étais là...

Eh bien, voilà qui expliquait cela. Maintenant, Maxum avait une bonne idée de qui tenait Simeon, mais il ne se donna pas la peine de le mentionner, il ne pourrait pas en placer une même s'il essayait.

— ...mais au moins, je peux dire une bonne chose, c'est que le temps en Californie est absolument délicieux, dit-il en laissant échapper un soupir musical. Je pourrais vivre là-bas toute l'année, tu sais. Peut-être que je pourrais te convaincre de venir...

L'esprit de Maxum vagabonda, comme il le faisait toujours quand Simeon était lancé à jacasser. Sim pourrait continuer pour l'éternité et ne jamais dire quoi que ce soit qui requière qu'il participe ou réponde à...

— Maxum ?

— Hum ?

Maxum cligna des yeux, jetant un coup d'œil à son partenaire qui lui lançait *ce* regard, lui rappelant qu'il y avait *certaines* parties de la conversation à sens unique à laquelle il fallait qu'il réponde.

— Pardon, tu m'as demandé quelque chose ?

— Je t'ai demandé si je t'ai manqué ?

— Bien sûr que tu m'as manqué, dit-il en tendant la main pour prendre celle de Simeon puis la serrer doucement.

Mais celui-ci s'était éloigné avant que cela puisse avoir le moindre effet sur l'un ou l'autre.

— Non, c'est faux. Je le vois dans tes yeux. Je te jure que je ne sais même pas pourquoi je m'enquiquine.

Oh, mon Dieu, c'est là que ça commence. Maxum secoua la tête. Il pouvait gérer une entreprise et ses fonds, faire d'un pauvre un homme riche, mais il ne savait pas comment manœuvrer les sautes d'humeur oscillantes de son partenaire.

La harangue aiguë et geignarde défila comme une image floue dans l'esprit de Maxum, l'ayant entendue lors de plus d'une occasion. Si on lui demandait s'il pouvait la réciter, il était assez sûr de pouvoir réussir une interro surprise. Il les connaissait toutes mot à mot et quelles étaient leurs durées. C'était une affaire de quatre minutes – tout ça jusqu'à ce qu'une chose se distingue, quand quelque chose de complètement nouveau fut dit et que cela attire l'attention de Maxum.

— ... j'en ai même parlé à Gonzalo lorsqu'il a suggéré que je vienne loger chez eux. Mais je ne sais vraiment pas comment je pourrais abandonner NoHo[2]. Je veux dire...

— Qui est Gonzalo ?

— Quelqu'un que j'ai rencontré à une petite fête arc-en-ciel.

— Excuse-moi, Simeon. Tu veux dire que pendant tes vacances, tu as eu une conversation avec quelqu'un que tu venais de rencontrer, qui t'a amené à envisager de te séparer de moi ?

— Qu... Je...

Simeon commença à crisper les mains sur ses genoux.

— Non. Bien sûr que non. Je voulais simplement dire... eh bien, j'ai pensé à y emménager, oui. Mais, nous n'aurions pas à interrompre notre relation. Cela signifierait seulement que tu devrais prendre l'avion pour me rendre visite afin que nous puissions passer du temps ensemble... c'est tout.

Simeon tourna les yeux vers la vitre comme si c'était le bouton d'arrêt de cette nouvelle révélation.

---

[2] NoHo, pour North of Houston Street, quartier de l'arrondissement de Manhattan à New York

C'était une bonne chose qu'ils soient déjà en train de s'arrêter à un feu rouge, car Maxum était certain qu'il aurait pu écraser les freins et envoyer Simeon à travers le pare-brise, étant donné qu'il ne portait pas de ceinture, disant toujours que cela froissait ses vêtements. Il était habillé comme s'il venait de revenir de Key West, en Floride alors qu'il était à New York en ce début novembre. Les plis étaient la dernière chose dont il devrait s'inquiéter.

Le feu passa au vert, et un conducteur impatient derrière eux s'assura que Maxum ne reste pas trop longtemps à ruminer.

— Et quelles autres décisions changeant ta vie as-tu envisagées pendant que tu y étais ?

— Aucune, réfuta Simeon avec arrogance. Oh, mais j'aurais aimé que tu sois avec moi lorsque nous sommes allés dans ce merveilleux bistro...

Et l'agitation de *quatre-minutes-devenues-cinq* fut terminée pour de bon. On tournait la page et ils étaient partis pour la nouvelle liste de gros titres du *Simeon Huffington Posts* et Maxum savait qu'ils ne retourneraient pas au sujet précédent. Une fois que Simeon en avait fini, on ne pouvait jamais y revenir.

— Tu aurais adoré cet endroit...

— New York est rempli de bistros.

Il trouva la suggestion bizarre, puisque Simeon ne les appréciait pas avec lui.

— Oui, mais celui-ci avait le style californien.

— New York a des bistros de style californien aussi.

— Eh bien, oui, mais il fait froid ici.

Clairement, l'argument de Simeon prenait un ton calme plutôt défensif.

— Et où veux-tu en venir ?

— Où je veux en venir ?

Ses mains se crispaient deux fois plus maintenant.

— Eh bien, peut-être que tu pourrais déménager avec moi en Californie.

— Mon entreprise est ici.

— Eh bien, tu pourrais ouvrir un bureau là-bas. Ils ont de grands bâtiments et de gros clients aussi.

— Excepté qu'ils n'ont pas la bourse là-bas.

Et la discussion sembla se terminer. Jusqu'à ce que Maxum ouvre la bouche pour dire quelque chose qu'il savait qu'il ne devrait pas.

— Alors, est-ce que ce gigolo de Gonzalo te distraira entre chacune de mes visites ?

Simeon tourna brusquement la tête, mais ce ne fut pas de la souffrance qui le foudroya du regard, mais une culpabilité rebelle.

— Pourquoi... comment... pourquoi es-tu obligé de me dire de telles choses ?

Pourtant la seule chose à laquelle Maxum pouvait penser pour une réponse honnête était : *parce que je savais que tu le ferais avant même que tu ne partes. Et c'est pour ça que je refuse de me sentir coupable de mon indiscrétion.*

— Tu sais, tu deviens de plus en plus camionneur chaque jour.

Maxum se mit presque à rire à cette idée.

— Camionneur ? On n'utilise pas ça pour les femmes gays plus masculines ? Je vais te dire, et si je sortais ma queue pour que tu me la suces. Voyons si tu penserais encore que je suis un camionneur le temps qu'on arrive chez toi.

C'était probablement la chose la plus impolie qu'il n'ait jamais dite à Simeon, mais bien moins que ce qu'il ressentait à l'intérieur. Donc, quand celui-ci se retourna vers la vitre, regardant la ville défiler en silence, Maxum laissa les choses ainsi et il laissa son chagrin émotionnel le punir, sachant que s'il voulait essayer une dernière fois de faire en sorte que ça fonctionne entre eux, il allait devoir laisser ses souffrances derrière lui.

Lorsqu'ils furent arrivés dans un de ces appartements artistiques où Simeon vivait, au cœur de NoHo, à New York, il fut immédiatement reparti pour un tour, courant partout, radotant et, comme toujours, Maxum n'essaya pas de suivre ce qui n'allait pas cette fois.

— Je l'ai dit à Donta tellement de fois, on doit vaporiser les plantes, pas les inonder. Maintenant, regarde-les, elles sont toutes proches de la mort.

Simeon agita la main autour de lui vers les plantes qui se fanaient dans son appartement.

— Viens là.

Maxum l'attrapa en passant et l'attira près de lui.

— Mais, mes plantes.

Son partenaire frustré fit la moue. C'était presque mignon si on le prenait en dehors de son contexte, ce que Maxum essaya de faire.

Il s'avança pour attirer son partenaire dans l'étreinte de ses bras.

— Nous pouvons les arroser vite fait ensemble. Elles s'en remettront.

Simeon contrecarra les tentatives de câlins et agita les mains pour souligner la condition des plantes.

— Elles sont déjà trop arrosées, Maxum.

— Je t'en achèterai de nouvelles alors. Arrête simplement de courir une minute, et laisse-moi te serrer dans mes bras.

— Oh...

Le son s'estompa alors que Simeon regardait d'un air interrogatif Maxum enrouler ses bras autour de lui puis se baisser pour l'embrasser, offrant d'abord un effleurement doux et lent de ses lèvres, exactement comme Simeon l'aimait, laissant la douceur légère de son baiser effleurer et appuyer – effleurer et appuyer – jusqu'à ce que la taquinerie lui fasse désirer davantage, mais quand Simeon s'ouvrit à lui, Maxum plongea avec une force qui le fit très vite se tortiller dans ses bras. Simeon se libéra enfin, reculant d'un pas incertain.

— Maxum, tu me fais mal.

— Comment puis-je te faire mal ?

— Tu sais que je n'aime pas les trucs agressifs quand tu me forces.

— Te forcer ? Simeon, comment puis-je te forcer ? Je ne t'ai pas vu depuis deux semaines. J'aimerais te sentir contre mon corps quelques minutes, rattraper le temps perdu en échangeant des baisers. Qu'y a-t-il de mal à cela ?

Simeon se crispa puis se secoua.

— Je suppose que j'ai réagi de manière excessive, répondit-il en essayant d'afficher un air renfrogné. Je pense que j'ai simplement oublié à quel point tu peux être oppressant.

— Y a-t-il eu quelqu'un d'autre en Californie qui te touchait autrement ?

— Non. Bien sûr que non.

Simeon refit ce tic agité, mais Maxum ne pouvait pas dire avec certitude si c'était de la culpabilité ou autre chose qui le faisait faire ça. Pas qu'il soit innocent en insistant pour avoir une réponse cette fois. Donc il laissa couler.

— C'est simplement... que ça fait un moment.

— Pas si longtemps, Simeon. Tu n'as pas oublié. C'est seulement que cela ne t'intéresse plus de m'embrasser... ou de me tenir la main... ou grand-chose d'autre d'ailleurs.

— Ne dis pas ça, dit Simeon, son ton montant dans les aigus en une supplication pathétique. Ce n'est pas vrai du tout.

— Alors, reviens dans mes bras et laisse-moi t'embrasser.

Simeon pinça les lèvres un instant pour gagner du temps.

Maxum voyait qu'il avait envie de refuser, mais il savait comment le faire culpabiliser pour qu'il abandonne au moins un peu d'affection. Parce que, si tout disparaissait, il serait inutile de rester ensemble.

— Tu fais des histoires en pensant que tu ne m'as pas manqué. Pourtant, tu ne veux pas non plus me laisser te serrer dans mes bras. Que veux-tu, Simeon ?

Simeon laissa sortir un soupir vaincu et s'abandonna à contrecœur dans les bras de Maxum, se mettant sur la pointe des pieds en prenant l'initiative pour lui donner un baiser. Maxum y répondit, mais ce ne fut pas la même chose la seconde fois. Il devait retenir ce qu'il voulait y mettre, parce que ce qu'il voulait donner n'était pas acceptable – ou le bienvenu.

— Et si nous allions chercher quelque chose à manger ? suggéra Simeon, pensant que ce moment fugace à s'embrasser lui suffirait, et que maintenant ils pouvaient passer à autre chose.

— Pas encore, dit Maxum en souriant doucement à son partenaire. Et si nous nous pelotonnions un peu sur le sofa d'abord.

Il avait obtenu un baiser par la *culpabilité*, maintenant il avait l'intention de profiter de ce gain autant que possible pendant qu'il l'avait. Puis il vendrait tout.

Maxum se déplaça vers le sofa, s'étira et encouragea Simeon à se joindre à lui, mais plutôt que d'avoir ce moment détendu à se câliner qu'il avait espéré, Simeon jacassa de son séjour en Californie, des e-mails qu'il avait échangés avec son ami ici en ville, et quelque chose à propos de devoir aller chez le coiffeur. Maxum passa ses doigts dans les mèches courtes des cheveux blond platine pendant que la main de Simeon suivait la sienne, les replaçant, lui lançant un regard agacé. Maxum essayait juste de comprendre exactement ce que Simeon avait besoin qu'on leur fasse.

Une heure ainsi et Simeon avait atteint sa limite pour rester assis tranquillement. Pour le partenaire de Maxum, c'était à peu près aussi enthousiasmant que d'être assis dans la salle d'attente du cabinet d'un médecin.

— Pouvons-nous y aller maintenant ?

Cela était sorti d'une manière un peu plus impertinente que Simeon en avait peut-être eu l'intention, parce que sa question fut rapidement suivie d'un bisou sur la joue de Maxum et d'un battement de cils.

Maxum se força à afficher un sourire chaleureux.

— Que dirais-tu de simplement rester à l'intérieur ? Nous pourrions nous faire livrer et traîner pour le reste de la soirée en ne portant rien, et faire l'amour toute la nuit.

Simeon le regarda comme s'il venait de perdre la boule, mais joua quand même le jeu.

— Comme quoi ?

— Le chinois ça me va.

— *Beurk...* tu es sérieux ? Sais-tu combien il y a de GMS[3] dans ce truc ?

Simeon se tortilla hors de ses bras.

— Mais tu sais, du thaï m'a l'air bien. Pat m'a dit que ce nouveau resto sur l'Avenue A proposait une superbe soupe Tom Yum. Peut-être que nous pourrions y aller ?

— Ça m'a l'air bien, nous pouvons y aller en marchant.

Maxum sauta sur cette option avec le soulagement enjoué d'avoir accompli aussi vite une négociation avec son partenaire.

— En marchant ? Est-ce que tu es fou ?

---

[3] Glutamate de sodium- exhausteur de goût

Encore une fois, la voix de Simeon monta dans les aigus et il lui lança un regard railleur taille XXL.

— Il gèle dehors.

— Eh bien, si tu ne t'habillais pas comme si tu avais rapporté le soleil de la côte ouest avec toi et mettais des vêtements, ce ne serait pas si grave.

Simeon sembla penser avoir une meilleure idée et le dit.

— Ou... tu pourrais sortir la Rolls et nous pourrions y aller avec elle.

— Sim, au cas où tu n'aurais pas remarqué, je suis allé te prendre avec la Fisker. Je ne vais pas faire tout le chemin jusqu'au garage, changer de voiture, puis revenir te chercher pour que nous puissions aller manger à un restaurant qui est seulement à trois blocs d'ici.

Maxum n'était pas vraiment prêt à abandonner le moment qu'il espérait avoir. Il avait eu un avant-goût de ce que c'était que d'avoir une intimité dans les conditions et les ambiances des plus détendues. Si sa vie avec Simeon devait fonctionner, il fallait la dynamiser un peu, mais il se contenterait d'utiliser une monnaie d'échange pour en avoir rien qu'un fragment.

— Si tu peux passer les dix prochaines minutes blotti contre moi, alors nous irons.

Encore une fois, la réticence de Simeon fut des plus évidentes, mais Maxum obtint ce qu'il voulait – *en apparence* en tout cas, car il eut droit en prime à un marmonnement de *personne ne sait seulement ce qu'est une Fisker.* Maxum se renfonça dans le sofa, forçant la tension à le quitter, puis roula sur le côté, faisant de la place pour que Simeon se couche à côté de lui, ce qui demanda un peu d'encouragement, mais aucun soudoiement ou câlin ne pourrait faire apparaître une chaleur qui n'était tout simplement pas là. Maxum, malgré tout ce qu'il ressentait pour son partenaire, aurait pu tout aussi bien être couché avec un pantin.

Dix minutes – pile, et Simeon était debout et se dirigeait sans un mot vers sa chambre pour se changer. Battre en retraite silencieusement était sa stratégie pour éviter d'autres détours.

Quelques minutes plus tard, un hurlement résonna dans le couloir, et Maxum se releva, courant vers la chambre. Il s'arrêta dans un dérapage, trouvant Simeon debout juste à l'entrée de la chambre avec les mains sur les joues. Maxum jeta un coup d'œil autour de lui, mais ne vit aucune raison justifiant ce hurlement.

— Qu'est-ce qui ne va pas ?

— Qu'est-ce qui ne va pas ? Est-ce que tu as perdu l'esprit ?

— Pour tout te dire, oui, ne l'as-tu pas vu rouler par terre ?

Maxum répliqua avec cette réponse incrédule pour signaler à quel point la harangue de Simeon était folle. Cependant, tout cela ne fit que pousser son partenaire plus loin.

L'homme éreinté se redressa, écrasant ses poings sur ses hanches.

— Oh, alors, mon lit est saccagé, et tu te moques de moi ? C'est parfait.

— Il n'est pas saccagé, Simeon. De quoi parles-tu, bon sang ?

Il ne se donna pas la peine de faire de commentaire sur la partie où il se *moquait de lui.* Maxum était assez malin pour ne pas mordre à l'hameçon de cette dispute.

Les épaules de Simeon s'affaissèrent et ses yeux s'écarquillèrent vers lui avec un agacement complètement choqué.

— Regarde ! s'écria-t-il, pointant un doigt mince en direction du lit.

Maxum, encore une fois, jeta un coup d'œil à travers la chambre, mais en dehors du désordre des draps, ce qui était presque inédit quand il s'agissait de Simeon, il ne vit rien qui justifiait la sirène d'alarme.

— Qu'est-ce que je regarde ?

— Mon lit ! répondit Simeon en pointant un doigt vers le meuble coupable. Quelqu'un l'a utilisé ! J'ai dit à Dante qu'il ne pouvait utiliser mon appartement sous aucun prétexte et regarde !

Il agita la main vers les couvertures en désordre.

— Je sais que si je regarde, je vais trouver des draps sales.

Maxum frappa son front avec une de ses mains puis se frotta le visage tandis qu'il retenait un grognement, cédant à son épuisement des mini-drames.

— Nous pouvons les laver.

— Les laver ?

Le regard que Maxum recevait maintenant lui déclarait non seulement qu'il avait perdu l'esprit, mais apparemment qu'il était vraiment tombé bien bas. Ce qu'il savait ne pas être le cas, mais argumenter avec Simeon c'était comme s'il était logique de placer sa main sur une cuisinière allumée pour voir si elle était chaude. Il était simplement impossible de ne pas se brûler.

— Oui, Sim, les laver. Maintenant, vas-tu t'habiller afin que nous puissions aller dîner ?

Maxum voyait maintenant un besoin urgent de vraiment sortir Simeon de la maison, avant que la nuit se perde dans le chaos pour de bon.

Simeon tituba jusqu'à la commode et s'y appuya.

— Oh, je ne sais pas si je peux maintenant. Je sens un mal de tête venir.

Maxum sentit soudain que sa patience mise à l'épreuve arrivait au bout du chemin.

— Sim, tu n'as pas mal à la tête. Maintenant arrête ça. Nous changerons les draps quand nous rentrerons.

— Tu t'attends à ce que je dorme ici ?

— Je t'achèterai de nouveaux draps. Là ! Est-ce que ça sera enfin réglé ?

— De nouveaux draps ? Ce n'est pas la question !

— Alors je t'en prie, quelle est-elle ?

Maxum avait finalement perdu son calme, et laissa sa voix monter d'un cran plus fort qu'il ne l'avait estimée.

Simeon se retourna brusquement, agitant les mains pour approfondir le drame.

— Je vais simplement devoir prendre une chambre d'hôtel.

— Quoi ? Simeon, à quoi penses-tu, bon sang ? Un hôtel ? Ce ne sont que des draps, pour l'amour du ciel !

Maxum avait déjà sacrifié son calme, mais il n'était pas prêt à perdre toute logique, les échanges qui s'ensuivirent faisaient monter la chaleur sur son visage.

— Mon lit est saccagé. Je ne peux pas dormir dedans maintenant qu'il est infesté par le sperme de Dante.

Et voilà. Toute logique dans cette querelle avait disparu.

— Simeon, tu couchais avec lui avant que nous commencions à sortir ensemble. Tes *entrailles* sont infestées par son sperme !

La main de Simeon dévia, apportant une prompte sensation cuisante sur la joue de Maxum. Celui-ci se figea une demi-seconde, essayant de décider s'il le méritait vraiment ou pas. Même si c'était peut-être le cas pour son choix de mots, une émotion plus sombre triompha, décidant que non, et il se retourna pour sortir en trombe.

— Où vas-tu ?

Simeon le suivit carrément alors qu'il rejoignait la porte d'entrée.

— Faire un tour en voiture.

Un ton amer s'échappa entre ses dents serrées, ravalant la tempête d'émotions qui était bien pire que ce qu'il était prêt à dévoiler.

— À cette heure ? La circulation sera épouvantable.

— C'est pour ça que nous avons des autoroutes, Simeon.

Il sortit, ne fermant même pas la porte alors qu'il traversait le couloir à grands pas.

— Eh bien, appelle-moi, lui lança-t-il sur un ton léger comme si c'était dimanche et qu'aucun remue-ménage ne venait de se dérouler.

Maxum s'arrêta brusquement et se retourna, prêt à être cassant, mais la porte se refermait déjà et Simeon était retourné dans son monde. La rage en lui qui voulait sortir, s'évapora comme de la vapeur provenant du macadam chaud après la pluie, rabaissant les émotions, ni querellé ni soulagé. Il aurait dû y avoir davantage – mais Simeon l'avait ignoré, ou peut-être qu'il ne voyait même pas que quelque chose n'allait pas – que quelque chose manquait entre eux, et cela laissait Maxum avec une sensation de vide encore plus vaste qu'il n'en avait jamais eue auparavant.

CHAPITRE SIX

Maxum était assis à son bureau regardant dehors par les hautes fenêtres qui surplombaient la nouvelle Tour Beekman/Gehry, où il vivait, et le parc en bas qui était situé entre deux bâtiments. Il était assis là depuis presque une heure, à ne faire aucune des choses qu'il était censé faire et toutes celles qu'il *n'avait pas* du tout besoin d'envisager. Darko n'était qu'une passade d'une fois, un petit jeu brutal qui était comme des épices et de la sauce piquante dans sa vie amoureuse léthargique. Goûter à cet homme une fois, cela avait été comme injecter de l'oxyde d'azote dans son organisme, et cela lui consumait les entrailles. Quand ils étaient ensemble, c'était comme s'il ne pouvait pas arriver à être rassasié de cet homme, jusqu'à ce qu'ils s'écroulent tous les deux d'épuisement complet à cause de la montée en régime de la meilleure relation sexuelle qu'il ait jamais eue de toute sa vie.

Cela faisait deux semaines depuis qu'il avait laissé le corps endormi de Darko en fin de matinée pour aller chercher Simeon. Et cela faisait tout aussi longtemps depuis qu'il s'était également donné la peine de voir Sim, avec à peine plus que quelques conversations téléphoniques. Il avait même ostensiblement oublié, le soir précédent, d'arriver au sushi-bar qu'ils fréquentaient une fois par semaine et où Sim le surprenait toujours avec quelques amis qui se joignaient à eux. Jamais une nuit romantique, seuls.

À la place, Maxum s'était plongé dans le travail – *en quelque sorte* – et la nuit, alors qu'il restait à l'écart, seul dans son appartement, son esprit s'emplissait de pensées enivrantes de Darko.

Il ne pouvait pas fermer les yeux sans voir Darko, ses abdominaux définis et ses pectoraux fermes. Des yeux bleu profond qui étincelaient, contrastant avec ses cheveux presque noirs, et une ombre de barbe superficielle de deux jours. Le goût intense et musqué de son sexe. *Putain.* La tête de Maxum s'affaissa, il la laissa retomber sur le dossier en cuir de son fauteuil, et lâcha un grognement vers le plafond. Rien que d'y penser, cela le faisait haleter. Une sensation physique tressaillit sous la ceinture et il roula la tête sur le côté, baissant les yeux sur ses cuisses – *entre autres choses.* Il prit une profonde inspiration et la relâcha dans un grognement qui tenait du soupir.

Il avait eu neuf jours avec cet homme durant le voyage de deux semaines de Simeon. Impossible de dire ce que celui-ci avait fait durant sa visite en Californie. Maxum n'ignorait pas les écarts de conduite de son partenaire, qui était si facilement attiré dans une arrière-salle ou des toilettes avec la promesse d'un cadeau pour se mettre dans l'ambiance. Mais aucune discussion au monde ne convaincrait Simeon que la pipe-pour-un-sniff était quand même considérée comme une tromperie. Maxum n'allait donc pas se sentir pris de remords pour son équipée. Ce qui le tourmentait n'était pas la culpabilité des méfaits envers Simeon, mais plutôt qu'il avait l'impression de tromper Darko. Il avait goûté à quelque chose de tellement consistant et surévalué que maintenant il trouvait encore plus difficile de rester dans l'arrangement fade dans lequel il se trouvait avec Simeon. Darko ajoutait du feu dans son âtre, mais il ne pouvait pas y retourner. Parce que la vie avec un homme aussi bon ne pouvait pas durer très longtemps.

Malgré tout, Maxum ne pouvait penser à rien d'autre. C'était un homme viril avec une faim qu'il n'avait jamais pu rassasier, n'ayant jamais trouvé l'homme adéquat pour ses besoins. Ce ne fut que lorsqu'il avait rencontré Trenton Leos et son frère Diesel Gentry, qu'il avait pensé pouvoir trouver ce dont il avait besoin pour remplir les vides. Une île qui permettait d'obtenir du sexe sans fin – *où bon vous semblait*. C'était une offre somptueuse et tentante, un investissement personnel qu'il n'avait pas ignoré. Pourtant, même là-bas, il avait découvert qu'il y avait toujours un élément manquant. *Un partenaire désirable et consentant*.

L'interphone de son téléphone de bureau bourdonna. Il passa ses deux mains sur son visage puis en tendit une, enfonçant un des boutons.

— Oui, Alysse.

— Simeon est sur la ligne une.

Merde. Pile ce dont il avait besoin. Un appel de Simeon quand ses pensées étaient tout sauf sur lui. Il regarda fixement la lumière clignotante sur son téléphone, se demandant combien de temps il pourrait rester assis là avant qu'elle s'éteigne. Simeon, son amant prosaïque, resterait probablement assis là à attendre. La lumière clignotante grillerait avant que Simeon raccroche.

Il appuya sur le haut-parleur puis sur la ligne.

— Simeon.

— Eh bien, te voilà, chéri. Tu m'as manqué hier soir. Va-t-on toujours à la réception ce soir ?

Putain. Maxum avait déjà oublié le gala de charité de ce soir. Il se frotta les yeux d'une main rugueuse pour éclaircir le reste de ses pensées.

— Oui, toujours.

— Je suppose que tu as dû travailler vraiment très tard hier soir hein, chéri ? Parfois, je pense que tu ne t'arrêterais jamais si je ne venais pas éclaircir ta journée de temps à autre.

Maxum laissa échapper un soupir.

— Je dois y aller. J'ai un rendez-vous.

— Eh bien, d'accord, va t'occuper de lui, caïd. Tu viendras me prendre, disons, vers dix-neuf heures ?

— Ça me paraît bien.

— Bien, d'accord, alors. Bisou, bisou. Je t'ai...

Maxum coupa la ligne avant que les mots restants puissent lui parvenir. Puis il resta simplement là à regarder encore un peu le téléphone. Il posa un coude sur l'accoudoir de son siège, se penchant de biais pour se frotter le front. Il ouvrit le tiroir central du bureau et prit la carte de visite qu'il avait gardée et la retourna. La croix marque l'emplacement. Il relut l'adresse griffonnée encore et encore. Même si elle ne marquait pas l'endroit, c'était là que ses pensées se trouvaient.

À dix-neuf heures précises, Maxum s'arrêta au bord du trottoir devant l'immeuble en copropriété de Simeon. Il regarda son partenaire sortir du hall, affichant une expression contrite sans aucun doute à cause du véhicule choisi dans lequel Maxum venait d'oser venir le chercher. L'expression à elle seule l'avertit que ce soir serait comme n'importe quel autre, Simeon allait avoir une opinion sur le fait de se montrer avec classe au lieu du flamboiement. Même si Maxum voyait l'inévitable approcher, il sortit tout de même et ouvrit la portière pour être le parfait gentleman pour son partenaire.

— Où est la nouvelle Mercedes ?

Simeon s'arrêta et regarda bouche bée l'intérieur en cuir et la console qui les séparait.

— Je l'ai ramenée, répondit Maxum avec un haussement d'épaules.

— Tu, quoi ? L'as ramenée ? demanda Simeon d'un ton perçant. Pour quelle raison, bon sang ?

— Je ne l'aimais pas. Elle ne correspondait pas à mes standards.

— Standards ? Oh, chéri, de quoi parles-tu donc ? Tu es le seul homme riche de l'état de New York qui n'a pas de Mercedes. Je veux dire, pour l'amour du ciel, regarde-la. Qui donc peint sa voiture ainsi et a encore de la classe ?

Maxum perdit son amusement prétentieux. La patience d'être comparé à d'*autres* personnes riches n'était pas une force qu'il possédait pour avoir cette conversation, d'autant plus qu'il se tenait encore du côté passager, maintenant la portière ouverte pour son partenaire qui venait de le juger. Son regard descendit vers le carénage ondulant de la voiture de sport, les flancs étaient d'un bleu roi et la moitié supérieure d'un blanc réfrigérateur, les deux couleurs se rejoignaient par des rubans qui tourbillonnaient les uns dans les autres comme du caramel marbré. C'était une des choses qu'il aimait le plus dans cette voiture. Le revêtement rare en céramique la faisait ressortir même dans sa catégorie, et sa rapidité en faisait une de ses voitures préférées dans sa collection.

— Sim, monte dans la Bugatti. À deux *millions* et demi de dollars, je suis sacrément certain qu'elle réussira à impressionner tes amis à la fête. Enfin, s'ils sont suffisamment riches pour connaître la foutue marque.

Simeon voulut répliquer, mais en resta bouche bée devant le langage de Maxum. Même si, devant le regard renfrogné de ce dernier, il la referma brusquement, ravalant sa remarque snobinarde, et se glissa dans le siège baquet de la voiture de sport allemande haut de gamme. Maxum prit une profonde inspiration en refermant la portière. Cela commençait déjà. Il avait plus d'argent que n'importe qui que son partenaire connaissait. Et parce qu'il éprouvait un amour inconditionnel pour des bolides exotiques et qu'il le dépensait pour ça, plutôt que de préférer les fêtes chics et le luxe classique avec lequel frimer, il se retrouvait constamment en désaccord avec Simeon. *Plutôt que d'être vu comme un preux chevalier en armure étincelante.* Il laissa un léger sourire adoucir son humeur, alors qu'il se souvenait de son après-midi avec son sexe au fond de ce bel étalon. Son soupir se transforma en un grognement. *Ce n'était qu'une passade, rien de plus. Il valait mieux en terminer avant d'être blessé.*

Un coup sur la vitre le ramena au présent. Il fit le tour de la voiture et sauta à l'intérieur. Avant même que Maxum ne se soit engagé dans la rue, Simeon lui lançait encore des réflexions sur la sélection de la voiture.

— Je n'arrive toujours pas à croire que tu t'es séparé de la Mercedes. Tu sais à quel point je voulais que nous ayons cette voiture. Pourquoi donc l'as-tu ramenée ?

— Parce que ce n'est pas *nous* qui la voulions, mais toi. Et je l'ai prise pour te faire plaisir, pourtant quatre heures après l'avoir récupérée, une roue a crevé. Après ça, je ne pouvais pas trouver le maudit cric. *Et* leur service dépannage craignait. C'est une bonne chose que quelqu'un d'autre se soit arrêté pour m'aider ou je ne serais jamais arrivé à temps pour ma téléconférence.

Le corps grand, brun et bronzé de son sauveteur apparut à nouveau de son esprit, et il souhaita presque que Simeon lui demande qui. Il ne le fit pas, mais les reproches continuèrent.

— Je ne vois toujours pas pourquoi tu devais la ramener juste à cause de ça.

— Ce qui est fait est fait, Simeon. Laisse tomber.

Là-dessus, son pied appuya sur l'accélérateur.

— Eh bien, n'aurais-tu pas pu, au moins pour ce soir, amener la Rolls Royce à la place ?

Le pied de Maxum s'enfonça encore plus. Plus Simeon lui aboyait dessus, plus vite il voulait aller, une partie de lui essayant de fuir et de laisser son partenaire derrière lui.

— Tu sais, nous avons encore le temps. Nous pourrions passer au garage et les échanger.

— Nous ne changerons pas de voiture, Simeon.

L'esprit de Maxum bouillonnait. Il sentit même ses yeux se révulser une ou deux fois. Il allait sortir de ses gonds ou avoir une amende pour excès de vitesse s'il ne se calmait pas. Se forçant à nouveau à être l'instigateur pour changer la direction que prenait leur nuit, il tendit la main, prenant celle de Simeon dans la sienne.

— Qu'est-ce que tu fais ?

Simeon la retira, l'air alarmé.

— J'essaie de tenir la main de mon amant. J'ai pensé que ce serait le moins que tu puisses faire pendant que tu me sermonnes quelques instants avant que je débourse plusieurs milliers de dollars pour le dîner de charité auquel tu me traînes, railla Maxum, maintenant énervé contre lui-même.

Il essayait – *essayait* – et maintenant il venait de crier sur Simeon. Ce qui les ramenait sans aucun doute exactement là où ils se dirigeaient au départ. Quand ils s'arrêtèrent à un feu rouge, il prit un instant pour se frotter le front avec le dos de la main. *Il ne pouvait simplement pas gagner.*

Simeon s'agita sur son siège, semblant accompagner l'agitation mentale qui se passait dans la tête de son partenaire. Maxum attendit, espérant que la tentative de culpabilisation fonctionnerait. C'était habituellement le cas. C'était un petit soulagement, mais il l'accepta quand Simeon se calma, cessant enfin la dispute en rapprochant sa main pour que Maxum la prenne. Mais rien d'autre ne lui fut donné. Simeon resta silencieux durant le reste du trajet. Ce qui n'échappa pas non plus à Maxum, c'est qu'il aurait pu tout aussi bien tenir la main d'un cadavre, pour toute l'affection et la chaleur qu'il ressentait dans cette connexion physique, pas plus présente que Simeon ne l'avait été l'autre soir quand il lui avait demandé de lui faire un câlin. Le détachement froid se glissa à l'intérieur de lui, se durcissant dans ses os. Ce n'était sûrement pas ce qu'une relation à long terme était censée être. Même si cela expliquerait pourquoi tellement de gens cherchaient ailleurs de la compagnie et de l'affection en dehors de leur relation sérieuse. Était-ce tellement en demander de vouloir sentir de l'ardeur et avoir un moment de passion avec la personne qui était censée partager pour toujours votre vie ?

Quand ils arrivèrent à l'hôtel, la seule personne se tenant dehors pour avoir l'air impressionnée par le véhicule dans lequel ils arrivaient était le voiturier. Maxum fit le tour pour rejoindre Simeon et lui offrit son bras. Il travaillait mentalement pour le complimenter sur son apparence, mais ce fut là que Maxum commença à prêter vraiment attention à la tenue de son partenaire, ses yeux s'abaissant sur l'ensemble gris chiné et pastel fait pour le printemps sous le trench-coat en cuir blanc jusqu'à ce qu'il remarque ses chaussures.

— Sim. Tu portes des chaussures de jardinage.

Et il n'en était guère enchanté.

— Ce sont des sabots, se défendit Simeon.

— Comme je l'ai dit… *des chaussures de jardinage*, répondit Maxum brusquement.

Le ton de Simeon devint vif alors qu'ils entraient dans l'hôtel et se dirigeaient vers la salle de réception.

— Elles sont à la mode.

Le visage de Maxum devint totalement colérique.

— Sim, nous sommes en novembre à New York. Je suis certain que tes chaussures sans lacets ne sont pas à la mode en ce moment. Surtout pour un dîner qui coûte une plaque par assiette.

— Eh bien, nous avons dû venir avec ça…

La main de Simeon s'agita en direction de l'entrée vitrée de l'hôtel et la voiture qui était garée sur le côté, toujours sous le belvédère du voiturier. Il afficha un air mécontent.

— Quel que soit son nom.

— Peut-être que tu voudrais réviser les bases de l'étiquette des riches avant que nous continuions cette dispute.

Maxum lui envoya un regard d'avertissement. Cela ne le gênait pas de faire demi-tour tout de suite pour rejoindre sa voiture et rentrer chez lui, à ce stade-là.

Ils marquèrent une pause juste devant les portes de la salle de réception de l'hôtel.

— Est-ce que tu dis que je suis stupide.

Simeon était à cheval entre la colère et la douleur.

Maxum prit une profonde inspiration et la laissa ressortir par ses narines gonflées, se forçant à se calmer. *Juste encore une fois.* Même si Simeon avait dépassé les bornes, en ce qui le concernait, il savait qu'il ne gagnerait pas à se disputer. Rentrer à la maison prévaudrait sur le défi, mais ce ne serait pas une issue productive. Il prit une autre inspiration profonde et l'expira.

— Non. Je suis désolé, Sim. Je ne voulais pas être dur avec toi.

Il attira son amant et déposa un baiser sur ses lèvres. La main de Simeon se souleva, lui tapota le torse puis il recula sans jamais s'être ouvert à lui, et Maxum sentit le mur omniprésent entre eux. Ils étaient plus que jamais des étrangers maintenant, ne jouant le rôle de mari et mari que pour ses clients et les mondains connaisseurs de Simeon.

— Entrons et allons en profiter.

Maxum se força à afficher un sourire pour Simeon et son bras se resserra autour de sa taille pour trouver un semblant d'intimité, mais elle n'était tout simplement pas là. Et déjà les yeux de son partenaire s'éloignaient, cherchant à reconnaître des personnes alors qu'ils avançaient dans la salle de réception.

Tandis que la soirée s'écoulait sans jamais requérir la pensée complète de Maxum pour participer, la personne sociale étant Simeon, et comme toujours, ne ralentissant jamais sur le remplissage sans fin de sa boisson. Quand ils s'embrassaient, Maxum pouvait sentir le manque de fraîcheur du gin-tonic, et il le méprisa plus que jamais. Darko n'avait jamais eu ce goût. Il avait la saveur de son dernier repas. La bière blonde chic de la soirée, un mélange de dentifrice et de café fraîchement fait le matin – en un mot, Darko était la vie et il avait le goût d'un homme qui en avait une bien remplie. Et c'était là dans chaque baiser torride qu'il offrait.

Maxum était assis avec un coude posé sur la table du dîner, ses doigts glissaient sur ses lèvres en une lente caresse rêveuse alors que son esprit dérivait, suivant ce baiser évocateur vers une lointaine chambre où un homme qui égalait sa taille et sa force lui avait fait tout oublier par le sexe.

— J'aimerais lire dans tes pensées.

L'énoncé de Simeon traversa son esprit qui dérivait. On pouvait lui faire confiance pour dire quelque chose d'aussi cliché et rendre ça complètement prétentieux. C'était Simeon, aussi exotique qu'un billet de deux dollars[4], à voile et à vapeur, et aussi écervelé qu'un oiseau chanteur. Maxum appréciait ça chez lui avant, il pensait que c'était mignon, mais maintenant c'était aussi terne que tout ce qu'ils partageaient d'autre.

Maxum cligna des yeux un instant puis il les dirigea vers son amant.

— Prêt à rentrer à la maison ?

La question montra tout son manque d'intérêt.

— Mais, nous ne sommes là que depuis quelques heures.

Simeon était prêt à faire des histoires.

---

[4] Les billets de 2 dollars sont assez peu utilisés aux USA, au point que les Américains pensent qu'ils n'existent pas, d'où leur « exotisme ».

— Je pensais que nous allions sûrement rester pour quelques verres puis peut-être rejoindre les autres au Limelight.

Maxum passa deux doigts sur sa tempe, la pression tranchant le mal de tête qu'il sentait venir. Toujours le même, Simeon le traînait à ces réceptions parce qu'il aimait crâner en montrant que son chéri pouvait se permettre de riches contributions. Puis c'était la tournée des boîtes toute la nuit. Habituellement, le temps qu'ils rentrent chez eux, Simeon était trop *déchiré* pour être un bon coup. Maxum en avait assez.

— Je suis fatigué, Sim. Que dirais-tu de nous arrêter de bonne heure ce soir ? Je pourrais ouvrir une bonne bouteille de sherry. Nous nous allongerions devant le feu...

Simeon repoussa la suggestion en haussant les épaules.

— Eh bien, nous pouvons faire ça n'importe quand.

La main de Maxum retomba comme un marteau de juge.

— C'est drôle, parce que je ne me souviens pas que nous l'ayons *déjà* fait, envoya-t-il.

Seulement, il put voir à la manière dont Simeon renifla puis se frotta le nez que quelqu'un lui avait déjà donné un coup de *quelque chose,* et il serait impossible de le convaincre de rentrer à la maison maintenant. Il sentit le pincement furieux à l'arrière de son crâne, se demandant si Simeon avait donné quelque chose en échange. Rien que de le considérer tua tout désir de l'embrasser maintenant. Involontairement, il jeta un coup d'œil dans la foule et il repéra le suspect probable de l'autre côté de la pièce, qui par hasard regardait de leur côté avec une expression plutôt suffisante et satisfaite sur le visage. Tant de fois, Maxum avait choisi de l'ignorer, mais il ne pouvait pas se décider à le faire ce soir. Il se leva, ses mains vérifiant distraitement ses poches à la recherche de ses clés et de son portefeuille puis, il attrapa sa veste sur le dossier de son siège.

— Bonne nuit, Simeon.

Le salut de départ fut froid.

— Quoi ? Tu me laisses ?

— Je suis certain qu'Emilio te raccompagnera en échange d'une chevauchée.

Maxum put voir immédiatement que Simeon allait faire un caprice en déni.

— Ne t'en donne pas la peine, Simeon, je sais déjà que tu lui tailles une pipe en échange de quoi faire la fête. Rien qu'une fois, j'aimerais une pipe pour tout l'argent dont je fais don pour ta vantardise à ces collectes de fonds.

CHAPITRE SEPT

Darko entendit les coups à sa porte, le sortant d'un profond sommeil. Il rêvait de quelqu'un. Sa main tomba vers la trique qu'il avait développée dans son songe et la caressa à travers le tissu de son caleçon. *Ouais, c'est bon.* Peut-être que le bruit avait fait partie de son rêve. Il dérivait déjà à nouveau vers son fantasme avec l'intention de le rendre bien mouillé.

Le retour d'un coup insistant se répéta sur la porte d'entrée et l'informa du contraire.

Avec un grognement bruyant et rebelle pour exprimer sa réticence, Darko sortit en rampant de son lit, et se dirigea vers la porte, sans tenter de se donner l'air décent. Qui que ce soit, pour oser frapper à sa porte à cette heure, méritait de le voir dans son boxer qui ne faisait pas grand-chose pour cacher le sexe épais qui s'efforçait de sortir. Il jeta un coup d'œil par ses stores vénitiens, apercevant la Bugatti plus bas sur le trottoir avec la peinture tourbillonnante bleue et blanche customisée. *Seule une personne de sa connaissance pourrait se promener dans une chose pareille.* Il entrebâilla la porte, ne retirant pas la chaîne juste au cas où, mais comme il le suspectait, c'était son nouvel homme, Maxum, sans son visage chaleureux, silencieux et impassible. Darko referma la porte, libéra la chaîne puis la rouvrit, appuyant un bras sur le montant de la porte au-dessus de sa tête.

— Tu as l'air de quelqu'un qui n'a pas besoin qu'on lui impose quoi que ce soit.

Pas que ça gênerait Darko si Maxum exigeait quelque chose de lui – *à savoir l'état présent de sa queue complètement réveillée*. Après tout, cela faisait deux semaines qu'il n'avait pas vu ou eu de nouvelles de Maxum. Il aurait bien besoin d'un plein. Cependant, Darko vit immédiatement que ce n'était pas la raison pour laquelle il était là. Son sexe devrait attendre.

— Suis-je transparent à ce point ? demanda Maxum en levant les yeux vers lui, son expression abattue suppliant presque de ne pas être chassé.

— Non, mais j'ai eu cette expression plusieurs fois, moi-même, dit Darko en ouvrant la porte plus largement, l'invitant à entrer. Entre et viens te coucher avec moi. Je te tiendrai chaud.

Il ferma la porte alors que l'homme préoccupé entrait, puis la reverrouilla et se dirigea vers la chambre avec une allure légèrement ensommeillée.

— Mais ne t'imagine pas me mettre la main au panier. Je ne suis pas ce genre de mec.

Darko maintint les couvertures soulevées alors qu'il attendait que son invité se joigne à lui. Maxum ne le regarda pas, ni ne parla, ses mains apparemment en pilote automatique alors qu'il se déshabillait.

Pourtant, les engrenages tournaient vraiment dans sa tête, déclenchant autant de toussotements que du carburant merdique qui brûlait. *Ouaip*, pensa Darko, il avait été à sa place une ou deux fois et il savait d'expérience qu'il était inutile de poser des questions. L'esprit et les émotions fonctionnaient, mais il n'y avait pas encore de réponse à donner. Même l'expression la plus gentille, *est-ce que tu vas bien*, serait davantage perçue comme une irritation qu'autre chose. Il serait mieux de laisser Maxum parler quand il serait prêt. Le travail de Darko pour ce soir était de ne rien faire et d'être un corps chaud pour que Maxum ne se sente pas aussi seul dans les ténèbres de ce qui le tourmentait. Être le gardien de son corps pendant que l'esprit était émotionnellement vulnérable. Darko le savait et n'en était pas offensé. Parce que parfois être le corps chaud au bon moment était la meilleure chose qu'on puisse être. Étrangement, c'était ce qu'il voulait – *être la meilleure chose pour cet homme.*

Maxum se coucha enfin à côté de lui et Darko l'attira contre son torse, se pelotonnant avec lui, laissant la chaleur de sa respiration profonde et lente embrasser son oreille et son cou, et rien de plus. Il sourit quand Maxum prit une profonde inspiration et se laissa aller entre ses bras. C'était exactement ce dont il avait besoin et Darko le lui avait donné. *Parfois, ça paye d'avoir un psychologue comme frère, qui se spécialise dans le sexe et les relations.*

— Je crois que je viens de rompre avec mon petit-ami, avoua l'homme dans les bras de Darko à voix haute dans les ténèbres de la chambre.

Darko lutta contre le tressaillement que cet aveu lui provoqua. Il avait suspecté qu'il y avait quelqu'un d'autre dans tout ça. Pour quoi d'autre Maxum aurait-il brusquement tout interrompu ?

— Bien, marmonna Darko alors qu'il se blottissait plus près, respirant cet homme à côté de lui.

Capturant encore le parfum qu'il portait, une odeur de citron, de champagne, basilic et de rhum terriblement profonde et masculine. Le parfum d'un homme fait pour attirer d'autres hommes.

— Bien ?

— Oui, bien. Je n'aime pas devoir partager.

Maxum laissa échapper un léger soupir, sa tête s'enfonçant encore plus profondément dans l'oreiller.

— J'ai déboursé dix plaques ce soir et je n'ai même pas eu droit à une pipe.

— C'est ça le tarif de nos jours ? Bon sang, et dire que je t'ai baisé pour rien de plus que du chinois à emporter bon marché.

Darko fit suivre sa raillerie d'un baiser chaste contre la mâchoire de l'homme brisé. Il savait que Maxum était à la limite du besoin de se défouler et ce serait contre-productif dans son lit quand il se trouvait que c'était au sujet d'un autre homme. Il se pressa contre le corps de Maxum, frottant son sexe déjà dur contre sa hanche, juste assez longtemps pour le distraire suffisamment de ses pensées et de ce qui l'avait fait fuir jusqu'ici. Il voulait que Maxum ressente le *présent* ainsi que sa présence. *Ce* Lui – pas l'autre. Savoir que ce qui était ici était bien plutôt que la culpabilité que Maxum commençait à ressentir envers l'autre homme auquel il venait d'échapper. Un autre baiser chaleureux contre la nuque de Maxum et Darko s'installa contre son dos, se détendant vers la somnolence.

Maxum prit une profonde inspiration et la laissa sortir en une longue expiration lente qui sembla prendre une éternité à se finir. La tension refusait de quitter son corps alors même que la pièce se remplissait de silence, excepté l'agitation des pensées qui lui traversaient toujours la tête.

Darko resta silencieux. Cela avait fonctionné sur la première vague, cela fonctionnerait très probablement sur la deuxième aussi.

— Je ne sais pas pourquoi je suis là.

Comme prévu, la vague d'émotions coincées se déclara dans la chambre sombre.

Eh bien, ce n'était certainement pas la chose que Darko avait envie d'entendre, mais comme il n'y avait rien qu'il puisse trouver qui pourrait changer ça, il resta donc silencieux et essaya de ne pas se crisper sous le rejet. Il se blottit de nouveau, s'assurant que son souffle caresse le cou et l'épaule de Maxum, gardant un rythme profond et lent, une chaleur apaisante entre eux, comme leur première nuit ensemble.

— Je ne connais rien de toi.

Darko l'embrassa encore une fois dans le cou.

— Eh bien, j'aime les promenades sur la plage. Rester à la maison et baiser, et apparemment je suis prêt à la baise inversée avec toi. Rien que ça en dit long sur notre compatibilité. J'aime la viande rouge et la bière brune. J'aime aussi être dehors, sur l'eau. Particulièrement ramer. Les concerts dans le parc et de longues balades en voitures sans aucune raison.

— Qu'est-ce que c'est ? Gay harmony[5] ? Je suis sérieux là.

Maxum le regarda par-dessus son épaule.

Darko se redressa sur un coude et le fixa droit dans les yeux. C'était difficile pour un homme de se trouver à l'endroit exact où son corps l'avait mené et où il voulait être, car une fois arrivé là-bas son cerveau

---

[5] Sarcasme en rapport avec le site de rencontre E-Harmony, qui n'est consacré qu'aux personnes hétérosexuelles.

se disputait avec lui. *Il n'y avait qu'un seul moyen de le faire taire.* Darko attrapa Maxum par le menton et le retourna, et avant que son chevalier terni puisse protester, Darko s'abaissa vers sa bouche, se penchant juste assez pour lui tendre l'invitation, ses lèvres effleurant celle inférieure de Maxum et il la prit entre ses dents pour la mordiller tendrement. L'homme qui se remettait s'abandonna instantanément, ses lèvres s'ouvrirent et sa langue se manifesta pour recevoir Darko.

Celui-ci pouvait sentir le besoin intense de Maxum, un désir ardent qui n'avait pas été étanché depuis très longtemps, quelque chose qu'aucun d'eux n'avait pu trouver avec un amant – *jusqu'à maintenant.* Et Darko voulait que leur baiser le leur rappelle pleinement avant que le cerveau de Maxum puisse encore se mettre en travers du chemin. Il se frotta contre son corps, sa bouche surgit comme des vagues s'écrasant contre les lèvres de Maxum, cherchant davantage.

Les bras de Darko s'enchevêtrèrent sous Maxum, le pressant contre lui alors qu'il lui donnait le baiser approfondi qu'il désirait si désespérément. Goûtant davantage que le dîner sophistiqué qu'on avait fait passer avec un puissant single malt. Il sentit le goût de l'homme, cclui dont il ne pouvait pas se rassasier. Se séparant juste assez pour reprendre son souffle, Darko dévora les lèvres de Maxum et lui suça la langue, son esprit envahi par la chaude sérénité de leur baiser jusqu'à en être complètement essoufflé. Il le fit suivre de quelques chastes baisers puis se laissa retomber sur le côté, attirant Maxum pour se positionner en cuillère contre lui, et avec un « hum » satisfait, fut prêt pour un sommeil bienheureux.

Maxum n'était pas venu ici pour baiser. Il était venu pour échapper aux exigences vides d'un autre, mais il ne pouvait pas nier qu'il avait vraiment envie de pénétrer Darko après avoir été embrassé comme ça. Son sexe se raidissait contre sa cuisse à chaque pensée palpitante.

Comme un drogué, il devenait déjà accroc au feu qui brûlait dans cet homme. *En conséquence, les addictions étaient toujours mauvaises.* Mais bon sang, il était déjà là. Il se retourna – ou il essaya. Les bras forts de Darko se resserrèrent autour de sa taille et de ses hanches, l'en empêchant. Il ne put que regarder par-dessus son épaule, découvrant le profil brun séduisant de cet homme robuste qui s'endormait derrière lui, un léger sourire rêveur sur le visage comme s'il était parfaitement à l'aise avec leur couple. Maxum se pressa contre lui, ses fesses se poussant contre l'érection assortie à la sienne, mais Darko ne répondit pas.

— Tu es sérieux ? Tu vas t'endormir après un baiser pareil ?

— Hmmm-hmmm, acquiesça Darko, faisant de son mieux pour réprimer son sourire. Je te l'ai dit, je ne suis pas ce genre d'hommes.

— Qu'est-ce que ça peut bien signifier ? Parce qu'à ce que je me souviens, nous avons essentiellement touché à tout lors de notre premier rendez-vous, souffla Maxum, pas très heureux que Darko le tienne fermement.

— Exactement, mais je ne suis pas du genre à faire l'idiot avec un rencard qui disparaît sans prévenir. Pour ça, il n'y aura pas de fornication lors de notre second rendez-vous. Ça aide à faire monter la frustration.

Darko embrassa la nuque de Maxum, ses bras se resserrant autour de lui comme un python le maintenant en place, et étouffant toute lutte en lui.

— Et pour le troisième ?

Ce fut au tour de Darko de devenir silencieux un instant. Il n'avait pas prévu d'aller dans cette direction, mais bon l'aveu de Maxum d'avoir un petit ami quelque part faisait de *lui* une aventure et cela signifiait que *ça,* c'était temporaire. Cela ne lui plaisait pas, on avait maintenant apporté de l'éclairage pour découvrir une impasse. Il n'y avait donc aucun intérêt à s'investir davantage, pas vrai ? Simplement profiter du sexe et garder son cœur détaché. Sauf que Darko avait la sensation qu'il était déjà trop tard pour ça et il devait savoir, avant qu'il se laisse davantage de place pour tomber amoureux de cet homme.

— Peut-être qu'avant que nous investissions dans notre troisième, tu voudras répondre à une question.

Le bras de Darko se relâcha autour de Maxum alors que ses yeux s'ouvraient pour le regarder.

Maxum se retourna sur le dos, croisant son regard. La tension qui montait dans son corps était bien trop évidente et Darko fit ce qu'il put pour qu'elle diminue.

— Pas d'exigences, je demande seulement la vérité. Ce n'est pas difficile de la donner. Si tu veux montrer ton respect pour cette personne et peut-être pour le temps que tu as passé avec elle, alors ce ne sera pas difficile de dire la vérité.

Il se pencha et embrassa Maxum. D'abord ses lèvres, puis il déposa un baiser sur sa tempe où toutes ces pensées qui provoquaient des maux de tête demeuraient, les engrenages qui avaient clairement été sabotés et il lui chuchota :

— Même si ça ne sera que pendant une courte période.

Maxum ne se détendit pas, il s'écroula. Son esprit et ses émotions s'effondrèrent à l'intérieur de lui, en une boule de démolition merdique, parce qu'il appréciait Darko. Non, c'était plus que de *l'appréciation* et il avait l'intention de le *respecter*, comme un homme devrait l'être. Comme devrait l'être une personne avec qui il appréciait d'être, mais il n'avait pas été franc. Il pouvait changer cela maintenant.

— Demande.

Il déglutit péniblement, parce qu'il savait que ce ne serait pas facile malgré tout.

— Lorsque tu es rentré à la maison avec lui, as-tu couché avec lui comme s'il ne s'était rien passé ?

Maxum laissa échapper un soupir, incertain de ce que la question lui faisait ressentir. Sa main se souleva, atterrissant sur sa tête, et s'enfonça dans ses cheveux jusqu'à se retrouver entre sa tête et l'oreiller, où elle resta alors qu'il fixait le plafond, cherchant une réponse imprimée quand il n'y en avait aucune. Seulement, il sentait un étrange soulagement, parce que la réponse n'allait pas être aussi douloureuse qu'il l'avait craint. Parce qu'à cet instant précis, il savait qu'il ne voulait pas blesser Darko.

— Je n'ai pas couché avec lui du tout.

Darko tendit le bras vers Maxum, prenant sa mâchoire dans sa main, et le tourna pour qu'il le regarde, leurs yeux se croisant dans les ténèbres. Des yeux solitaires et douloureux.

— Pas du tout ?

Maxum secoua lentement la tête, les mots sortirent vides, presque léthargiques et complètement vaincus.

— J'ai essayé de le câliner. J'ai voulu lui tenir la main. Je voulais que ma relation avec mon partenaire soit comme celle-ci. *Connectée.*

Seulement peu importe mes efforts ou mes recherches pour l'avoir avec lui, je ne pouvais pas la trouver. Je veux quelqu'un qui soit pour toujours dans ma vie. Je suis un investisseur. Je veux que mon foyer et ma vie sexuelle soient comme mon argent. Je ne veux pas d'un étranger dans mon lit. Je ne veux pas recommencer depuis le début avec un nouveau visage et de nouvelles bêtes noires toutes les deux semaines ou tous les deux mois. Je ne fais pas d'investissements à court terme. Je veux le même homme jour après jour pour construire et vieillir ensemble. Et j'ai échoué.

— Peut-être que cela n'a jamais existé ? C'était un placement louche. Ou sa pérennité est-elle passée ? La société a coulé. Ou tu as trouvé quelque chose qui nourrit mieux ta vie que n'importe quoi auparavant. Une nouvelle entreprise ou une idée qui a le futur à l'esprit comme de l'énergie verte.

Darko marqua une pause dans ses suggestions pour réfléchir, peut-être d'autres métaphores qui lui parleraient.

— La vie change à chaque tournant. Les investissements doivent avoir des fonds flexibles, n'est-ce pas ?

Darko se laissa tomber sur l'oreiller, le regardant toujours. Maxum aurait dû se moquer de lui, pour l'analogie qu'il venait de faire, puisqu'il lui avait déjà avoué une nuit qu'il ne connaissait rien aux investissements. Mais Maxum commençait à comprendre que l'hédoniste était plus que des muscles, puisant dans les connaissances qu'il avait en changeant quelques mots pour les transformer en *termes profanes de Maxum St. Laurents.*

Maxum ramena les yeux sur le plafond, ses pensées s'aplanissant jusqu'à ce que les serpentins dans sa tête en ressortent vierges. Même si tout ce que Darko avait dit tombait sous le sens, il n'avait toujours aucune idée de quoi faire pour lui-même ou le partenaire qui ne lui avait donné aucune satisfaction durant presque autant d'années qu'ils avaient été ensemble. Ou quoi faire de l'homme qui reposait maintenant à ses côtés, qui lui avait donné en seulement deux courtes semaines tout ce qu'il aurait aimé avoir durant ces années. Pour couronner le tout, Darko était plus logique dans sa tentative de babillage de mettre les choses en perspective, que toute tentative que Simeon n'a jamais pu faire. Encore que, il n'arrivait pas à trouver un moment où Simeon se soit beaucoup inquiété de ses pensées. En tout cas pas dernièrement. *OK, pas depuis longtemps.*

Il rejeta la merde mécontente de son esprit, se repositionna et jeta un coup d'œil à Darko et au visage qui le regardait de biais depuis son oreiller.

— Alors à quoi puis-je m'attendre pour notre troisième rendez-vous ?

Un sourire germa de l'oreiller.

— Étrange que tu le mentionnes. Tu veux filer avec moi ce weekend ?

— C'est le weekend de Thanksgiving.

Maxum cligna des yeux devant l'invitation inattendue pour cette fête.

— Précisément, le moment parfait pour s'éloigner de tout ça. De la bonne nourriture, rester couché toute la journée... je te laisserai profiter pleinement de moi... ou de ce que nous voulons.

— Nous ?

— Oui, *nous.* C'est un concept intéressant, le mot *nous.*

L'offre ralentit alors que les yeux de Darko commençaient à se fermer et qu'il commençait en fait à se rendormir.

— Dors. Pas d'exigences ce soir, chuchota-t-il finalement.

Maxum roula sur le côté opposé, reculant doucement dans des bras qui prirent une position naturelle autour de sa taille et le serrèrent avant de devenir lourds de sommeil. Il ne s'était pas attendu à cela. C'était ce dont il avait besoin, être simplement avec quelqu'un qui comprenait, qui se coucherait avec lui et n'exigerait rien. Pourtant, il ne pouvait pas réfuter que Darko fût comme un alcool pur malt pour un alcoolique. En dehors d'être inattendues, Maxum n'était pas sûr de comment déchiffrer ses émotions. L'homme brûlant dans son désir sortait des limites de sa définition d'une liaison. Pour autant qu'il lutte contre cette idée, c'était difficile de ressentir autre chose que l'apogée de la félicité alors qu'il se blottissait contre Darko. Comme s'il avait été usiné avec une précision parfaite rien que pour lui. S'en aller, faire ce que *nous* voulons, dans un bed-and-breakfast amical envers les gays. Cela ressemblait à la meilleure offre qu'on lui ait faite. Alors peut-être qu'il pourrait se purger de cet homme par le sexe, une fois pour toutes, puis reprendre sa vie sans lui.

Il ferma les yeux, sentant son esprit dériver, peut-être que cela arriverait, mais il fallait l'admettre, il avait encore besoin d'un peu plus de Darko Laszkovi, se rassasier de lui avant d'y mettre un terme.

CHAPITRE HUIT

LE JOUR DE THANKSGIVING AVEC LA FAMILLE LASZKOVI

Maxum roula jusqu'à l'adresse qu'on lui avait donnée. Il jeta un coup d'œil par la vitre en direction de l'habitation, qui même pour Astoria, n'était pas l'habituelle grande propriété, mais totalement une *maison*. Comme une résidence *privée*. Il jeta un coup d'œil à son GPS comme s'il essayait peut-être de le tromper.

— Ce n'était pas censé être un bed-and-breakfast ? demanda-t-il comme si *Gladys,* comme il avait surnommé son GPS, allait en fait lui répondre.

Même si on était loin *ici* de ce à quoi Maxum s'était attendu, l'endroit était certainement un joyau. Classique dans le style des grandes propriétés traditionnelles d'Astoria, tout en hauteur et en briques, pourtant c'était là que la ressemblance s'arrêtait. Pour commencer, il y avait trois étages et quatre larges fenêtres sur la façade, ce qui signifiait deux pièces de chaque côté. Des escaliers menaient à la porte d'entrée au premier étage en plus d'une entrée de service au rez-de-chaussée. Mais le vrai bonus, c'était l'allée sécurisée avec des places de parking à l'avant et, puisqu'elle contournait la propriété, cela signifiait qu'il y en avait d'autres à l'arrière aussi. Le long des côtés du bâtiment, il repéra deux autres groupes de fenêtres au milieu, mais seulement sur les deux étages les plus hauts. *Deux chambres de chaque côté et trois en bas.*

Maxum grogna, se frottant le visage avec la main alors qu'il commençait sérieusement à envisager de faire demi-tour. Il se souvenait distinctement que Darko lui avait dit qu'il avait dix frères et sœurs. Une grande propriété avec douze chambres – *ouais* – il n'avait pas besoin que Gladys lui en explique davantage. Il était sur le point de repartir quand son téléphone sonna. C'était Simeon. Il le fixa pendant qu'il sonnait et vibrait en même temps sur le support de la console. Simeon avait appelé hier. Pas la semaine dernière, pas durant le weekend, pas lundi – *hier* – pour s'assurer qu'il serait là pour *sa* petite fête de Thanksgiving à l'appartement. Ce serait exactement comme l'année dernière, lui et environ six ou huit queers flamboyants que Maxum ne connaissait pas. Ses doigts passèrent brutalement sur ses lèvres et saisirent son menton, se rappelant son malaise. Bien sûr, ils étaient tous gays et ils avaient tous un point commun, mais il était obligé de considérer que peut-être ils restaient très différents. Après tout, on ne compare pas un jaguar avec un persan au poil soyeux, n'est-ce pas ?

Le téléphone se tut et Maxum ressentit du soulagement alors que le stress de la sonnerie disparaissait avec lui. Il devait y avoir une raison sombre et menaçante pour laquelle il se tendait chaque fois que Simeon appelait. *Était-ce simplement son échec en tant qu'homme à avoir une relation ou était-ce vraiment bel et bien terminé entre lui et Simeon ?* Il ramena son regard sur la grande maison des frères et il fut frappé par le fait qu'entrer *là-dedans* était loin d'être aussi perturbant sur son organisme que la pensée d'aller chez Simeon pour manger une étrange préparation végétarienne mutante qu'il appellerait du canard. Ensuite, il resterait assis en silence à écouter Sim se vanter de ci ou ça devant sa bande d'amis. À un certain moment, Sim se pencherait même sur ses genoux et lui tapoterait la cuisse, ferait peut-être une de ces remarques – *n'est-ce pas vrai, chéri* – comme s'il était vraiment inclus dans la conversation.

Darko luttait avec son frère aîné, Pyotr, pour obtenir une précieuse grappe de raisin rouge quand son téléphone commença à sonner dans sa poche. Il l'en sortit et vit l'identifiant de Maxum sur l'écran. Il tendit une main pour repousser son frère pendant qu'il prenait l'appel.

— Hé, tu es en chemin ?

— Je suis déjà là et tu ferais bien d'avoir une sacrée bonne explication pour m'expliquer où je suis.

— Passe le portail. Je descends.

Darko raccrocha, allant instantanément vers le mur pour composer les codes qui signaleraient l'ouverture des portails de la cour pour laisser entrer Maxum, puis il se dirigea vers les escaliers.

— Hé ! lança Pyotr derrière lui.

Darko s'arrêta en haut des escaliers, se retournant pour jeter un coup d'œil à son frère juste à temps pour attraper la branche de raisins que Pyotr lui lança.

— Le premier baiser a le plus d'importance.

Pyotr lui fit un clin d'œil.

Darko se tira l'oreille, envoyant un regard penaud à son frère.

— Désolé de le dire, mais nous sommes bien au-delà de ça. Nous en sommes à la baise maintenant.

Il ajouta malicieusement un petit mouvement de sourcils.

— Tu es à deux doigts de le perdre maintenant pour l'avoir attiré à une réunion de *famille*. Tu vas avoir besoin de ce doux baiser pour le convaincre.

Un large sourire apparut sur le visage de Darko.

— Merci, Pyotr.

Il s'enfila plusieurs grains de raisin, souriant quand la douce saveur rouge sucrée explosa sur sa langue. Puis il dévala les escaliers pour accueillir son amant avant qu'il puisse prendre la fuite.

— Est-ce que tu as enseigné à tous tes frères les trucs du sexe ? demanda Cliff depuis la table où il avait regardé le match de lutte.

Maggie passa à côté de lui, lui tapotant le dos.

— Oui, en cffct, dit-elle avec une touche d'expérience enjouée.

Pyotr acquiesça avec un éclat coquin, pas trop honteux non plus.

En bas, Darko sortit précipitamment alors que Maxum descendait de voiture. Il ne put s'empêcher de ralentir pour apprécier l'image élégante de cet homme et de sa voiture rutilante. Il resta en retrait un instant, profitant simplement de la vue avec un sourire ironique – *bon sang, qu'il adorait regarder cet homme* – comme ses voitures, Maxum était fait de lignes de précision. Des muscles parfaitement proportionnés comme un corps d'athlète, pas un body-buildeur, exotique et dans une autre classe. Et toujours chaud comme la braise.

— Une autre ?

Darko s'avança finalement vers lui.

— Je les collectionne, tu te souviens ?

La réponse de Maxum fut brève, même si elle contenait toujours une note de sarcasme joueur. Ils le savaient bien tous les deux qu'il s'en souvenait.

— Donc, tu es quoi, riche ou un truc comme ça ? demanda Darko avec un sourire suffisant et malicieux.

— Ou un truc comme ça.

Maxum regarda Darko sérieusement. Il était à deux secondes de se retourner et de partir, mais la vue de Darko était trop tentante pour le laisser derrière lui. Ses cheveux bruns étaient rejetés en arrière comme s'ils n'avaient pas été coiffés ce matin. Les muscles de ses bras avaient l'air bombés comme lorsqu'ils s'étaient comportés un peu brutalement tous les deux et il se demanda si pendant qu'il était à l'intérieur son étrange amant avait fait de la musculation ou s'était bagarré avec un autre homme. Cette idée seule agitait Maxum.

Darko put voir le mécontentement sombre dans ses yeux, il s'approcha prudemment, dirigeant son attention sur la voiture dans laquelle Maxum était arrivé, et se tenait maintenant à côté.

La *Ford Tungsten GT.* Il en avait déjà vu une dans un magazine, mais elle avait l'air encore plus saisissante de près. Il marcha tout le long, laissant le bout de ses doigts effleurer ses courbes. *Il aimait bien celle-là.* Élégante. Sexy. L'acier de tungstène de couleur fumée lui donnait un air inquiétant comme l'homme qui la conduisait. Maxum, malgré son extérieur élégant et sexy, avait l'air d'un homme qui pourrait diriger le monde avec son petit doigt – et Darko le savait d'expérience, cet homme pouvait vous planter dans un mur avec sa verge.

Il était probable que la seule chose dont Maxum *avait* peur, c'était *de Darko* – cependant, celui-ci n'avait aucune intention de laisser son preux-chevalier-en-armure-en-tungstène-rutilante s'enfuir cette fois-ci. Il s'arrêta alors que Maxum était juste hors de sa portée.

— Alors, combien de voitures as-tu, au fait ?

Maxum haussa les épaules.

— Eh bien, pas autant que certains des collectionneurs les plus célèbres, mais suffisamment pour avoir besoin de mon propre garage.

— Un garage ? répéta Darko en s'avançant devant lui, refermant maintenant l'espace entre eux avec un sourire malicieux. Les places de garage sont toujours au prix fort à New York. Je me demande...

Il inclina la tête en avant puis jeta un coup d'œil vers Maxum, sous ses sourcils proéminents.

— Combien ferais-tu payer une place ?

Maxum essayait toujours de s'accrocher à son irritation, mais il ne put s'empêcher de jouer au jeu des railleries avec Darko, puisqu'ils y étaient tous les deux sacrément bons.

— Au moins deux pipes et plusieurs baises dures par semaine.

— Humm... c'est plutôt cher, dit Darko en effleurant la hanche de Maxum de la main. Mais, je pense pouvoir arranger ça. Mais je devrais faire probablement des heures supplémentaires.

Il jeta un coup d'œil autour de lui, mais ne vit pas le sac du weekend avec Maxum, ce qui détourna ses implications.

— Où est ton sac ?

Maxum souffla alors.

— Je ne reste pas, répondit-il en s'éloignant suffisamment de Darko, mais seulement pour s'appuyer contre la Mustang. Tu vois, quand tu as mentionné que tu voulais que je passe le weekend avec toi, j'ai pensé que tu m'attirais dans un trésor caché d'Astoria. Peut-être un bed-and-breakfast amical avec les gays.

Il pencha la tête avec une expression suspicieuse. Ses yeux se portèrent vers la maison à quatre étages qui prédominait derrière eux.

— Ça ne ressemble pas à un bed-and-breakfast.

Darko se rapprocha à nouveau, l'accula contre la voiture, et frôla de ses lèvres celles de Maxum. Sa voix descendit d'une octave, devenant rauque.

— Eh bien, le lit est à l'intérieur...

Il utilisa sa langue pour taquiner Maxum.

— ... et il est totalement... amical... avec les gays.

Puis Darko l'embrassa, l'étreinte profonde de ses lèvres s'attardait pour transmettre à cet homme le goût de sa langue sucrée par les grains de raisin rouge et il se sentait intensément affamé. Darko pressa tout son corps contre Maxum plus fort glissant entre ses lèvres, dans la chaude caverne de sa bouche, et l'inhalait, tout cela en même temps, son baiser cherchant avec régularité, sa langue faisant en sorte de se glisser partout, possédant, goûtant... marquant au fer rouge.

(ʘ‿ʘ)

En un instant, le corps de Maxum s'enflamma, son sang le picota et ses bras s'enroulèrent autour du corps de Darko, s'y cramponnant. Les poings de celui-ci agrippèrent sa chemise blanche amidonnée, saisissant le col pour l'attirer plus près. Darko était tout ce dont il se souvenait – empli de finesse brute. Du pouvoir et de l'acier, recouvert d'un cuir chaud et souple. Insistant... et davantage. Jamais auparavant un seul baiser n'avait donné envie à Maxum de se jeter au sol, là où il se tenait pour faire l'amour comme en cet instant avec cet homme. Darko lui donnait une intense envie d'être plus proche de lui de toutes les manières possibles.

Maxum passa ses mains sur le corps de Darko, sentant chaque renflement de ses épaules, chaque ondulation de son torse. Sa paume voleta sur les abdominaux frémissants – et continua à descendre *tellement... lentement*. Il fit traîner sa main sur l'érection de Darko, qui inspira en sifflant, ébranlé, brisant le baiser, et durcissant à son contact.

Souriant, Maxum tendit la main vers sa braguette.

Darko grogna.

— Si tu n'as pas prévu de rester, nous...

Maxum le toucha de nouveau de la paume, le faisant taire en serrant son sexe piégé, puis il déboutonna son pantalon. Il baissa la fermeture éclair qui crissa de manière audible dans leur environnement autrement silencieux. Maxum trouva le sexe de Darko tendu vers le haut dans son caleçon et il passa le pouce sur le gland sensible qui relâcha avec enthousiasme une gouttelette de liquide pré-séminal.

La tête de Darko s'appuya contre la sienne avec un soupir profond d'abandon.

— Bon sang, j'adore ça quand tu me touches.

Darko grogna encore un peu. Il saisit la veste de Maxum dans ses poings et commença à marcher à reculons vers la porte, l'entraînant avec lui. Il ne le relâcha que pendant un court instant, tâtonnant sur la poignée de la porte derrière lui pour l'ouvrir, et reprendre la pénétration profonde de leur baiser, attirant Maxum dans la maison. À peine eurent-ils passé les portes de la salle commune du rez-de-chaussée que Darko abaissait son jean, puis laissait tomber une main sur l'épaule de Maxum, le forçant à se mettre à genoux.

— *Bon sang,* je veux que tu me suces, exigea-t-il, avec un grognement sourd et guttural.

Maxum n'hésita pas à lui donner ce qu'il voulait. Sa langue sortit avec empressement et lécha le bout large de son sexe, ballottant l'extrémité en forme de champignon partiellement dévoilée du gland rouge gonflé. Il le prit entièrement dans sa bouche en entourant son sexe et l'aspira étroitement entre ses joues tandis que sa langue travaillait brutalement sur les nerfs sensibles.

Il se retira, laissant tomber le membre de ses lèvres, et les remplaça par son poing. Il caressa Darko de la base à l'extrémité, faisant glisser le prépuce sur le membre, l'éloignant du gland, puis il s'approcha, passant sa bouche sur le côté du pénis palpitant, de haut en bas, encore et encore. Ses doigts palpaient le gland engorgé, étalant le liquide pré-séminal qui s'en écoulait. Il se pencha en arrière, examinant l'érection de Darko, maintenant enveloppée de sa salive. Cet homme avait un superbe sexe. Vingt ou vingt-trois bons centimètres, épais et gainé de veines qui palpitaient de sang rouge. Il abaissa le membre raidi de Darko, absorbant le gland entre ses lèvres. Il le mordilla tendrement avant de le relâcher, le laissant claquer contre son ventre. Darko grogna, ses mains frappaient le mur pour se stabiliser. Et Maxum put entendre le juron étranglé qui retenait tout ordre.

Maxum voulait tellement plus de ce repas. Simeon était petit dans chaque aspect et en fait n'aimait pas que Maxum prodigue de l'attention à son sexe en dehors d'une simple branlette et seulement quand il le pénétrait par-derrière. Simeon malgré tout son cliché glorieusement gay, aurait voulu ne jamais avoir eu de pénis, mais ne souhaitait pas subir un changement de sexe.

Maxum n'avait aucun problème à être un homme qui appréciait de coucher avec d'autres hommes. De plus, Darko était un homme pur et brut qui nourrissait ce désir comme aucun autre ne l'avait jamais fait pour lui. Il se rapprocha, enfouissant le nez dans le nid superficiel de poils noirs nichés autour du sexe de Darko, inspirant l'odeur musquée de son corps. Absolument tout en virilité. Il s'enfonça plus bas, lui lécha les testicules, en aspira un dans sa bouche pour le faire rouler sur sa langue, puis l'autre, utilisant ses lèvres en une prise étroite pour tirer la peau qui se tendait.

— Ahh, mon Dieu.

Darko laissa échapper un grognement rauque, plaquant sa tête contre le mur. Bon sang, cet homme avait une sacrée bouche et savait quoi en faire. Il le suçait fortement avec une exigence totale. Quand Maxum en aurait terminé, Darko savait qu'il ne serait pas grand-chose de plus que de la chair dissoute, abandonné volontiers à tout ce qu'il lui demanderait ensuite.

Pour autant qu'il veuille continuer et l'encourager dans son repas, ses propres besoins ne pouvaient plus résister, lui hurlant de prendre les rênes. Il passa les doigts dans les cheveux de Maxum, adorant la douceur soyeuse contre les callosités de sa main. Il laissa le contraste le distraire encore un instant, jusqu'au moment où Maxum le prit entièrement et que sa fente embrasse le fond de sa gorge. Chaque once d'air s'écoula des poumons de Darko en cet instant, et une vague de plaisir inexpliqué et de pulsions s'écrasa sur son corps, puis explosa en même temps.

— Oh putain.

Ses hanches se courbèrent en avant où les mains de Maxum s'étaient soudain fixées, le maintenant en place.

— Non, bon sang, hoqueta Darko, toute sa respiration grinçant par son larynx alors que son corps palpitait sous davantage de désir.

S'il ne commençait pas à donner des coups de reins dans sa bouche, ses genoux allaient probablement faiblir sous lui. Il avait besoin d'un certain contrôle. Darko se débattit, essayant désespérément de prendre un rythme pour s'enfoncer dans la gorge de Maxum, mais plus il poussait, plus la prise de Maxum devenait serrée, jusqu'à ce qu'il recule complètement. Le sexe prêt à exploser de Darko frappa son ventre et il siffla sauvagement, nécessitant le retour de la bouche de Maxum.

— Si tu veux que je reste, tu devras endurer les besoins de mon fétichisme. Et pour l'instant, je dois dévorer ta queue, grogna Maxum.

Les mains de Darko se cramponnèrent instantanément autour de la tête de Maxum, agrippant ses cheveux, le forçant à lever les yeux vers lui. Leurs regards se soudèrent comme des démons ardents fixés dans une bataille de désir charnel. Les hanches de Darko se balançaient lentement, délibérément, pour que son pénis glisse sur le visage de Maxum, de haut en bas, le caressant avec encore plus de liquide pré-séminal qui s'écoulait, avec un mélange de salive. L'odeur de sel doux emplit les sens de Maxum, attisant son appétit. De haut en bas, l'organe durci parcourait sa joue puis se pressait contre ses lèvres et Darko relâcha ses cheveux. Ses doigts écartés se tendirent vers la nuque de Maxum puis sur ses épaules, tremblant sous son contrôle chancelant.

Tout chez Darko attisait les sens de Maxum à un niveau basique et primitif, et son corps vibrait sous cette prise de conscience. Il tourna sa tête libérée et lécha son gland, ses yeux toujours fixés sur l'homme qui le regardait. Il le suça et le mordilla jusqu'à ce que les yeux de Darko se ferment doucement et que son menton se tende sous la tension, ne cachant par aucune expression qu'il était complètement enfoui dans la bouche de Maxum. Comment ce dernier ne pourrait-il pas faire preuve de favoritisme envers un tel homme qui s'était abandonné à sa fixation orale ?

Il le suça entièrement, enroulant Darko dans une sensation tempétueuse avec sa langue. Il caressa et suça fermement toute la longueur de son membre, l'aspirant complètement à l'intérieur et se retirant, pour le sucer à nouveau intégralement.

Maxum sentit la pulsation de tension dans la lourde veine contre sa langue. Son postérieur y répondait de manière identique, imaginant seulement le sexe gonflé le pénétrant violemment, hors de contrôle, jusqu'à ce qu'il hurle sa libération.

Des poings se serrèrent sur ses épaules toujours recouvertes de sa chemise et s'y fixèrent, Darko cria, libérant un gémissement guttural et profond alors qu'il serrait fort Maxum, ses hanches tremblaient et se précipitaient involontairement en avant, alors que la bouche de Maxum se remplissait de l'écume chaude de son sperme. Il avala les premières giclées puis se recula laissant les suivantes éclabousser son visage. Il les récupéra et les étala sur le gland violet, léchant et suçotant les dernières gouttes qui perlaient de la fente.

Maxum n'eut pas beaucoup de temps pour jouer avec la nappe poisseuse de semence, il sentit les bras immensément forts de Darko le relever brusquement, et immédiatement piquer sur lui avec sa bouche, léchant le glaçage de sperme sur ses lèvres. Rien qu'une autre envie physique qu'il appréciait chez cet homme. Embrasser après une pipe. Partager le goût du corps de l'autre. Et il n'y avait là rien de gênant, Darko l'embrassait avec une telle force avant, pendant, et après, ses passions ne faiblissant jamais, sauf peut-être quand Maxum le suçait.

— Bon sang, je veux que tu me baises tout de suite, grogna Darko dans sa bouche, ne luttant même pas pour qui allait pénétrer l'autre.

Le pénis de Darko, bien rassasié maintenant, voulait que son derrière soit ravagé, et s'offrit aisément pour que Maxum lui donne davantage d'ordres. Mais un coup à la porte les freina plus rapidement qu'un seau d'eau glacée.

Maxum se figea, revenant à la réalité, il était dans la maison de quelqu'un d'autre, et il avait été sur le point de coucher avec cet homme avant même d'avoir rencontré son hôte.

Un autre coup à la porte.

— Hé. Stanislav va arriver. Pyotr a demandé si tu pouvais te freiner assez longtemps pour qu'il puisse au moins les faire rentrer dans la maison avant que Frannie fasse un de ses numéros, lança Trofim, l'un des frères de Darko, depuis l'autre côté.

Darko laissa échapper un grondement sonore et embrassa Maxum, l'attirant dans ses bras avant de répondre.

— Oui. Même si je ne sais pas à quoi ça va servir, lança-t-il vers la porte.

Ses yeux ne quittèrent jamais Maxum, qui le regardait d'un air calculateur. Il voyait que ses yeux étaient dans le business maintenant, faisant les calculs, analysant et estimant les gains.

— J'aimerais le voir. Même si c'est juste pour cinq minutes. Je ne l'ai pas vu depuis que je suis parti, Darko, dit la voix en le suppliant soucieusement.

(ᵔᵥᵔ)

— C'est bon, Trofim. C'est tout bon.

Le visage de Darko se réchauffa en cet instant, une expression qui prit Maxum par surprise, et il se sentit inquiet au sujet de l'arrivée de cette *Frannie*.

— Alors, c'est quoi le truc avec Frannie ?

L'expression de Darko vacilla légèrement.

— D'après elle, toi, moi et quelques-uns de mes frères allons brûler en enfer.

Maxum recula brusquement, se libérant des bras chaleureux de Darko. L'air froid de novembre sembla transpercer les murs et chercher à pénétrer sa colonne vertébrale.

— Je croyais que c'était censé être un weekend amical envers les gays.

— Ça l'est, dit Darko en tendant le bras pour lui attraper la main et entrelacer leurs doigts, les serrant pour le garder près de lui. Mais, mon petit frère Stanislav est aussi clément que son épouse est diabolique. Nous ne l'avons pas vu depuis deux ans. Nous n'avons même pas été à son mariage. Donc Pyotr espérait le faire venir ici pour nous tous et il est prêt à affronter sa femme.

Il attira un Maxum réticent contre lui avec la force pure de la seule main emmêlée à la sienne.

— Ne t'inquiète pas. Pyotr sait comment faire barrage quand il s'agit de la haine déplacée des gens.

Darko lui donna un bisou espiègle sur le nez.

— Viens, laisse-moi t'emmener à l'étage pour que tu puisses rencontrer tout le monde avant qu'elle entre et refroidisse l'ambiance.

À l'étage, Darko fit les présentations.

— Voici Trofim, qui a réemménagé au printemps dernier après avoir vécu cinq ans au Royaume-Uni. Trofim, voici Maxum.

Maxum et Trofim se serrèrent la main.

— Vous me dites quelque chose.

— Si tu as ouvert un magazine alors tu l'as vu. Il pose pour des parfums et de la mode masculine. On voit son corps partout dans les magazines pour femmes.

Darko lui lança un clin d'œil.

— Et ceux des hommes, chipota Trofim pour sa défense.

Darko lui répondit par un petit rire.

— Oui, c'est un sacré super-mannequin.

Il tendit le bras pour étreindre brutalement son frère.

Trofim l'esquiva, éloignant le bras musclé d'une tape.

— Enfin, je n'irais pas jusque là.

Et avant qu'il puisse exécuter une contre-attaque, Maggie s'avança entre eux pour être présentée.

— Salut. Je suis Maggie.

Elle prit la main de Maxum et la serra avec un sourire chaleureux.

— Voici Maggie. L'ex-femme de Pavle.

— Ex ?

Maggie roula des yeux vers Darko.

— Eh bien oui, nous étions les meilleurs amis avant, et le sommes encore.

Ensuite, ce fut au tour de Sasha et de ses amants jumeaux, Isaac et Isaiah. Maxum les reconnut également, mais il resta silencieux sur ce savoir, ne voulant pas engager de discussion sur son implication avec les propriétaires du *Club Pain*. Ce n'était certainement pas le genre de conversation pour une atmosphère favorable familiale.

Ensuite, Maxum fut mené vers une jeune fille à l'air délicat, qui avait à peine terminé son adolescence, de ce qu'il pouvait en dire, car une écharpe décorative recouvrait sa tête dépourvue de cheveux, des cercles sombres sous ses yeux donnaient trop d'indices sur une des maladies.

— Voici Kimmi. La fille fraîchement adoptée de Pyotr.

Darko l'attira dans une profonde étreinte, plaçant sa tête sous son menton, et la jeune fille s'enroula autour de lui pour l'étreindre à son tour.

— Kimmi devrait être célèbre dans le monde entier, car elle fait les meilleurs câlins, ajouta Darko en se penchant, embrassant le dessus de sa tête.

— Tu as dit adoptée ?

Maxum regarda la jeune fille trop grande pour avoir été adoptée.

— Oui. Kimmi est la sœur de Cliff. Celui-ci étant l'amant de Pyotr, dit-il en retournant son bras pour pointer du doigt le petit ami *fanfaron* qui appartenait à son aîné. Mais mon frère s'est tellement épris de la petite Kimmi qu'il a demandé si elle accepterait d'être sa fille, et elle et Cliff ont accepté.

Maxum esquissa un sourire et vit un visage heureux transparaître à travers le voile de sa maladie quand elle leva les yeux vers Darko, qui, à cet instant, semblait tout aussi épris d'elle qu'il affirmait que son frère l'était. Maxum sentait qu'il y avait bien plus que ça dans cette histoire, mais étant donné que c'était censé être un tour rapide pour les présentations, il décida de ne pas insister.

Après l'étreinte prolongée de Kimmi, Maxum fut rapidement mené vers le salon où il se retrouva face à face avec un homme qui avait clairement des correspondances génétiques avec Darko.

— Voici Pyotr. Chef de famille. Pyotr, voilà Maxum St. Laurents, dit Darko avec une certaine fierté qui pouvait aller dans les deux sens.

Le patriarche de la famille ou l'amant précieux.

Les yeux de Maxum passèrent de Darko à son frère avant de revenir sur lui pendant qu'ils échangeaient une poignée de main. Mêmes cheveux, mêmes yeux bleu cobalt profonds. Même la forme de leur menton et la couleur bronzée de leur peau étaient identiques. Quelques années de différence étaient tout ce qui les séparait. Il regarda la pièce autour de lui, voyant maintenant la stupéfiante ressemblance d'un frère à l'autre. Comme s'ils étaient une collection d'instantanés de toutes les années précédentes jusqu'à ce qu'on en arrive à cet homme. Pourtant aucun ne ressemblait autant à Pyotr que Darko. Quant à Pyotr, il était absolument éblouissant. Le meilleur de chez GQ magazine. Maxum regarda l'homme qui entourait sa taille, si Darko était aussi beau maintenant, il serait impossible de se détourner de lui dans les années à venir.

Un petit rire venant de Pyotr ramena le regard de Maxum sur lui. Pyotr l'étudiait avec une expression omnisciente qui informa Maxum qu'il savait ce à quoi il venait de penser, et trouvait ça tout aussi excitant.

— Alors c'est l'homme que tu as piégé pour qu'il se joigne à nous pour le weekend.

Pyotr taquina son frère avec un clin d'œil, lui faisant savoir qu'il avait fait une belle prise. Darko n'avait pas besoin que son frère le lui dise. Il savait qui se tenait à côté de lui et se pencha, offrant un solide baiser à Maxum pour l'afficher.

— Oh mon Dieu ! Je n'arrive pas à le croire ! retentit une voix perçante dans leur direction.

Darko et Maxum se retournèrent brusquement pour voir une jeune femme habillée de manière conservatrice, se tenant en haut des escaliers sur le palier devant le grand salon. Puis elle tourna hâtivement les talons et redescendit bruyamment les escaliers qu'elle venait de monter. Stanislav, le frère dont ils avaient tous attendu l'arrivée, se retourna également et la suivit.

— Frannie, attends.

Le visage de Darko devint tout blanc.

— Pyotr, je suis désolé, chuchota-t-il.

Pyotr essaya de se forcer à sourire, mais le tapotement qu'il lui donna sur le bras en fit davantage.

— Ne le sois pas. On ne fera ressentir de honte à personne dans cette maison.

— Mais, je n'avais pas besoin d'embrasser…

— Arrête. Tu es dans ton droit de le faire. Un bel homme comme Maxum, je m'inquiéterais davantage si tu ne l'embrassais pas. Cependant, je crois que nous vous devons des excuses, Maxum.

Des yeux sérieux se déplacèrent vers le rencard de son frère.

— En tant qu'invité, j'espère que vous ne laisserez pas le manque de compréhension de ma belle-sœur refroidir votre désir d'être ici avec mon frère.

Pyotr jeta un coup d'œil vers l'escalier, puis vers Sasha.

— Emmène tes garçons à l'étage. Mets de la musique pendant un moment, veux-tu ?

Sasha hocha la tête et dirigea bientôt les jumeaux à l'étage.

— C'était quoi tout ça ? chuchota Maxum à l'oreille de Darko alors qu'il les regardait tous les trois monter comme cela avait été demandé.

— Leurs parents les ont salement perturbés quand ils grandissaient et ont essentiellement flippé quand ils ont appris que leurs précieux enfants indigo[6] étaient gays. Ils n'ont pas besoin d'entendre ça, lui chuchota Darko en réponse.

Pyotr hocha la tête vers Darko puis vers Maxum.

— Maintenant, si vous voulez bien m'excuser.

Pyotr se retourna et se dirigea à la suite de Stanislav et Frannie.

Maxum suivit Darko à la fenêtre, regardant les discussions houleuses se dérouler en bas. Il regarda autour de lui le nombre de membres de la famille proche et étendue. Cela changeait tout pour lui. Darko était censé être le coup sexy dont on profitait durant des vacances avant de partir. Maintenant, il se tenait là, regardant cet homme et ses racines profondes avec sa famille. À l'exception de celui à l'extérieur, tout le monde semblait être connecté, proche les uns des autres. Il regarda quand il vit la main de Darko s'approcher de la vitre, appuyant sa paume à plat, comme pour essayer de se tendre vers le jeune homme plus bas, qui levait les yeux vers lui, et lorsque Maxum le remarqua, tous les autres aussi. Ils étaient tous rassemblés à la fenêtre à regarder, essayant de tendre la main, et de se connecter à ce frère qui désirait intensément qu'ils le touchent. C'était bien trop clair,

---

[6] Expression pseudo-scientifique et occultiste désignant des enfants avec des pouvoirs paranormaux, qui plaît aux parents d'enfants ayant des difficultés d'apprentissage ou qui croient leurs enfants spéciaux.

même pour Maxum, la douleur de la haine de sa femme le déchirait, devenant un pont qu'il ne pouvait plus franchir.

Et en une question de minutes, ce fut terminé, Pyotr retourna à l'intérieur, tandis que Stanislav ramenait sa femme à leur voiture, la plaçait sur le siège conducteur, et l'accompagnait pour qu'elle reparte. *Sans lui.*

ʕ•ﻌ•ʔ

Darko fut instantanément en haut de l'escalier pour venir à la rencontre du patriarche de la famille.

— Pyotr...

Mais celui-ci ne voulut rien entendre.

— Nous avons notre petit frère avec nous pendant un moment, profitons de sa compagnie, d'accord ?

Son bras passa autour de la tête de Darko et lui taquina un peu les cheveux.

— Le bon côté, c'est que je n'ai plus à m'inquiéter où vous deux serez logés, vous n'êtes pas à proximité des oreilles de Frannie, maintenant.

— Nous ? dit Darko en se laissant affecter par la moquerie de son frère. Qu'en est-il de Cliff ? Pavle m'a dit qu'il fait pas mal de bruit.

— C'est pour ça que je lui ai apporté un bâillon pour le weekend.

Pyotr fit un clin d'œil à Darko et à Maxum.

— Oh, tu n'as pas fait ça !

Maggie émit un hoquet exagéré depuis l'autre côté de la pièce.

Pile à ce moment-là, Cliff se précipita dans les bras de Pyotr pour consoler son amant et empêcher toute taquinerie. Pyotr l'attira contre lui, soulevant un de ses bras pour le draper autour de son cou et entrelacer leurs doigts, il attira son jeune amant contre son torse, et il l'embrassa sur la joue.

— Humm, mais si, grogna Pyotr pour tous les taquiner.

Il chuchota autre chose à l'oreille de Cliff et tous deux se tournèrent vers le couloir qui menait à leur chambre, prenant à l'évidence un peu de temps pour eux afin de soulager l'humeur de Pyotr avant de rejoindre la famille.

Quand Stanislav monta, ses frères se massèrent immédiatement autour de lui.

Maxum regarda, ayant l'impression d'être un touriste dans cette réunion familiale, et pourtant d'en faire partie en même temps. Faire partie de quelque chose, ce qu'il n'avait pas compté faire. Ce weekend était censé être le dernier épisode de son aventure avec Darko. Du sexe génial, de la nourriture bien calorique, peut-être même une jolie promenade en voiture d'une demi-journée sans aucun but précis. Puis, dire au revoir, merci pour le weekend torride, puis rentrer à la maison pour essayer de prendre une décision en ce qui le concernait, et si cela incluait, de laisser revenir Simeon ou pas. *Pas ça*. C'était trop réel. Cela affectait son fantasme et oblitérait complètement sa définition d'une liaison.

— C'est difficile, hein ?

Maxum tourna brusquement la tête pour voir le charmant visage rayonnant de Maggie, se tenant à côté de lui, mais il ne dit rien.

— Vous avez cru que Darko était simplement un homme à la beauté sauvage, comme un manège à sensations fortes et que bientôt il partirait dans le soleil couchant, puis que vous retourneriez à ce que vous faisiez avant. Comme rentrer de vacances et retourner au travail. Maintenant, vous découvrez un cottage chaleureux et confortable avec la clôture blanche, installé pile au milieu du paysage de l'île la plus exotique. Et n'oubliez pas le garage suprême pour garer votre bolide.

Les yeux de Maxum retournèrent vers l'homme qui avait envoûté son esprit et ses désirs à un point inimaginable durant les dernières semaines, puis revinrent vers la femme qui parlait comme si elle avait vu l'intérieur de sa tête et savait ce qu'il pensait. *Ce devait être un truc de famille.*

— J'ai déjà un garage de vingt-huit voitures, répondit-il d'un ton un peu bourru.

Il ne savait pas si c'était seulement pertinent, mais il le dit malgré tout.

— Ah oui ?

Ses yeux s'illuminèrent, mais le regardaient comme si elle avait presque pitié de lui.

— Mais, y a-t-il une clôture blanche ?

Puis elle sourit. Le sourire le plus chaleureux et amical qu'il n'ait jamais vu sur un visage.

— Qu'est-ce qu'un cœur est censé faire ? dit-elle malicieusement, ses yeux étincelant vers lui.

Puis elle s'éloigna pour recevoir sa propre étreinte du jeune homme qui tenait le devant de la scène.

À partir de là, durant tout l'après-midi, tout le monde se rassembla, quelque part entre le grand salon et la cuisine, soit donnant un coup de main, soit chapardant des morceaux de nourriture pour tenir le coup pendant que la maison entière se remplissait d'odeurs aromatiques du repas fait maison qui déclencha des grognements d'estomac et d'autres chapardages. Jovan, qui était le deuxième plus âgé de la famille Laszkovi, se chargea des dindes qui cuisaient à la broche dehors, pendant que les femmes prenaient du plaisir à faire des commentaires en disant qu'il s'y prenait mal. Ce ne fut que lorsque les volailles du dîner furent rentrées à la maison et que les femmes les goûtèrent avec les doigts qu'on lui présenta des excuses et des compliments avec des *hum hum, c'est bon* pour qu'il leur pardonne.

Maxum se glissa derrière Darko lorsqu'ils s'assirent ensemble sur la marche en briques du foyer de la cheminée, après que Darko eut libéré son petit frère, Sasha, d'une prise de lutte sur le sol. Il s'incurva contre lui et lui taquina le cou avec son souffle chaud.

— Tu n'as jamais dit que tu venais d'un aussi bon cheptel. Regarde-les tous... ils ont autant de charme brut que toi.

Darko saisit le bras de son amant qui était drapé sur son torse et le maintint en place.

— Oui, eh bien, tu as le droit d'en avoir qu'un et c'est moi.

Et seulement pour un seul weekend, pensa Maxum silencieusement. Juste ce weekend pour faire le plein puis tourner la page de cette toquade avec lui et retourner aux pâturages habituels qu'il avait commencé à ensemencer des années auparavant, peu importe à quel point ils pouvaient sembler défraîchis sous cet angle.

Les jumelles appelèrent la troupe depuis la cuisine et les amis et la famille se rassemblèrent dans la salle à manger aussi simplement que ça.

Les conversations sautaient d'un sujet à un autre avec autant de fréquence que le haut-parleur des infos, cela incluait les infos locales, les voitures – surtout les voitures de Maxum –, les amis et la famille, et les derniers hobbies, l'essentiel étant sur l'aviron.

À table, c'était une version plus intime pour juste prendre des nouvelles. Rury leur parla comment c'était depuis que son partenaire et lui avaient déménagé à Los Angeles un an auparavant, qui ensuite céda la parole à Trofim pour qu'il puisse parler un peu de ses cinq années à Londres.

Darko tendit le bras, ébouriffa les cheveux de Trofim et attira sa tête pour l'étreindre.

— C'est bon que tu sois de retour.

L'action sous-entendait davantage de raisons profondes, contrairement au déménagement de Rury. Bien que leur absence suscite la même expression, les ombres que plusieurs des frères arboraient en parlant de l'absence de Trofim n'apparaissaient pas pour Rury. Des indications sur les visages que Maxum était habitué à déceler en tant qu'homme d'affaires qui devait interpréter les visages d'autres businessmen. Toujours à l'affût des *signes* d'une affaire douteuse et de tromperie. Seulement, Maxum ne prenait pas en compte la tromperie ici, juste, peut-être son éloignement était dû à quelque chose d'autre qu'à ses choix de carrière.

— Tu dis ça tout le temps, l'envoya promener Trofim, ne s'inquiétant plus de ses cheveux.

— Parce que c'est vrai.

— Après cinq ans là-bas, je suis surpris que tu ne parles pas plus comme eux, lui fit remarquer Jovan sur son manque d'accent.

— J'essaie de le perdre, mais ça revient quand je suis avec quelqu'un qui est britannique.

— Je l'entends et je pense que c'est sexy.

Maggie lui sourit.

— Alors, est-ce que les poupées à Londres sont vraiment très chaudes ?

Un des adolescents gloussa. Bien sûr, cela venait de celui avec plus de bijoux sur le visage qu'une femme ordinaire en portait sur tout le corps.

— Depuis que tu es parti pour Londres, il est obsédé par le milieu punk britannique, dit Artyom en tendant le bras au-dessus de la tête de son fils aîné pour lui ébouriffer ses cheveux verts. Comme tu peux le voir.

Artyom lui donna une pichenette sur un piercing tunnel avant de laisser l'adolescent s'en sortir sans autre taquinerie.

— C'est comme ça que ça s'appelle ? plaisanta Stanislav à son frère et son neveu.

— J'appelle ça : *voyons à quel point je peux rendre ma mère cinglée.*

Mira, la mère du garçon essaya d'avoir l'air sérieux. Mais le sourire et la rougeur de son visage la trahirent, et bien sûr, les enfants les plus jeunes gloussèrent avec enthousiasme face aux taquineries de leur mère destinées à leur grand frère.

Lorsqu'il y eut une pause opportune, Maxum intervint.

— Alors, qu'est-ce qui vous a mené à Londres, demanda-t-il.

Un silence, bien que bref, survint quand même comme une ombre dans la pièce à cette question, mais Trofim se reprit rapidement, et redirigea l'ambiance.

— J'avais besoin d'une pause et j'ai eu l'occasion de devenir mannequin grâce à un ami de Darko et j'ai décidé de déménager à l'étranger pour être plus proche de l'essentiel de mon travail. Je ne parle pas un mot d'italien ou de français, donc l'Angleterre était le meilleur choix. De plus, je peux partager un appartement avec un autre garçon qui est aussi un mannequin régulier. C'était plus facile et moins de voyages pour moi puisque l'essentiel de mon travail se trouve en Europe.

C'était une réponse bien répétée, que Trofim énonçait probablement souvent, mais Maxum reçut seulement la confirmation qu'il y avait autre chose. Surtout à la manière dont le bras de Darko se déplaça autour de son frère et le prit dans une étreinte discrète, ne cherchant pas à être remarquée, pourtant elle hurlait d'émotions enfouies. Les coups d'œil venant de Pyotr et Pavle réitérèrent son observation.

La conversation se déplaça à nouveau, seulement cette fois un mot, un simple mot qui était dénué de sens pour Maxum, puisque ce n'était pas de l'anglais, sembla enflammer une querelle cachée qui avait apparemment couvé et était alimentée pendant presque toute une vie chez un des frères. Comme un feu de broussailles, neuf frères passèrent d'une famille liée au tumulte. Ressemblant davantage à la famille américaine typique du point de vue de Maxum, maintenant. Au moins, ce scénario tombait sous le sens. Le reste d'entre eux à table les regardaient en silence, voulant être invisibles. La seule chose qui fit que Maxum resta à sa place était de savoir que tout départ soudain ne ferait que l'alimenter davantage, il resta donc immobile comme tous les autres. Une main se tendit sous la table, prenant la sienne. Il jeta un coup d'œil, pour une fois de plus trouver le visage passionné de Maggie, son sourire un peu plus submergé par la douleur qu'elle ressentait pour sa famille étendue. Maxum n'était sûr de rien ni ne savait quoi faire de sa main. Même s'il ne lui rendait peut-être pas sa prise rassurante qu'elle cherchait auprès de lui, il ne la relâcha pas non plus.

En moins de temps qu'il ne faudrait à Maxum pour discuter d'achats d'actions, la dispute se tourna en résolution, et l'issue en fut un lien plus renforcé qu'il ne l'était au départ. Maintenant, il se sentait complètement perdu. Ses yeux se déplacèrent vers l'homme qu'il connaissait et avec qui il couchait depuis seulement un mois, des sentiments qu'il essayait de réfuter se tapissaient toujours au fond de lui, menaçant de remplir le terrain vague stérile de son cœur, auquel un autre avait donné peu d'attention.

Pour la première fois, il se posa la question, prenait-il tout ça à l'envers ? Darko était-il l'homme avec lequel il devrait être ? Un homme qui baisait aussi intensément pouvait-il également être un amour qui vivait également dans le cœur ? Il était bien en peine de dire qui était Darko et ce que lui-même devrait y faire. Il savait seulement qu'il n'avait aucune intention de partir ce soir. Pas encore. Donc lorsque Darko l'entraîna dans le grand salon pour végéter comme des baleines gavées sur quelques coussins jetés au sol devant l'âtre, Maxum s'y dirigea avec son amant sans discuter.

Cette nuit-là, ils étaient étendus sur le lit, repus en ayant même réussi sans garder toute la maison éveillée. Ils étaient couchés dans les bras l'un de l'autre, plus éveillés qu'ils ne l'avaient été plus tôt durant la soirée léthargique de l'après-dinde.

— Tu aurais pu m'avertir, tu sais, marmonna Maxum contre le cou de Darko.

— Oh bien sûr. Cher amant, dont je ne sais même pas où tu vis et jusqu'à il y a quelques jours n'avais même pas ton numéro, voudrais-tu venir s'il te plaît passer le weekend de Thanksgiving avec moi et les cinquante personnes de la famille Laszkovi ?

— J'aurais dit non.

— C'est précisément la raison pour laquelle je ne t'ai pas averti.

— Rien que pour ça j'ai le droit de le faire quand ce ne sera pas mon tour.

— Je pourrais même te laisser venir deux fois.

Darko agita les sourcils vers lui.

— C'est ma réplique.

— Ce qui est à toi est à moi.

— Et ce qui est à toi.

— Bien sûr, je ne te pensais pas du genre à partager.

— Je ne le suis pas, grogna Maxum.

— Alors c'est indiscutable entre nous. Si tu veux me garder rien que pour toi, tu dois rester.

CHAPITRE NEUF

Pendant que la plupart des Américains couraient dans tous les sens pour profiter des soldes du Black Friday, ou jouaient au golf s'ils vivaient sous un climat chaud, ou chez eux à regarder du football, Maxum se retrouvait sur le quai d'un grand hangar à bateaux sur l'East River surplombant la grande ville. *À se geler le cul.* Pendant que les avirons attendaient déjà au bout du quai, prêts à être lancés, dix hommes faisaient des jumping jacks sur le quai pour faire circuler leur sang suffisamment avant de pouvoir retirer une couche de vêtements avant de monter.

La saison hivernale jusqu'ici avait été plutôt douce et en dehors de quelques rafales de neige ces dernières semaines, la rivière coulait toujours et le sol n'était pas enneigé. Même si on avait dit à Maxum que cela n'aurait pas eu beaucoup d'importance si c'était un entraînement, ils étaient connus pour ramer sur la glace pour rester en forme durant la saison hivernale. Pour Maxum, c'était une preuve qu'ils étaient dévoués à un sport dont si peu connaissaient vraiment l'existence, et participaient encore moins.

— Alors, as-tu déjà ramé ?

Un des frères les plus âgés s'avança à côté de lui. Maxum était habituellement doué pour retenir les noms, mais cette fois, il y en avait vraiment trop. Ils partageaient tous tellement de traits, il ne les avait pas encore tous retenus, mais il savait que celui-ci était docteur. L'homme qui avait autrefois été marié à Maggie. La femme adorable, qui était maintenant partie avec les autres femmes accros au shopping.

— Pas vraiment, non.

Pyotr expliqua par-dessus la tête de tout le monde comment ils allaient se répartir.

— Mets-le sur le siège du barreur alors, et Darko peut prendre la position juste devant lui. De cette façon, Maxum aura une bonne vue de son homme en action.

Bien sûr, Maxum ne rata pas le sourire diabolique et assez satisfait qui traversa le visage de Darko, qui était apparemment plus que content de profiter d'une chose dont Maxum était sûr qu'elle lui serait bientôt révélée.

Pyotr, Darko et Pavle s'installèrent en premier dans le bateau à huit places. Darko prit le premier siège près du gouvernail comme Pyotr l'avait suggéré, tandis que Pyotr lui-même prenait position à l'avant et que Pavle s'installait sur un des sièges centraux. Le reste des hommes étaient accroupis au bord du quai, attendant qu'on leur dise d'embarquer. Pyotr lança l'appel comme le faisaient les joueurs de football avant une passe, et Pavle, Darko et Pyotr se penchèrent à l'unisson du côté opposé du quai pour contrer le balancement du bateau pendant que les autres montaient. Cette chorégraphie d'équilibre et de contrepoids calculée et exercée provenait sans doute de quelques plongées dans l'eau. Ce qui lors d'une journée d'été n'aurait peut-être pas été si grave ? Cependant, aujourd'hui ce n'était pas un de ces jours.

Les corps alignés et les rames sorties comme des foreurs, ils se tenaient au bord du quai pour le maintenir en place pendant que

Darko tendait les bras pour aider Maxum à s'installer et être aux premières loges pour le show. Ou dans ce cas *à la première barre.*

Maxum émit un petit rire nerveux en contemplant la coque du bateau qui ne faisait pas plus de trente-huit ou quarante-cinq centimètres de large et les eaux glaciales sur lesquelles elle flottait.

— Tu veux que je rentre là-dedans ?

— Eh bien, habituellement le barreur est plus petit que toi, mais puisque tu ne rames pas...

— Putain, jura Maxum alors qu'il se plaçait prudemment et se baissait sur l'emplacement étroit. Je vais avoir mal aux jambes après.

— Oui, assure-toi juste de ne pas endommager celle du milieu ou Darko te jettera.

Un des frères avait profité de l'ouverture pour le taquiner.

Maxum se mit à rire alors qu'il s'installait enfin à sa place.

— Essaie-t-il de m'avertir que tu me quitterais si ma queue ne fonctionnait pas très bien ?

Darko haussa les épaules, secouant la tête.

— Pas du tout. Nous savons tous les deux que je t'aime pour ton argent.

— HA ! Maintenant, je sais que tu racontes des cracs.

ৎ৵৩

Pendant que les deux derniers frères se poussaient déjà à l'eau dans une coque pour deux personnes, un autre ordre de Pyotr et ils s'éloignèrent tous du quai pour partir. Le chant qui fixait la cadence était lancé par Darko et deux autres voix que Maxum ne pouvait pas déterminer. Quelques coups secs désordonnés puis comme une équipe, les sept paires de rames trouvèrent leur rythme en s'alignant derrière les mouvements de Darko et cela fixa la cadence pour tous les autres. Maxum sentait déjà ses jambes se contracter alors que l'embarcation accélérait, la piqûre de l'air froid transperçant son visage. Les yeux bleus de Darko semblaient briller comme des saphirs placés au soleil. Éblouissants, et pas seulement en contraste avec ses cheveux couleur café, mais à cause de l'effet qu'ils avaient sur Maxum, alors qu'il regardait Darko attentivement. Les étranges appels tribaux lui donnaient même l'impression d'avoir une connexion plutôt barbare avec eux et le sport. Tout cela renforcé par le mouvement fluide des bras poussant les rames en un mouvement circulaire. Elles plongeaient, brisant la surface de l'eau, puis avec une force ondulante qui combinait à la fois un effort des bras et des jambes, poussait et tirait avec un tonus musculaire qui était certain de faire de Maxum un fan inconditionnel d'ici la fin de leur voyage. Maintenant, si seulement il pouvait trouver quoi faire de l'érection qui luttait pour trouver de la place là où il en avait si peu sur son emplacement exigu. *Pas étonnant qu'ils l'appellent le siège du barreur.*

Il fut en fait plutôt content quand le chant cessa et se transforma bientôt en conversation qui brisa la scène hypnotique alors qu'ils se dirigeaient en amont.

Maxum essaya de faire mieux que d'écouter à moitié lorsque la conversation commença sur le plus jeune frère et ses amants jumeaux. Quoique ce soit un arrangement plutôt non conventionnel que beaucoup considéraient être que du sexe, Maxum avait conclu durant la journée précédente que le trio était intérieurement bien plus que cela. C'était toujours difficile pour lui de saisir ou même de suivre la conversation, mais à en juger par le problème qu'avait un des garçons, une relation conventionnelle serait loin d'être aussi satisfaisante ou saine que celle dans laquelle se trouvaient maintenant les jumeaux. La chose importante était que les trois hommes étaient heureux ensemble et avaient le soutien d'une famille.

— Alors, qu'est-ce que ça fait d'être des champions ? demanda le membre de la famille fraîchement réintégré, Stanislav, non pas sur un ton indiquant qu'il voulait changer de sujet, mais plutôt qu'il avait quelques années de commérage familial à rattraper.

Même si Maxum dut se pencher un peu pour voir qui l'avait demandé et cela lui obtint une secousse exagérée de la tête de Darko. *Se pencher était apparemment une très mauvaise idée.*

— On se sent plutôt bien, répondit Trofim, un des prénoms dont Maxum se souvenait, à son petit frère assis devant lui.

— J'aurais aimé venir vous voir, murmura Stanislav avec un froncement de sourcils que personne ne put voir, mais que chacun ressentit. J'ai manqué beaucoup trop de choses. Le mariage de Sasha, les courses, le divorce de Pavle.

Ils éclatèrent tous de rire.

Une pause fournit une occasion et Maxum s'en empara.

— Comment vous est venu le nom de l'équipe ? demanda-t-il à voix haute.

Bien sûr, il avait déjà posé la question, mais maintenant il avait une perspective d'équipe familiale dessus. On en apprenait toujours davantage dans une histoire quand plus d'une personne la racontait.

— C'est plutôt évident, nous sommes tous gay, répondit Darko avec un sourire ironique tandis qu'ils ramaient à l'unisson.

— Hé ! Parle pour toi, répondit un des frères aînés et ce devait être Jovan, puisqu'il était le seul sur l'embarcation en dehors du plus jeune qui n'était pas gay.

Darko lança un rire par-dessus son épaule.

— Je voulais dire, tous ceux qui sont dans l'équipe. Certains d'entre nous habitent même à Greenwich Village. Alors cela rend le nom légitime. Mais cela a commencé comme une pique pour obtenir qu'une autre équipe accepte un défi. La compétition d'aviron est structurée de manière à ce que les meilleurs compétiteurs ne s'affrontent jamais avant les courses de qualifications plus tardives. C'est en fait conçu ainsi pour que les meilleures équipes, c'est-à-dire les types populaires, ne soient pas éliminés du programme trop tôt dans la saison. Cependant, dans notre cas, étant les petits nouveaux, c'était notre ticket d'entrée si nous pouvions gagner. Nous les avons battus deux fois.

— Deux fois ? demanda Maxum.

— Oui.

Pyotr prit les rênes de la conversation.

— La règle est que l'équipe perdante a le droit d'avoir ce qu'on appelle un *Repêchage**. Une seconde chance d'arriver en finale ou une double élimination. Donc qu'est-ce qu'on peut dire, excepté que nous sommes arrivés aux phases de compétition ? Après ça, nous avons décidé de conserver le nom parce qu'une fois que le mot s'était répandu que nous étions une équipe d'aviron masculine entièrement gay, nous avons eu des hommes de partout qui sont venus nous encourager. Des filles aussi en fait. Ça a été une bonne publicité à la fois pour nous comme équipe, mais pour la communauté gay également.

» Nous avons le plus grand nombre de fans en dehors des équipes universitaires pour l'ensemble du district de la Nouvelle-Angleterre, ajouta Pyotr, très fier de son équipe et de leurs fans. Donc le nom de « Reines de Greenwich » est resté. Il est légitime et rhétorique en même temps, ajouta-t-il au milieu de son coup de rame.

— Bon sang, je commence déjà à transpirer... je suis prêt à me débarrasser d'une couche, prévint Darko afin que les autres sachent qu'il voulait enlever sa veste.

— Eh bien, tu as le barreur juste en face de toi. Fais-le travailler, lui répondit un de ses frères.

Darko laissa échapper un petit rire.

— Il parle de toi, dit-il à Maxum en agitant ses sourcils.

— Que suis-je censé faire ? demanda Maxum en regardant autour de lui, parce que tout ce qu'il pouvait faire dans le petit espace dans lequel il était écrasé, c'était tourner la poignée du gouvernail.

— Dis-leur *Laissez courir*.

— Laissez courir ?

— Oui, mais plus fort. Pour qu'ils t'entendent tous, le pressa Darko.

Maxum se redressa.

— Laissez courir ! cria Maxum avec une expression perplexe sur le visage en ne sachant pas ce que cela signifiait ni à quoi s'attendre.

À ce moment-là, les huit hommes s'arrêtèrent de ramer, levant leurs rames hors de l'eau tandis que Darko se débarrassait de son pull, laissant apparaître ses bras musclés sous la mince combinaison thermique qui lui collait au corps. Cette vue fut récompensée par une langue qui passa sur les lèvres de Maxum tandis que d'autres rameurs enlevaient eux aussi certains de leurs vêtements.

Regarder Darko retirer son sweat-shirt par-dessus sa tête pour révéler son corps musclé vêtu du tee-shirt de sport de protection en soie était à ce moment-là juste un petit peu trop de plaisir visuel pour

Maxum. Ça et le fait qu'il y avait toute une rangée d'hommes exactement comme lui.

Une autre directive qu'on lui apprit et les pelles reprirent leurs mouvements, tout comme le corps de son amant. Bon sang, mais ceux qui concevaient l'habillement athlétique ne pensaient pas du tout aux sports ou à la fonction, mais au plaisir des yeux. Ces choses-là étaient faites en ayant le fan à l'esprit. Maxum ne pouvait supporter ça beaucoup plus longtemps, surtout avec Darko arborant un sourire diabolique à chaque traction des rames. Il savait parfaitement bien ce que cela lui faisait. Eh bien, ils pouvaient être deux à jouer à ce jeu-là, Maxum émit un petit rire, tendant la main sous sa parka pour sortir son sexe.

Darko venait de redémarrer son mouvement rotatif quand son attention tomba sur la main de Maxum et ce qu'elle faisait. C'est là que tout le sang quitta son corps pour se concentrer dans son sexe. Un fracas résonna derrière lui qui ne fut pas complètement enregistré par son cerveau jusqu'à ce qu'il entende son frère, Rury, se moquer de lui, criant à tout le monde à quelle espièglerie s'adonnait l'amant de Darko. Deux mains le dépassèrent, prenant les siennes, et le contact le secoua. Darko jeta un coup d'œil autour de lui, découvrant qu'il était allé trop loin avec ses rames et qu'il avait rattrapé celles de Trofim et d'une manière ou d'une autre, Rury s'y était retrouvé également.

Quelques minutes à se détacher prudemment, plus quelques commentaires taquins de la part des frères de Darko à ses dépens, et ils repartirent – retournant vers le hangar à bateaux.

Darko était déjà nu et mouillé quand il vit Maxum appuyé contre l'embrasure de la porte à le regarder simplement, et ce n'était pas là que Darko le voulait. Il coupa l'eau et le rejoignit, tendant la main pour prendre sa mâchoire en coupe, puis l'embrassa sans avoir dit un mot. Maxum avait les bras croisés sur son torse en position défensive, il les laissa tomber et ses mains flottèrent jusqu'aux hanches de Darko, mais elles ne l'attirèrent pas comme elles l'auraient habituellement fait, et cela signifia à Darko que son amant n'était pas habitué au sexe en public.

— Tu as encore tes vêtements. Même si ça ne me gêne pas de te baiser quand tu portes tes bottes et tes vêtements mouillés.

— Veux-tu que je te baise devant tous ces gens ? demanda Maxum tandis que Darko faisait en sorte de retenir ses lèvres, les mordillant, l'encourageant à se détendre et à se mettre à l'aise.

— Quelles gens ?

Darko prit les mains de Maxum et en attira une derrière lui la posant sur ses fesses et l'appuya dessus pour qu'il utilise sa paume à volonté. Bien sûr, il amena l'autre main de Maxum sur son sexe, sachant parfaitement qu'il ne refuserait pas *ça*. Une fois Maxum dans la partie, il saisit sa tête entre ses deux mains, et l'attira pour une série plus intense de baisers et de mordillements. Il glissa ses mains sur ses épaules, attrapant ses vêtements au passage. *La seule astuce maintenant était de déshabiller Maxum.*

— Tu sais que tu veux me sucer, dit Darko en commençant par la taquinerie pure et dure, en dessous de la ceinture, pour voir si Maxum allait se lâcher. Avoir ma chair enfoncée...

L'embrasser et le lécher interrompirent ses paroles, mais pas le fil de ses pensées.

— ... dans ta gorge...

Oh, bon sang, qu'allait-il dire ? Ah oui !

— ... pendant que je jouis en toi.

Et cela sembla réussir. Soudain, les mains de Maxum le lâchèrent, mais seulement pour lutter pour retirer ses vêtements aussi vite que possible et encore les avoir en assez bon état pour pouvoir les remettre plus tard.

Chemise... pantalon... chaussures... tout vola par-dessus son épaule vers le vestiaire, et immédiatement, ses mains retrouvèrent leur chemin vers le corps qui le tentait au-delà de toute raison. Il ramena Darko vers la cabine de douche, ne s'arrêtant pas jusqu'à ce que le mur se trouve sur leur chemin. À partir de là, Maxum commença à descendre, s'accroupissant, les genoux largement écartés. Une de ses mains introduisit rapidement le sexe de Darko dans sa bouche, pendant que l'autre s'enroulait autour du sien, et entamait un rythme impatient sur son membre pour aller de pair avec sa succion. Il sentit les mains de Darko, une stabilisant doucement son équilibre et pourtant le maintenant exactement là où ils voulaient tous les deux que sa bouche soit. L'autre tenait son sexe à la base l'introduisant à nouveau vers la gorge de Maxum avec un désir décomplexé.

Est-ce que cela cesserait un jour de devenir plus torride avec cet homme ? Toujours autre chose qui se précipitait pour faire face à ses propres appétits cachés et qui tapait sur l'épaule de ses perversions et les invitaient à jouer sans aucun regret. Aucune insulte à supporter, à recevoir ou à donner. Comme la villégiature à Salientis où le sexe sans limites existait. Mais cela n'avait pas nécessairement lieu en public et Maxum n'avait pas beaucoup de pratique pour profiter de la liberté dans laquelle il avait investi. Même si coucher ou sucer devant une foule n'était pas une chose à laquelle il avait vraiment pensé ni ne lui avait semblé enivrant auparavant. L'idée qu'il pouvait être tellement investi dans *cet* homme, que cela n'aurait pas d'importance si quelqu'un regardait était ce qui le poussait dans une surcharge d'excitation maintenant. Son poing tirait le long de son membre, donnant une torsion supplémentaire sur son gland, et un éclair blanc vif de plaisir le traversait avec chaque caresse directement vers ses testicules, pendant que sa langue léchait la saveur brute de la chair de Darko.

Maxum savait qu'il n'allait pas tenir très longtemps cette fois-ci. Mais il n'était pas question qu'il décharge tout seul. Il tendit la main sous les bourses de Darko, les prenant en coupe rudement, puis étira un doigt pour taquiner l'étroite rosette. Un sifflement tendu éclata au-dessus de sa tête et le léger mouvement des hanches de Darko se déplaçant en arrière fut une invitation suffisante. Un échange rapide du sexe pour un doigt, et Maxum l'enduisit de salive puis, passa de nouveau sous les bourses de Darko, trouva le petit orifice affamé et poussa doucement à l'intérieur.

Le visage de Jovan devint rouge comme une pivoine et il se retourna brusquement pour faire face aux murs de la douche, s'occupant à se laver le corps et à frotter les poils clairsemés de son torse. Cependant, les sons de son frère et de son amant atteignirent ses oreilles même s'il essayait de ne pas y prêter attention et, *ça*, il ne savait pas comment l'esquiver.

Il essaya de regarder tout ça logiquement, ce qui, il devait bien l'admettre, était un tout nouveau concept. Il se moquait que ses frères soient gays, mais il avait éprouvé de la colère en blâmant Pyotr depuis bien trop longtemps, persuadé que l'homosexualité de son frère aîné avait été la cause de la perte de leurs parents et du fait d'avoir dû fuir leur pays natal. Maintenant, il savait que ça n'avait jamais été vrai et d'une certaine manière, l'apprendre était un énorme fardeau qu'on lui retirait, parce qu'il ne voulait plus être en colère contre son frère. *Pourtant, il était hétéro.* Cela ne devrait pas lui faire de l'effet.

Jovan déglutit péniblement face aux lourds halètements et aux jurons que Darko émettait. Les sons atteignaient ses oreilles, créant des images à l'arrière de son esprit – *bon sang ! il fallait qu'il sorte et s'envoie en l'air.*

Un rire à sa droite le fit se retourner brusquement pour voir Pyotr s'appuyer contre le mur de la douche à côté de lui, se moquant de *lui*, mais les yeux bleus de Pyotr les regardaient *eux*.

— Je ne suis pas gay, bégaya Jovan assez soudainement comme s'il avait besoin de s'expliquer sur son orientation sexuelle.

— Je sais, mais ce n'est que du sexe quand tu ne fais que l'écouter.

Jovan ne savait pas tout à fait comment répondre à cela et il ne pouvait pas détacher le regard du visage de Pyotr. C'était comme s'il pouvait voir le porno qui se jouait sur le visage de son frère. Il vit la manière dont cela allumait Pyotr, l'excitation brûlant dans ses yeux comme des feux de forêt et – *putain* – il aurait aimé qu'ils ne donnent pas l'impression que c'était *tellement bon. Avaient-ils une idée de combien de temps ça faisait pour lui ?*

Jovan risqua un coup d'œil par-dessus son épaule quand il entendit son frère cadet crier, le voyant juste au moment où ses mains tombèrent sur les épaules de son amant, pour s'empêcher de tomber face contre terre alors que son corps convulsait sous son orgasme. Tout cela se passant alors que le sexe de Maxum projetait des filets blancs sur les jambes de son frère. Jovan sentit une chaleur soudaine sur son visage et il ramena rapidement les yeux sur le mur carrelé, et déglutit péniblement.

— Est-ce que ça t'excite de les regarder ?

Jovan s'humecta les lèvres, essayant de trouver un semblant d'humidité, qui pour une certaine raison avait laissé sa bouche sèche.

— Le voir savourer et être savouré si librement ? Oui. Tout autant que les écouter t'excite.

— Mais on ne peut pas appeler ça faire l'amour.

Jovan essayait encore de parvenir à un accord. Un qu'il puisse comprendre.

— Non, maintenant c'est de la baise. Juste du sexe pur. Ils se lient dans tout ça, à leur manière, mais pour l'instant ils prennent du plaisir avec un désir mutuel et nourrissent chacun le besoin de l'autre.

Les yeux de Jovan s'évadèrent vers le plafond.

— Eh bien, d'accord, mais je ne suis pas gay, dit-il sèchement.

— Jovan, nous sommes tous les deux conscients que tu ne l'es pas, répondit Pyotr en une reconnaissance dont son frère avait à l'évidence besoin avec un léger rire inévitable. Mais juste pour information, je pense que ta main gauche *apprécie* peut-être ce spectacle.

Jovan devint blanc comme un linge en entendant son frère, et sa tête quitta le plafond, se baissant pour voir sa main enroulée autour de son sexe érigé, tirant dessus avec un film blanc épais de savon.

— Cela fait un moment, je pourrais aussi bien m'astiquer ici même. Étant donné la manière dont ils... eh bien... pas qu'ils devraient avoir honte, mais... le faire dehors comme ça... devant tout le monde... ça dit en quelque sorte qu'ils ne se respectent pas, non ?

Pyotr pouvait voir où son frère avait récupéré cette sorte de pensée commune inhibée, et même si les questions interrompaient son propre plaisir pervers, il voyait que Jovan avait besoin d'aide pour s'ouvrir et comprendre.

— Nous sommes tous des hommes adultes. Très capables et conscients des choses que nous apprécions et qui nous excitent. Devons-nous le cacher, ou perdre le moment où nous sommes excités parce que quelqu'un nous observe ? Ce n'est pas un irrespect, c'est une liberté. Une libération pour profiter et ne pas s'inquiéter du jugement. Une femme est élevée pour toujours se sentir honteuse de son corps, des plaisirs du sexe. Pour elle, la liberté sexuelle est inatteignable. Rien qu'essayer d'atteindre une béatitude aussi ouverte d'esprit attirera des mots comme pute, salope, ou traînée. Pourtant, ça ne devrait pas être ainsi, et pour eux, dit Pyotr en avançant le menton vers Darko et Maxum, ça ne l'est pas.

Cliff entra enfin, nu, et abandonna immédiatement son corps aux mains de Pyotr. Celui-ci passa ses bras autour de son amant, ses mains trouvant les parties plus excitées déjà en harmonie avec ses besoins. Il se pencha et embrassa la joue de Cliff et lui chuchota :

— Es-tu rassuré que ta sœur aille bien ?

Un visage renfrogné se releva, préférant simplement être embrassé au lieu de répondre à la question, et Pyotr n'eut aucun problème à satisfaire cette soumission. Il tricha avec les yeux, regarda sur le côté, jetant un coup d'œil derrière son jeune amant pour observer Darko et Maxum profiter maintenant d'un contact post-coïtal sous la douche sous la forme d'un lavage mutuel. Pyotr espérait le mieux pour eux. Ils semblaient vraiment se correspondre. Et les regarder être aussi libres dans leur désir de vie *l*'excitait considérablement. Après tout, toutes les libertés sexuelles le faisaient et Pyotr frotta bientôt son sexe dur contre le derrière ferme placé contre lui.

Un mouvement rapide dans le coin de son œil fit que Pyotr enfonça délibérément son visage dans la nuque de Cliff pendant qu'il rapprochait les hanches de ce dernier pour se frotter contre son érection impatiente. Cependant, ce n'était pas entièrement pour le plaisir d'embrasser la nuque de Cliff qu'il dissimulait son visage, il essayait également d'être attentionné envers les sentiments de Jovan en cachant son sourire moqueur. Car il n'ignorait pas que Jovan, figé sur place, les fixait. Si la main de celui-ci bougeait plus vite, il allait probablement propulser son sexe dans l'espace.

Darko avait tenu parole, ils passèrent le weekend à faire ce qu'ils voulaient, ce qui consista essentiellement à du sexe et à glander. Cependant, ils réussirent à rajouter une équipée audacieuse dans l'hystérie du monde du shopping qui ne fut essentiellement que du lèche-vitrine et à se familiariser avec les goûts de l'un et l'autre. Plus quelques bons vieux gestes en public. Ils réussirent même à caser une courte promenade en voiture sans but précis samedi après-midi après avoir raccompagné quelques-uns des membres de la famille.

L'attention dans la maison passa de la fête à la jeune fille fraîchement adoptée, dont la maladie faisait de chaque jour avec elle une bénédiction, et au jeune frère qui était resté éloigné d'eux trop longtemps, tous deux ayant besoin de guérir et de renforcer des liens familiaux.

Étant donné qu'il n'était pas de la famille, Maxum pensait qu'il faisait partie de ceux qui devaient partir, ayant abusé de leur hospitalité, et empaquetait résolument ses affaires. Darko n'était pas trop enthousiasmé par cette idée. Seulement, Maxum savait qu'il devait partir avant que leur soirée se transforme en une autre nuit de réconforts sexuels parce qu'il n'avait aucune autodiscipline pour les refuser.

— Ce n'est pas moi. Je ne suis pas de la famille. C'est trop bizarre.

— Quoi ? Traîner avec un amant et dans un environnement familial sain ? Oui, bizarre, je sais. Je veux dire, qui a déjà entendu une chose pareille ? Le culot de certaines personnes... Avoir vraiment ce que la plupart des gens de ce pays souhaiteraient avoir. Bon sang, la plupart se contenteraient de la moitié. Mais, je t'en prie, pars, et jette un homme bien, tout ça parce qu'il a de bons frères et sœurs qui ont réussi à survivre, et se soutiennent mutuellement durant les périodes d'évolution de la vie.

— Ce n'est pas ce que je voulais dire, lui grogna Maxum.

Darko fit un geste sarcastique de la tête et des épaules, ses yeux en faisaient autant.

— Mec, je suis tout ouïe alors.

— Petit malin.

— Oui, eh bien, tu baises ce petit malin, ne t'attends donc pas à trop de sympathie en ce moment.

Maxum se frotta le visage de la main. Ce n'était pas ce qu'il avait à l'esprit. Il ne voulait pas du tout blesser Darko ou se disputer sur ce qui existait et sur ce qui ne pouvait pas exister.

— Que veux-tu que je dise, bon sang ?

— Commençons par, *un petit malin autrefois disait.* Cette partie devrait être bien...

Les sarcasmes clichés de Darko firent que Maxum se sentait prêt à jeter quelque chose, étant donné que n'importe quel commentaire qu'il ferait serait rapidement renvoyé vers lui en une réplique contre laquelle il ne savait pas comment argumenter. Ses mains remontèrent autour de sa tête, étant donné que rien qu'il ne pourrait jeter ne serait probablement sans conséquence comme… *tu viens juste de casser le vase préféré de notre grand-mère ou le premier trophée de Jimmy.* Il jeta un coup d'œil à travers la pièce, se surprit lui-même quand il capitula et demanda simplement :

— N'aurais-tu pas quelque chose que je puisse balancer ?

Et pile alors qu'il se tournait pour regarder l'homme envers qui il était aussi en colère, un gros oreiller le frappa à la tête. *Eh bien, il ne s'attendait pas à ça.* Maxum se secoua, attrapa l'oreiller sur le sol et le lui renvoya sans vraiment viser, mais Darko se retourna aussitôt et le lui rejeta. Le frappant encore une fois pile sur la tête. Maxum attrapa encore une fois l'oreiller – *maintenant, il était furieux* – et l'envoya tout droit vers la tête de Darko. En un éclair, le bras de celui-ci fit un cercle *dans un sens et dans l'autre* envoyant l'oreiller dans une autre direction et le vase que Maxum n'avait pas voulu briser en premier lieu tomba de la commode. Il releva brusquement les yeux vers Darko qui le regardait, totalement sérieux.

— C'était à notre mère. Nous l'avons transporté tout le long du chemin depuis Čačak quand nous avons fui la guerre civile.

Maxum était sur le point de supplier pour être pardonné, mais s'interrompit. Si le vase était aussi précieux, il n'aurait pas été dans la chambre d'*amis*.

— Tu mens.

— Oui, mais bon, tu te mens à toi-même depuis un moment maintenant. Alors pourquoi devrais-je être celui qui serait honnête ici ?

Maxum prit une brusque inspiration avec la ferme intention de commencer à crier sur Darko avec tout un tas de *comment oses -tu* et de *tu ne sais pas comment c'est*. Puis d'une manière ou d'une autre, son esprit calculateur l'immobilisa complètement, car il venait de comprendre vraiment ce que Darko venait de dire et qu'il se rendait compte que pas une seule de ses défenses ne conviendrait vraiment. Et juste à ce moment-là, sa colère se dégonfla et peut-être même lui. Ses épaules s'affaissèrent et sa tête tomba en avant. Il se mentait à lui-même – *mais depuis combien de temps ?*

Il ne savait pas...

Maxum se laissa tomber sur le sol, se tournant pour que son dos s'affale contre le côté du lit et il laissa tomber sa tête dessus, fixant le plafond. Il laissa échapper un très long soupir.

— C'est juste que je ne sais pas quoi faire.

Darko se laissa tomber à côté de lui, à angle droit sur le lit, appuyant sa tête sur un coude et il regarda l'homme vaincu.

— À propos de quoi ?

— Ma relation de quatre ans avec Simeon.

Il laissa sortir un autre soupir, sa tête roulant d'un côté à l'autre sur le bord du lit.

— Quand tu es avec quelqu'un depuis aussi longtemps, c'est avec cette personne que tu es censé faire des efforts pour que ça fonctionne. Les gens abandonnent tout le temps. Je ne voulais pas faire ça.

— Mais si vous deux n'étiez pas faits l'un pour l'autre, tout le temps et les efforts du monde n'y changeraient rien. Parfois une relation ne fonctionne pas entre des personnes. Ce n'est pas parce que tu es méchant ou insensible, simplement ça ne fonctionne pas. Ou alors cela peut fonctionner, mais il y aura une date d'expiration. Toutes les relations ne sont pas censées durer toujours et tu ne sais pas laquelle sera la bonne avant d'avoir essayé.

Maxum entendait, mais il ne pouvait pas se résoudre à dire quelque chose dans l'esprit de : *oki doki, c'est fini pour Simeon alors*. Il savait, cependant, que son cœur n'était plus investi pour rester avec lui non plus.

— Qu'est-ce qui a fait que ça a duré aussi longtemps ?

Maxum resta silencieux un instant. Ce n'était pas comme s'il ne connaissait pas la réponse, il la connaissait. Elle était juste merdique.

— Il n'y avait pas de bas. Je croyais que ça voulait dire que cela fonctionnait.

— Viens. Allons faire un tour.

Darko lui tapota l'épaule et sauta du lit pour s'habiller.

Maxum jeta un coup d'œil à sa montre, ne s'étant pas rendu compte qu'il était déjà aussi tard dans la nuit, et il n'était pas sûr de comprendre comment cela avait pu leur échapper à tous les deux.

— Où va-t-on à cette heure ?

— Tu verras, se contenta de dire Darko, agitant la main pour qu'il l'accompagne.

— Bien, mais ça ne te dérange pas de conduire ?

Darko s'arrêta, une jambe à demi dans son jean et un sourire apparut sur son visage. Ses yeux étincelèrent avec une expression maléfique et impertinente, puis il se remit à enfiler son pantalon avant de tomber.

En moins d'une heure, après s'être habillés ils étaient arrivés au magasin de motos où Darko travaillait. Maxum rebondissait sur place, ses mains enfoncées dans son manteau de laine épaisse pour parer l'air froid de la nuit et il essaya de son mieux de ne pas avoir l'air coupable. Même s'il savait que Darko travaillait ici et avait un jeu de clés, quelque chose dans le fait de venir après les heures d'ouverture lui donnait l'impression d'entrer par effraction. De plus, l'agent de patrouille local verrait certainement cette intrusion ainsi aussi.

Une fois à l'intérieur, Darko reverrouilla et ouvrit la voie vers l'atelier mécanique à l'arrière avant d'allumer des lumières. Maxum resta à la porte de la pièce, regardant Darko aller vers l'établi et ramasser quelques trucs avant de se retourner vers lui. Dans la main droite, Darko tenait un boîtier avec un cylindre fait pour prendre un piston d'approximativement cinq centimètres de diamètre.

— *Ça...* c'est ton Simeon.

Darko agita le boîtier dans sa main. Puis il souleva un objet dans sa main gauche. Un arbre de transmission en acier, seulement il était carré avec des coins arrondis, pas sphérique comme un arbre traditionnel le serait et il était d'environ deux centimètres et demi plus large que le trou dans le boîtier à piston.

— *Ça...* c'est toi.

Darko tendit les deux objets et tenta d'encastrer les deux pièces ensemble. Tout comme n'importe qui s'y attendrait, le carré ne rentrait pas dans le trou rond.

— Aucune durée ou aucun effort ne les fera jamais se correspondre d'une manière qui pourrait fonctionner.

Darko transporta les objets exposés vers un tour d'usinage, souleva le couvercle puis, plaça et verrouilla l'arbre de transmission. Maxum regarda gravement, car cela prit seulement à Darko une fraction de seconde pour aligner le rasoir, fermer l'écran de protection puis l'allumer.

Darko ne regarda même pas l'arbre pendant le découpage à la place, il fixa Maxum droit dans les yeux. Celui-ci regarda les boucles d'acier rasé qui tombaient et s'accumulaient sous l'arbre alors qu'il était découpé et reformé en autre chose. Quand le tour s'arrêta, Darko souleva l'écran, en sortit une barre parfaitement cylindrique de cinq centimètres de diamètre et la glissa dans le trou du boîtier.

— Maintenant, tu peux être avec Simeon.

Il la lança négligemment sur le sol.

La boîte et le tube rebondirent sur le sol en béton dans un fracas bruyant avant de s'immobiliser, ce qui ressembla étonnamment à un pénis déformé. Mais, l'attention de Maxum retourna à Darko quand il enfila un gant de travail en cuir et ramassa la pile de copeaux laissée sur la table du tour. Comme une éponge à récurer qui aurait une sale coupe de cheveux.

— *Ça...* dit Darko en soulevant le tas d'acier enroulé, c'*était* toi, et ce que tu as dû abandonner juste pour que tu puisses te forcer à rentrer *là-dedans.*

Il hocha la tête vers le phallus en acier sur le sol puis lança les copeaux dans la poubelle.

Maxum attendait que Darko passe à côté de lui et le laisse ici, détruit et blessé, privé du soutien d'avoir un homme avec lequel il pourrait passer le reste de sa vie, seulement pour être abandonné dans l'atelier mécanique graisseux avec son cœur solitaire et flétri sur le sol à ses pieds. Ce qu'il se passa fut quelque chose de tout à fait différent, Darko arriva face à lui, attrapa sa nuque, et l'attira dans un baiser émotionnellement brûlant. Maxum était nu à l'intérieur et bon sang, il sentait la piqûre des larmes dans ses yeux. Il était sans défense contre elles aussi. Il était brisé, tellement perdu entre ce qu'il pensait être la bonne chose à faire, et ce qu'il ressentait à l'intérieur. Et dans ce baiser, il s'abandonna à l'homme qui voulait à tout prix le libérer, mais pas lâcher prise. Darko rompit le baiser, mais ne recula à aucun moment, gardant leurs fronts l'un contre l'autre pendant que Maxum s'accrochait de toutes ses forces.

— *Ça... ça fonctionne.*

La voix de Darko était profonde et chaleureuse comme un brandy nocturne censé apaiser tous ses frissons.

— Nous nous convenons. Mais ne te fais pas d'illusions, si dans ta relation il n'y a pas de bas... il n'y a pas de hauts non plus. Des montagnes russes ne peuvent pas te donner des frissons si tu n'y grimpes pas.

C'était comme si cet homme avait été usiné avec une parfaite précision rien que pour lui. C'était les mots exacts que Maxum avait lui-même pensés silencieusement, la nuit où il s'était enfui pour venir retrouver Darko pour se consoler de ses actes répréhensibles, ça venait de lui revenir maintenant dans l'analogie que Darko venait de lui montrer.

À sa grande surprise et dans sa condition affaiblie, Darko lui demanda...

— Reste avec moi, s'il te plaît. Reste, ne rentre pas chez toi pour te sentir totalement vide à l'intérieur. Laisse-moi remplir ton espace, ne serait-ce que pour une autre nuit. S'il te plaît.

Darko *lui demandait* en fait de rester puis l'embrassa à nouveau comme s'il était un amant perdu depuis longtemps et qui venait juste de rentrer.

Maxum savait qu'il ne voulait pas être seul maintenant. Il se sentait vidé, démuni, son monde arraché sous ses pieds et toutes ces choses faisaient qu'il se sentait vulnérable. C'était quelque chose de complètement nouveau pour lui. Il décida qu'il serait mieux s'il restait dans les bras forts d'un homme qui le protégerait pendant qu'il était au plus bas.

Darko et Maxum retournèrent à la maison Laszkovi. Les adolescents de Pavle et Maggie étaient encore debout, jouant à des jeux vidéo dans le grand salon, et pas le moins du monde surpris ou perturbés par leur retour lorsqu'ils se glissèrent discrètement à l'étage en direction de leur chambre.

Ils se traînèrent au lit, Darko s'enroula autour de Maxum comme un doudou et il planta sur sa nuque et son épaule des baisers légers comme une plume, qui chacun à leur tour envoyaient des frissons sur son corps, mais plutôt que de s'accumuler autour de son sexe, ils se rassemblaient dans son cœur douloureux.

— Je vais avoir besoin de quelques jours seul... pour mettre les choses au clair. Je dois refermer la porte, mais je ne veux pas la lui claquer au nez non plus. Simeon ne mérite pas ça. S'il te plaît, j'espère que tu...

— Je sais, dit Darko, ses bras se resserrant autour de lui et il l'embrassa à nouveau. Je laisserai la lumière allumée pour toi.

Laisser la lumière allumée... Cela signifiait que Darko serait là à l'attendre quand il reviendrait... quand il serait prêt. Son esprit lui faisait aussi mal que son cœur et il était tout aussi perdu que cinq minutes ou même trois jours avant. Il resta éveillé, bien qu'enveloppé dans les bras de Darko, essayant de décider ce qu'il devait faire jusqu'à ce que la lumière grise de l'aube et l'épuisement s'emparent finalement de lui.

CHAPITRE DIX

Maxum était rentré chez lui le dimanche et avait passé l'essentiel du temps à lancer des regards noirs à ses murs – tout autant qu'à l'emplacement vide dans son lit. Il alla même jusqu'à traîner un de ses fauteuils en cuir depuis le salon jusque dans sa chambre. Ce geste lui permettant au moins un réconfort alors qu'il était assis et fixait simplement son lit pendant plusieurs heures, ne se levant que pour aller à la salle de bain et remplir son verre de scotch et de glace. Affalé dans le rembourrage, le regard fixe, ses pensées ne l'étaient pas, se mouvant tout aussi régulièrement que le soleil hivernal qui se déplaçait à travers le ciel, puis plongea derrière l'horizon juste devant les baies vitrées de sa chambre. Même son esprit en arrivait à cette sombre conclusion alors qu'il fixait son lit, se rendant compte que personne n'y avait jamais couché en dehors de lui-même. Huit mois qu'il vivait ici dans le nouveau gratte-ciel imposant de l'élite et il n'y avait jamais eu personne à côté de lui. Simeon n'avait jamais passé la nuit ici. Maxum était toujours allé chez lui, avait enduré les désagréments ou le manque d'affaires personnelles pour une nuit.

Pourquoi n'avait-il jamais invité Simeon dans son lit ?

Il resta assis là – une heure peut-être passa dans le silence de la nuit, puis la réponse lui apparut. Il visualisa l'image d'un corps bronzé et bien bâti, dormant profondément dans des draps froissés.

Simeon n'était pas la personne qui comblait sa vie.

Le lundi au bureau fut comme n'importe quel autre lundi qui suivait la journée des plus grandes soldes de l'année de chaque commerçant. Et pour des raisons que Maxum n'avait jamais réussi à comprendre, dans des domaines qui n'avaient aucune relation de survie financière avec le fait que le Black Friday soit une bonne journée de soldes ou pas, on l'appelait parce que untel était toujours dans le rouge même après la journée de méga soldes, lui demandant si cela allait affecter leurs actions dans l'énergie éolienne.

Le temps que Maxum ait réussi à éteindre une douzaine de feux insensés, ait réglé ses habituelles réunions du lundi, et des appels en conférence globale puis soit rentré chez lui, la dernière chose qu'il était préparé à faire, c'était d'essayer de parler à Simeon pour en terminer.

Avant qu'il s'en aperçoive, c'était jeudi.

Il quitta le bureau de bonne heure et retrouva Simeon à un de leurs habituels sushis-bars. Maxum pensait que s'ils étaient dans un endroit public Simeon ne se montrerait pas trop en spectacle. Il avait tort. Au début, il ne sembla avoir aucune réaction, mais le tapotement de ses baguettes sur l'assiette signifiait qu'il la laissait croître à l'intérieur pour la scène dramatique de style hollywoodien. Quand elle vint, ce fut clairement un accomplissement héroïque. Maxum était immunisé depuis longtemps contre bon nombre d'entre elles et il s'enfonça dans son siège, observant, et attendant alors que Simeon passait par sa routine de représentation. On était dans le voisinage de Simeon, pas dans le sien. Peu lui importait ce que les curieux pensaient d'eux en cet instant.

— Oh, je ne sais pas quoi dire.

La voix de Simeon monta d'une octave en une interprétation claire d'Albin de *La Cage aux Folles*. Oui, Simeon connaissait le film, à la fois le remake et l'original, mot à mot et les citait bien quand ils l'avantageaient.

— J'ai la tête qui tourne. Je ne comprends pas ce qui a provoqué ça ? Nous étions heureux.

Sa main flotta près de sa joue pendant que Simeon secouait la tête en un numéro de perplexité stupéfaite. Mais il y eut un changement soudain dans l'expression de Sim, ses yeux se plissèrent vers Maxum.

— Est-ce que tu deviens hétéro ?

La question était plus une accusation qu'une requête d'informations.

— Non, Simeon. Je pense seulement qu'il est temps qu'on parte chacun de notre côté. Je suis fatigué de me sentir seul quand je suis avec toi.

— Oui, mais tu ne passes pas me voir. J'avais invité des personnes pour boire un café hier et tu n'es pas venu. Et pour Thanksgiving ? C'était gênant de devoir inventer une histoire pour mes amis sur la raison pour laquelle tu n'étais pas là.

Sa main tomba sur son torse comme pour saisir un cœur blessé, tout en se retournant pour examiner le groupe de gens qui semblait distrait, tout autant que Maxum l'était envers Sim. Tout n'était que pour *lui* et la manière dont Simeon se présentait à ses amis. Dieu nous préserve si le mari-trophée ne réussissait pas à s'afficher depuis sa grotte de souffrance. *Pas étonnant que lorsque tu vas dans les zoos les animaux se cachent toujours*, pensa Maxum.

Quand Sim approcha la main de son front et affirma qu'un mal de tête arrivait, Maxum sut que c'était le signal pour ramener ça à l'appartement. La représentation digne d'un Oscar était en chemin.

Une fois arrivé chez Simeon, il alla à pas traînants droit vers la salle de bain, la retraite suivie du boucan de flacons de pilules. Essentiellement des vitamines et beaucoup, beaucoup de médicaments contre les maux de tête. Quand il en ressortit, Simeon tenait dans sa main ce qui ressemblait à une boîte de médicaments sur ordonnance et la secoua vers Maxum, l'air hagard.

— Vois-tu jusqu'où tu me pousses ? Je suis carrément entré là-dedans et pendant une seconde j'ai envisagé de me suicider à cause de toi !

Simeon agita à nouveau le flacon avec emphase puis fit un mouvement de balancier au-dessus de son épaule et la lui lança. Le flacon ricocha sur celle de Maxum, tomba sur le sol et se brisa. Des petites pilules bleues s'éparpillèrent partout.

— Je serai mort si j'étais allé jusqu'au bout !

Bien sûr, Maxum était plus futé que ça. Simeon n'avait jamais été *suffisamment* impliqué émotionnellement dans quoi que ce soit pour s'engager dans cette voie. Sans parler du fait que même si Sim aimait avoir de quoi faire la fête, il n'avait rien d'aussi puissant ou toxique chez lui. Bon sang, Simeon n'avait même pas d'insecticide chimique. Tout était complètement naturel et respectait l'environnement dans sa demeure organique.

Ensuite vint l'étreinte forcée. Sim se jeta sur Maxum, enroulant ses bras autour de lui. Il se sentit mortifié. Pas que Simeon ait le cœur brisé, mais parce que tout cela était complètement superficiel, on ne ressentait aucune émotion. Comme s'il était fait de cire, même pas une seule larme. Pour autant que Maxum ait redouté ce moment, craignant d'enfoncer le dernier clou dans son cœur et la douleur qui s'en suivrait, il prenait conscience qu'il ne ressentait rien de tout ça, juste... du vide.

— Assez de stratagèmes, Sim.

Il retira le bras de Simeon de sa taille et ce fut à ce moment-là qu'il le gifla, provoquant un déclic chez Maxum alors qu'elle lui brûlait la joue.

— Je n'arrive pas à croire que tu veuilles rompre avec moi ! Qu'est-ce que tout le monde va penser ?

Il y avait bien des fois où Maxum s'était demandé s'il n'aurait pas mérité d'être giflé, mais cette fois à la seconde où il la reçut sur le visage, il était certain qu'il ne la méritait pas, et sans davantage de discussion sur ses raisons, il laissa Simeon seul à gérer la réalité d'être célibataire.

Il envisageait de conduire même si son pied lourd et colérique suggérait que ce ne serait pas la plus sage des décisions, mais il n'était pas franchement prêt à s'asseoir dans son foyer vide. Il n'arrivait pas à être logique quand sa seule carte était de rentrer à la maison et se confiner – seul. Il ne se purgerait pas là-bas. Et il savait qu'il avait besoin de le faire avant d'inviter Darko dans sa vie. *Il ne sera pas un plan B*, se dit-il.

Son téléphone sonna, son cœur rata un battement souhaitant voir le nom de Darko, mais ce fut celui de Diesel Gentry qui apparut sur l'identifiant. *Peut-être qu'il y avait de l'espoir pour lui après tout.*

Quelques heures plus tard, Maxum était assis dans le fauteuil inclinable de la loge VIP de Trenton Leos au *Club Pain*. Lorsque Diesel l'avait appelé, c'était pour l'inviter à se joindre à eux pour dîner au club et célébrer officiellement une première saison B/D couronnée de succès sur la Villégiature *Salientis du Deliciarum*. Des applaudissements bien mérités qui avaient été reportés à la suite de la tentative de kidnapping de l'esclave de vie D/s fraîchement possédée de Trenton, Katianna Dumas. Après ce sombre événement, Trenton avait vécu reclus pendant un moment, ne refaisant surface que maintenant, et les frères de cet homme respecté étaient résolus à s'assurer qu'il reste dehors et actif, reprenant sa position de Dominus dans la communauté au Style de vie BDSM.

Pour Maxum, le *Club Pain* n'avait jamais été son repaire favori, mais là, il avait besoin d'être n'importe où sauf chez lui, bien que ce soit pour des raisons très différentes de son ami Trenton. La nourriture, et bien sûr la compagnie des cinq frères, Trenton, Diesel, Dane qui faisaient de fréquents aller-retour pour vérifier comment se passaient les choses dans le club, plus Harper et Marcus, avaient été agréables. C'était la distraction dont Maxum avait besoin. Ils partageaient tous suffisamment de points communs. Il n'y avait pas de casiers judiciaires à comparer ou de compétition. Pas même une indifférence qui donnait l'impression à quelqu'un de se sentir inférieur à l'homme assis à côté de lui. Ils parlaient de nourriture et de plaisirs tout aussi facilement qu'ils parlaient affaires, argent et idées pour de futurs succès. Des plans menaient à des dons mutuels de stratégies et d'investissements plausibles. Finalement, on en vint à la célébration des deux ans de la Villégiature depuis la grande réouverture sous leur direction et sa première saison du fétiche annuelle réussie.

Maxum fut content d'entendre que le Gestionnaire d'événements, Paris Dalqeaute avait été à la hauteur. Y compris la nouvelle que sa demande de rester comme résident permanent avait été approuvée. C'était une évidence, vraiment, quand le businessman inventif leur avait présenté de nombreux designs pour de plus petits thèmes de weekend durant l'année pour faire revenir encore et encore à la villégiature les clients du style de vie BDSM comme les non-joueurs.

Il ne passa pas non plus inaperçu que Diesel semblait de plus en plus mal à l'aise alors qu'ils parlaient de Paris. Quelque chose qui se remarqua, parce que Diesel n'était jamais ébranlé par quoi que ce soit – *jamais*. Toujours aussi rigide qu'un bloc de pierre. Maxum sentait une connexion à cela – *le grondement émotif d'une forteresse impitoyable d'idéaux.* Alors même que ses yeux retournaient vers l'océan de corps dansant et se frottant sur la piste, il garda son petit rire moqueur pour lui, car un autre homme suscitait un malaise identique en lui.

Il sentit le bourdonnement dans sa poche se déclencher pour ce qui semblait la centième fois. Il tendit la main, ne se donnant pas la peine de le sortir pour regarder. Les quatre-vingts derniers avaient tous été de Simeon. Celui-là le serait aussi et il le passa finalement en mode silence.

Ils conversaient en murmurant et quelqu'un posa une question.

— Il faudrait peut-être que je prenne une semaine pour revenir en visite. Pour voir ma maison maintenant qu'elle est terminée.

Maxum donna sa réponse grâce aux enregistrements automatiques dans sa tête, pour libérer ses pensées de Simeon, mais pas une fois ses yeux ne quittèrent la piste de danse qui était à l'extérieur de la salle. Il prit une autre gorgée de son verre, grimaçant face à la tequila brûlante qu'ils buvaient tous après le premier toast de salutation avec un shot d'Absinthe. *Une tradition des Frères du Dominion.* Aucun des deux n'était le truc de Maxum, il préférait la saveur plus brute et audacieuse du scotch ou du cognac, mais pour l'instant, il se torturait intentionnellement avec l'effet de la boisson. Même si ce n'était pas aussi douloureux que ce qu'il voyait...

L'homme qui hantait tous ses désirs charnels, Darko Laszkovi, dansait sur la piste avec un autre homme dans ses bras.

— Tu devrais. Nous prévoyons d'y aller au début de notre prochaine saison B/D durant l'été juste après les enchères.

Maxum entendit la réponse venir de Trenton et fit un commentaire, mais il n'était pas vraiment sûr de ce qu'il avait dit, son esprit s'engageant à l'extérieur de la loge VIP.

Il regardait Darko danser avec cet homme par intermittence depuis une heure maintenant. Pas une fois il n'avait remarqué les deux hommes s'embrasser, ils riaient beaucoup, il y avait des frottements et des encouragements. Quelques échanges verbaux envoyés directement à l'oreille pour passer outre le volume de la musique, mais rien pour indiquer une connexion profonde. Cela ne rendait pas ce qu'il voyait plus facile. Darko aurait pu tout aussi bien être là-bas à s'envoyer en l'air avec cet homme dans un acte délibéré pour l'énerver quand on voyait l'émotion que cela provoquait en lui.

La rage qu'il ressentait, si chaude, lui brûlait les yeux et il se força finalement à détourner le regard juste pour pouvoir les fermer. Instantanément, l'arrière de ses paupières se transforma en minuscules écrans de film. Une ruée de chevaux traversait son cœur qui ressemblait au tonnerre dans ses oreilles alors qu'il s'observait s'enfoncer dans le corps parfaitement fascinant de Darko. Seulement, Darko l'*embrassait*. Et il le faisait comme aucun homme ne l'avait jamais fait, le baiser à lui seul était aussi satisfaisant que l'acte complet de coucher ensemble. Durant leur escapade pas si privée de Thanksgiving, ils avaient passé plus d'une heure juste à s'embrasser et à se frotter l'un contre l'autre, lui prouvant que c'était davantage que du sexe.

La boisson avait enfin rempli sa vessie et il s'excusa. Maxum garda la tête baissée alors qu'il faisait le tour de la piste de danse en direction des toilettes situées de l'autre côté.

Bien qu'il soit très conscient de la présence de Darko, il ne voulait pas que celui-ci s'aperçoive de la sienne. Il n'était tout simplement pas dans le bon état d'esprit et plus il regardait Darko avec cet homme, moins il était sûr de l'avoir été un jour.

Se séparer de Simeon avait été une décision longuement réfléchie. Darko était simplement la lumière dont Maxum avait besoin, pour voir que ce qu'il voulait dans une relation n'était pas ce qu'il avait avec Simeon. Cependant, une sonnette d'alarme retentissait également, car ce qu'il obtiendrait de Darko n'était pas ce qu'il avait espéré pour emplir sa vie non plus. Il se retrouvait à l'endroit même où il redoutait d'être – seul – et un raté.

Alors que Maxum se tenait devant l'urinoir, il ferma les yeux, laissant la nuit de tequila toxique se vider de son organisme, souhaitant que ses émotions se vident avec elle. Cela ne le surprit pas quand il sentit des bras forts s'enrouler autour de lui par-derrière et s'emparer de son sexe avant même qu'il n'ait terminé d'uriner.

Maxum ne lutta même pas, il abandonna sa verge et sa tête retomba sur l'épaule derrière lui, se noyant dans la bouche chaude et humide qui lui embrassait le cou.

— Même lors d'une nuit de liberté à l'extérieur de la ville, tu es encore en costume, grogna une voix familière à son oreille.

— Une habitude qui semblait maintenir la paix avec mon petit ami, marmonna Maxum, gardant les yeux clos, ne se retirant pas encore de l'étreinte de Darko.

Son affaire dans les toilettes terminée, mais toujours entre ses mains, il ne fit aucun geste pour se dégager.

— Tu veux dire, le petit ami avec lequel tu as prétendument rompu ?

Darko se pencha contre lui, le poussant vers le mur. Les mains de Maxum se relevèrent brusquement pour se stabiliser, même si rien d'autre en lui ne l'était et n'avait aucune chance d'y arriver, pas pendant que la main ferme de Darko commençait à caresser son membre.

— Qu'est-ce que ça fait de moi alors ?

Il y eut un grognement bas de ténor dans son oreille.

Bon sang, Maxum ne voulait pas répondre à des questions, ne voulait pas devoir s'expliquer. Il l'avait assez fait avec Simeon. Cette partie de sa vie était terminée. Il s'était habillé pour Simeon pour la dernière fois, il avait excusé ses actions pour la dernière fois. Même si sa liaison avec Darko n'était pas une chose dont il pouvait être fier, au moins avec *cet* homme il avait eu de très bonnes récompenses à la fin du terrain de jeu.

— Un environnement instable, marmonna-t-il à voix haute.

Les liaisons ne se transforment jamais en relations à long terme.

— La seule chose instable c'est que tu ne cesses de t'enfuir et de mettre du carburant bon marché dans ton réservoir. Quand tu sais très bien que ce que j'ai pour toi est bien plus satisfaisant.

La main de Darko tournait régulièrement alors qu'il la glissait de haut en bas, créant une friction exaltante qui fit haleter Maxum trop rapidement.

Maxum ne pouvait pas le contester. L'appréhension que n'importe qui puisse les surprendre à tout moment avait été balayée par le lourd bourdonnement. Tout ce qu'il savait en cet instant, c'était que son sexe était entre les bonnes mains et qu'il voulait que cela reste ainsi. Il prit une profonde inspiration, désirant tout de ce qui lui semblait être vrai et sécurisant. Il voulait se perdre dedans. Rentrer à la maison avec ça pour toujours. Il pencha sa tête en arrière, anticipant la sensation d'un baiser chaud s'emparant de sa bouche.

Il y eut des bruits de pas et quelques gloussements masculins à la porte.

— *Joliii*, susurra l'un d'eux, étirant la voyelle pour qu'elle ressemble à une approbation attrayante du mot.

L'équilibre de Maxum vacilla et ses yeux s'ouvrirent brusquement. Il fit volte-face pour voir les trois hommes entrer dans les toilettes, leurs yeux s'attardant sur l'avant de son corps et Maxum devint extrêmement conscient qu'il caressait son sexe.

L'homme qui le serrait dans ses bras n'était même pas là. Il le hantait simplement.

Les émotions de Maxum commencèrent rapidement à s'enfoncer plus profondément alors qu'il se souvenait de ce qu'il avait toujours su. *Les liaisons ne se transforment jamais en relations à long terme.*

Il se rajusta et se précipita dehors, ne s'arrêtant même pas pour s'excuser auprès de Trenton et des autres. Il leur parlerait plus tard. Il avait simplement besoin de sortir d'ici.

Darko aurait pu jurer que le coup de vent en costume gris était Maxum. Mais que diable faisait-il ici... au *Club Pain*, rien que ça ?

Abandonnant son ami et coéquipier, Mitch, Darko se faufila à travers la foule des corps dansants, mais le temps qu'il arrive à l'autre bout du bar, regardant dans le corridor vers la sortie du club, la personne qu'il avait vue était depuis longtemps partie. Il se tourna contre le bar, laissant tomber ses coudes sur le plan de travail, ses yeux retournant encore vers la porte, incapable de se débarrasser de la certitude que cela avait été lui. Il sortit son téléphone et appela Maxum. Pour obtenir un message automatisé disant qu'il n'était pas disponible pour l'instant.

— Tu as vu quelque chose qui te plaisait ?

Mitch fut soudain à côté de Darko et commanda de l'eau à Zane, qui travaillait derrière le bar.

— Plus que plaire, répondit Darko et il agita la main vers Zane pour en avoir une aussi.

Mitch regarda au-delà de Darko vers le corridor vide.

— On dirait qu'il s'est enfui.

Darko se tourna pour lui faire face alors qu'il était toujours appuyé au bar. Il but le verre d'eau jusqu'à ce que la glace touche ses lèvres. Ses pensées allaient vers Maxum et à ces nombreux jours de silence depuis leur weekend ensemble. Maxum avait dit qu'il avait besoin de temps pour refermer une partie de sa vie avant d'en ouvrir une autre, mais bon sang, Darko détestait ne pas savoir s'il allait bien. Ou s'il était seulement assis dans une maison vide à rebondir contre les murs parce qu'il était seul.

— Alors après ça, tu reviendras danser encore un peu avec moi ?

L'offre de Mitch sortit Darko de ses pensées et le ramena au présent.

— Tu sais, davantage de frotti-frotta avec moi, et Quentin va probablement t'attraper, et faire claquer son fouet sur ta peau, plaisanta Darko.

Mitch se tortilla d'un air taquin. Un geste plutôt comique étant donné sa musculature et sa taille. Mitch ajouta un *mouvement* espiègle à ses sourcils.

— Je sais. C'est ce que j'espère. Monsieur ne m'a pas fessé depuis des semaines. Je me suis dit qu'il était temps pour moi de *ne pas* être un si bon garçon. Comment vous, les Serbes, appelez-vous ça ?

— Un morveux, dit Darko en secouant la tête puis il émit un petit rire. Du moment que Quentin n'essaie pas de m'inclure dans la punition, d'accord. Je t'aiderai à être vilain, *boi derište*.

Mitch afficha un sourire extralarge.

— Pas d'inquiétude, mon pote. Monsieur aime les loutres, tu n'as pas assez de poils pour les standards élevés de sa quéquette.

Il sourit encore plus, comme si c'était possible, puis se frotta fièrement les mains sur le torse et l'épais tapis noir de poils.

— De plus, je rame plus vite quand mon cul me fait mal.

— Cela va faire encore plus mal quand le chlore de la piscine au Réservoir le touchera. L'entraînement se déplace à l'intérieur ce weekend.

L'avertissement ne fit qu'alimenter davantage le sourire espiègle de Mitch, faisant rire Darko, éloignant ses pensées du fantôme qui s'était enfui dehors.

CHAPITRE ONZE

La société d'investissements et de gestion de croissance du chiffre d'affaires de Maxum était située dans la tour Woolworth au coin de Broadway et Beekman. Son bureau donnait sur le toit de l'atrium en verre de l'historique Beekman Palace et le square Steve Flanders qui se recouvraient maintenant lentement d'une couche de blanc alors que les premières neiges de la saison tombaient. Juste en face de lui se tenait la Tour Beekman/Gehry, où il vivait. Même si son appartement était tellement haut dans la tour qu'il lui était difficile de profiter vraiment du parc, mais savoir qu'il était là l'apaisait suffisamment pour équilibrer sa vie bien agitée.

Il n'était pas pressé de conclure les affaires de la semaine. Son vendredi allait être comme n'importe quel autre jour, même avec les premiers amoncellements de neige qui tombaient devant sa fenêtre vers le sol plus bas. Il ne se demanda même pas si elle tiendrait et s'il y en aurait assez pour qu'elle crisse sous ses pieds quand il traverserait le parc pour rentrer chez lui. Pour y être seul, comme toujours. Seulement cette fois, il n'y aurait pas quelqu'un quelque part qui l'appellerait. Pas depuis qu'il avait lancé son téléphone à travers la chambre et l'avait entendu voler en éclats contre le mur. Après avoir fui le *Club Pain*, et le chagrin affectif qui l'avait suivi jusqu'à chez lui, il avait sorti son téléphone pour régler le réveil, et avait vu le nom de Darko dans les appels manqués. La douleur l'avait frappé si fort qu'il n'avait pas su quoi en faire. Ainsi son téléphone y était passé. En tout cas, maintenant il n'avait pas à regarder la liste des appels de Simeon non plus.

Il tourna le dos au paysage enneigé et se remit à son ordinateur, vérifiant quelques investissements qui pourraient jouer en faveur de Dane Master pour les idées de restaurant dont ils avaient parlé le soir précédent. Rien de ce que cet homme faisait ne s'éloignait de son amour pour le sexe et il avait la conviction que les Américains devraient être ouverts à ce sujet. C'était une motivation risquée pour les affaires. Pourtant, Dane Masters avait un palmarès impeccable et pas une seule de ses décisions n'avait échoué jusqu'ici. Ajoutant foi au vieil adage – *le sexe vend* –, mais aussi le fait d'avoir exactement les bons investisseurs impliqués. C'est là que Maxum entrait en scène et il connaissait justement l'homme qui pourrait bien être intéressé par un restaurant dont les serveurs ressembleraient aux serviteurs grecs et romains des bordels et bains publics antiques. Cette nouvelle entreprise ranima sa bonne humeur et il attrapa rapidement le téléphone et passa un appel à son ami.

Un léger coup à la porte et son assistante, Alysse, entra, déposant quelques papiers sur son bureau, y compris le dossier rouge qui contenait les rapports d'analyse de la semaine venant de la Bourse américaine. Elle se pencha par-dessus son bureau et chuchota, ce qui signifiait que l'appel était un client prioritaire.

— Appel sur la ligne trois.

Maxum griffonna sur un bloc-notes – *Toussaint Larou est partant* – puis il prit en coupe le micro du téléphone et jeta un coup d'œil à son assistante, écoutant à la fois l'homme qui parlait encore au téléphone et Alysse qui l'avait interrompu.

— Qui est-ce ?

— M. Almere Glaisphmen, lui chuchota-t-elle avant de le laisser retourner à l'appel de son client.

— Merde, marmonna-t-il avant de ramener son attention à la personne à laquelle il parlait. Toussaint, je vais devoir te rappeler plus tard. Oui, tu paries. Merci.

Maxum tendit la main et changea de ligne ainsi que son esprit qui passa d'amical à conservateur en affaires.

— M. Glaisphmen, c'est un plaisir d'avoir de vos nouvelles. Comment puis-je vous être utile ?

Son client ne gaspilla pas une parole sur les formalités, allant droit au but.

— Mon épouse, Coralline, et moi sommes en ville pour la semaine et elle a décidé de me traîner à une de ces fêtes de dégustation de vins. J'ai été assez surpris de ne pas voir votre nom parmi les invités. J'aimerais que vous et Simeon vous joigniez à nous.

— Simeon ? demanda Maxum, surpris. J'ignorais que vous connaissiez mon... que vous le connaissiez, se corrigea-t-il rapidement avant de faire une annonce sur ledit ex-partenaire dans sa vie.

— Apparemment, lui et Coralline sont tombés l'un sur l'autre plus tôt dans la journée. Elle n'a pas arrêté de parler de lui depuis. Elle a donc insisté pour que vous l'ameniez.

Maxum se crispa à cette pensée, même si Simeon avait l'art et la manière de conquérir les épouses, ce qui rendait toujours leurs époux heureux, il détestait l'amener à ces fêtes de dégustation parce qu'il se plaindrait forcément – *de façon tranchante* – et cela ruinait toujours le palais de Maxum. Sans parler du fait qu'il avait enfin rompu avec Simeon. Il semblerait que son ex-partenaire ait trouvé un moyen de contourner les appels téléphoniques auxquels il refusait de répondre.

Maxum éloigna le téléphone un instant alors qu'il prenait une profonde inspiration et se frottait le visage. Il savait comment était Coralline et si elle voulait quelque chose, elle était assez prudente pour s'assurer de l'obtenir ou faire en sorte de vous faire tomber. Almere Glaisphmen n'était pas un de ses petits clients et où il irait, un certain nombre d'autres le suivraient. Il semblerait que Simeon ait en lui une graine de rancune que Maxum ne connaissait pas.

Il se força à ravaler un grognement ainsi que sa fierté et rapprocha le téléphone de son oreille, s'éclaircissant la voix avant de parler.

— Bien sûr, nous serons là.

— Bien. Je vais m'assurer de prévenir Coralline pour qu'elle vous attende. Nous nous verrons demain soir alors.

Et juste comme ça, le marionnettiste raccrocha.

Maxum replaça lentement le téléphone sur le support, l'esprit ailleurs, et s'emballant avec des pensées qui pourraient faire honte à une formule un. Quand le mécontentement de s'être fait forcer la main arriva à son paroxysme, sa main qui flottait toujours à côté du téléphone l'envoya voler. Il fut précipité dans la bibliothèque où il se brisa en une bonne douzaine de morceaux en plastique qui tombèrent sur le sol.

Maxum, zéro – téléphones, moins deux.

— Darko. C'est Dane Masters. Tu as des plans pour ce soir ?

La voix sévère et dominatrice se fit entendre dans le téléphone quand Darko décrocha. Elle dégageait une présence qui disait immédiatement à l'auditeur que les rejeter n'était jamais une option. Même si c'était demandé poliment.

— Aucun qui ne tire à conséquence. Que se passe-t-il ? répondit Darko, la voix plus détendue et informelle que son appelant.

Même s'il connaissait le ton autoritaire des Maîtres du style de vie BDSM et en appréciait la compagnie, ce n'était pas son fétiche. Par conséquent, les ordres dominateurs coulaient sur lui comme des gouttes de pluie sur un manteau London Fog.

— J'étais censé accompagner Vince à la Soirée du Winter Cellars Wine ce soir, mais quelque chose s'est présenté. Peux-tu l'accompagner ?

Darko haussa les épaules, baissant les yeux sur son corps et son pénis excité avec lequel il avait été sur le point de jouer – *calme-toi mon garçon* – lui ordonna-t-il mentalement.

— Bien sûr. Je la sortirai.

— *Lui*, corrigea Dane à l'autre bout.

Darko se mit à rire. S'habituer au nouveau Vida-Vince était encore en cours d'assimilation pour la plupart de ses amis et associés. Vince avait été un travesti puis une véritable drag queen pendant tellement d'années. Le retour d'un visage qui avait été caché sous tout le faux glamour était à couper le souffle et Vince paraissait toujours plus séduisant que la plupart des femmes. Cependant, *Vida* se réconciliait encore avec le fait qu'il était un homme et pas un travesti. Peut-être un peu des deux. Mais le *il-elle* et le nom étaient encore une question de transition – pour tout le monde.

— Je m'assurerai qu'*il* passe du bon temps, assura Darko à Dane, en insistant bien sur le pronom masculin.

— Bien. Mais, pas trop de bon temps. Tu m'entends ? Je suis sérieux. Personne ne se glisse dans son lit sans mon approbation.

La possessivité ne venait pas que par les mots, mais Darko en sentait toutes les marques. On ne pouvait pas le nier, Dane Masters était tout aussi possessif avec son frère que Trenton Leos l'était de sa petite Licorne, Katianna.

— Je sais. Je le garderai en sécurité, lui assura Darko avant de raccrocher puis de se diriger vers la douche pour se préparer.

Il n'avait pas eu de plans pour la soirée sauf peut-être de s'amuser tout seul et souffrir de l'absence d'un homme en particulier. Par conséquent, il ne voyait pas de problème avec cette soirée imprévue en ville. Lui et Vida... Vince étaient bons amis depuis un certain nombre d'années maintenant et ce n'était pas la première fois qu'on lui demanderait de jouer le rôle du *rencard* pour Vi... *Vince*. Surtout maintenant, après avoir laissé tomber tous les atours de la drag queen et découvert sa beauté intérieure. Le nouveau Vida-Vince tournait plus de têtes qu'aucun homme ou femme combinés, et Darko aimait ce que cela lui faisait ressentir, prétendre avoir le seul droit de propriété de la beauté androgyne, ne serait-ce que pour le spectacle et pour une seule nuit.

Darko devait l'admettre, une fois là-bas, ce n'était pas la nuit habituelle à laquelle il s'attendait. Parce que comme il l'avait dit, le nouveau Vince faisait tourner les têtes. Ils s'amusèrent autour du banquet de nourriture miniature. Pendant tout ce temps, des souvenirs de Maxum le nourrissant à une autre soirée de dégustation repassaient à l'arrière de son esprit alors qu'ils jouaient à un jeu similaire, mais davantage comme deux lycéens qui faisaient l'andouille que des amants.

Et même si Dane le réprimandait probablement pour ça, Darko donna du lest à Vida pour laisser quelques flirts avoir une chance de lui dire bonjour.

Un peu plus tard, ils tombèrent sur Lars Mickels, avocat et ami des Frères du Dominion, ils s'arrêtèrent donc pour discuter un moment avec lui.

— Vida tu as l'air si extravagant ces temps-ci. Je te jure que chaque homme et femme de cette pièce nourrit des fantasmes sur toi en ce moment. J'avoue que j'en ai quelques-uns. Peux-tu imaginer les prochaines enchères des Champs Élysées ? Trenton te faisant travailler à ses côtés où tout le monde pourrait te voir ? Les invités deviendraient absolument fous.

Darko poussa un petit rire nerveux.

— Ça pourrait ne pas être une idée si géniale que ça. Aux dernières enchères, Trenton a eu des problèmes avec les invités qui osaient toucher Katianna et Paris. Si quelqu'un essayait de toucher Vida, Dane deviendrait dingue.

Lars laissa échapper un rire cordial.

— Tu as probablement raison. Oublie ce que j'ai dit, dit-il en se retournant, remarquant quelqu'un qu'il connaissait et lui faisant signe de s'approcher. En parlant du *Salientis du Deliciarum*, laissez-moi vous présenter à un de ses propriétaires.

La main de Lars tomba sur l'épaule de Darko, le guidant pour faire un quasi-volte-face.

— Darko, voici Maxum St. Laurents. Maxum, j'aimerais que tu rencontres un de mes amis, Darko Laszkovi.

Le visage de Darko se décomposa à la vue de l'homme qui se tenait devant lui. Il n'osa même pas croiser son regard, pas préparé à voir ce qui s'y trouvait – ou pire – ce qui n'y était pas. Il garda son attention distraite ailleurs. Ceci étant le corps qu'il désirait ardemment pouvoir presser contre lui en cet instant – hier – demain. Le costume en soie noire et la chemise gris étain que Maxum portait étaient richement exquis. Comme toujours, taillés pour lui aller à la perfection. Seulement, le regard de Darko suivit les bras musclés qui étaient tombés rigidement le long de son corps, seulement l'un d'eux était enroulé par le bras d'un autre, d'une manière plutôt collante. Un bras qui menait à la présence d'un *autre homme*.

La bouche de Darko s'assécha, ne sachant pas comment répondre.

Si Maxum ressentait quoi que ce soit d'approchant ses émotions, il réussit à le masquer considérablement mieux que lui lorsqu'il se pencha pour lui offrir une poignée de main.

— Enchanté, dit Maxum en hochant la tête. C'est un plaisir de vous rencontrer.

Professionnel et jouant comme s'ils ne se connaissaient pas.

— Et je suis certain que tu connais Vida Masters, le frère de Dane.

Lars continua les présentations, ne relevant même pas l'humeur glaciale entre Darko et Maxum.

— Vince.

Maxum le salua en lui saisissant les deux mains, se penchant pour l'accompagner d'une bise sur les deux joues.

— Chéri, il vient de dire qu'elle s'appelle Vida, pas Vince.

L'homme aux côtés de Maxum le sermonna poliment en comparaison du regard noir et des yeux ronds qu'il faisait. Le bras de Maxum se déplaça autour de son derrière, se resserrant autour du corps mince et lui marmonna quelque chose qui le fit taire puis il se retourna vers Vida.

— Tu profites des vins ?

— Toujours.

Vida se força à faire réapparaître un sourire vers le visage familier.

— Et... dit Lars, s'interrompant un instant. Pardonnez-moi, j'ai oublié votre nom ?

Son attention était sur l'homme accompagnant Maxum.

— Simeon. Simeon Correl.

— Simeon...

Lars hocha la tête.

— Darko Laszkovi et Vida-Vince Masters.

— Enchanté. Je suis le conjoint de Maxum.

Il tendit une main douce pour les saluer – *des titres et des lignes dessinées et encerclées* – puis vint l'étalage de charme.

— Vous me rappelez quelqu'un, dit Simeon vers Darko, mais en fait pas *à* lui.

Même si cela mettait Darko mal à l'aise, il était profondément conscient que si Simeon avait osé vraiment discuter *avec* lui, l'action aurait été accueillie avec encore plus de dédain. Voilà donc l'homme avec qui Maxum était censé avoir rompu.

Darko avait attendu des jours pour avoir de ses nouvelles seulement pour se retrouver face à face avec la raison pour laquelle l'appel n'était jamais venu. Darko ravala la bile bouillonnant dans ses entrailles. En fait, il n'aimait pas du tout devoir se tenir là et faire semblant, mais il ne reçut aucun signal de Maxum qu'il y avait d'autres alternatives. *Maxum*. Il se tenait là comme une statue rigide. Ses mains de retour à côté de lui. Il ne buvait même pas. Bizarre, puisque Darko savait que Maxum adorait ces soirées-vin, adorait les essais, adorait l'arôme sur son palais puis, le tester avec un baiser. Il se demanda si Maxum avait nourri Simeon avec ses doigts comme il l'avait fait avec Vince. Darko sentit une honte soudaine pour ce numéro espiègle.

Simeon, cependant, continua sans aucun encouragement de la part de Darko. Alors qu'il réfléchissait, il posa sa main sur sa propre joue, la tapotant de ses doigts délicats et osseux.

— Mais je n'arrive pas à vous situer, dit-il en se tournant vers Maxum. Toi ? Humm ?

Le visage de Maxum pâlit devant les questions de son partenaire.

— Non ? Oh, eh bien, je suis sûr que ça me reviendra plus tard, continua Simeon malgré l'absence de conversation.

Darko détestait l'évidente approche sociale totalement fausse de Simeon. Il détestait encore plus la capacité de Maxum à être aussi distant envers lui.

— Que disiez-vous donc à propos de *Salientis* ? Vous savez que Maxum est le premier soutien financier pour la villégiature.

Mais même alors que Simeon ramenait la conversation à son point de départ, Darko voyait qu'il se moquait complètement de l'île, mais s'intéressait davantage au fait que Maxum venait d'être présenté comme *son propriétaire*. Darko le savait à la manière dont la main de Simeon caressait le bras de Maxum – *ici se tient mon riche petit ami. Oui, il possède une île, quel que soit son nom.*

— Alors y êtes-vous déjà allés ?

Simeon buvait un verre de vin blanc avec un tic erratique sur le visage entre chaque gorgée.

Même s'il avait posé la question, Darko pouvait voir qu'il n'attendait pas de réponse. Ne prêtant pas particulièrement attention à s'il disait oui, non ou... *je préfère me branler au rythme de l'hymne national.* Il renifla presque. *Quelle question parfaite !* Le regard de Darko se plissa vers l'homme en face de lui, les yeux de Maxum brûlaient de jalousie.

— Pour tout vous dire, Vida et moi revenons d'une semaine de vacances là-bas.

Darko pensa attirer Vida contre son corps, pour insister encore plus, mais il était plus intelligent que ça et ne voulut pas agir ainsi avec lui.

— Nous avons dû attendre la fin du championnat, mais quand nous avons gagné, notre coach nous a donné à tous, deux semaines de répit avant de reprendre l'entraînement. Vida et moi y sommes donc allés à ce moment-là.

— Championnat ?

Simeon sauta sur l'occasion de s'éloigner du sujet ennuyeux de la villégiature, mais afficha sa capacité bien rodée de donner l'impression à un client d'être toujours sous les feux des projecteurs en en rajoutant un peu.

— Oh, pardonnez-moi. Laisse-moi faire, Darko, dit Lars. Darko est un champion d'aviron. Son équipe a gagné le Master de Nouvelle-Angleterre cet automne.

— De l'aviron ? Vraiment ?

Simeon retrouva réellement de l'entrain avec un intérêt sincère.

— Oui, je suis un des rameurs dans l'équipe d'aviron des Reines de Greenwich, répondit Darko sans en démordre, détestant maintenant l'attention qu'on lui portait tout autant qu'être un pion dans une conversation vide de sens, mais il n'allait pas renoncer devant tout le monde.

— Oh là là.

Le visage de Simeon s'éclaira comme s'il était en admiration.

— Je suis au rotary de l'East Village. Nous sommes de grands fans. Nous avons même tenu quelques levées de fonds pour aider. Oh, et vous avez un nouveau coéquipier maintenant. Ce top model sexy. Comment s'appelle-t-il ? Trojan ?

Darko grimaça, le nom de son frère n'était pas si difficile à se rappeler ou à prononcer correctement.

— Trofim. Ça se prononce *trohi-phim*.

Pendant tout ce temps, Maxum resta immobile et silencieux. Un contrôle et une tolérance entraînés l'empêchaient de s'en aller impoliment bien qu'il soit à l'évidence mal à l'aise. Mais toute tentative d'éloigner Simeon mènerait peut-être à des questions qu'il n'avait pas eu l'occasion d'entamer entre eux.

— Trofim. J'ai compris. Oh, il est tellement beau. Alors sur quel bateau êtes-vous ?

Les projecteurs revinrent sur le sport.

— Celui à huit hommes et celui en solo.

Le regard de Darko retourna lentement sur Maxum. Ironique, n'est-ce pas ? Son petit ami, celui qu'il était censé avoir quitté montrait plus d'intérêt envers lui en cet instant que Maxum. Darko ne pouvait plus le supporter. Il se tourna vers Vida, baissa légèrement la tête, pour lui chuchoter à l'oreille.

— J'aurais bien besoin d'un verre.

Vida lui lança un regard de compassion comme s'il pouvait voir sur son visage à quel point il détestait la conversation artificielle qui l'entourait. Ce n'était pas vraiment ça, si ça l'était, mais en même temps ça ne l'était pas. Seulement, Darko ne pouvait plus rester devant Maxum. Il avait essayé d'attirer cet homme dans sa vie durant les deux derniers mois même s'ils n'avaient passés que très peu de temps ensemble, pour en arriver de toute évidence devant la raison pour laquelle il n'avait pas réussi. C'était davantage qu'une simple gifle de voir pourquoi cela n'arriverait jamais.

— Oh, regarde, chéri, dit Simeon en pointant l'autre côté de la salle de réception. Voilà Coralline et Almere. Oh, nous devons aller leur parler. Coralline m'a dit quand nous prenions le thé l'autre jour qu'Almere cherche à acheter un truc d'énergie européen.

Avant de s'éloigner, Maxum eut un lourd soupir alors que tous deux s'excusaient et cela permit à son partenaire d'ouvrir la voie vers la prochaine conversation triviale de relationnel.

Alors que la nuit avançait, le jeu stressant à s'éviter continua. Darko s'excusa finalement pour aller aux toilettes, seulement il ne se passa même pas une minute avant que Maxum entre derrière lui.

Maxum repoussa Darko contre le mur.

— Tu le baises ?

Maxum était furieux, le visage écarlate, alors qu'il déshabillait Darko du regard.

— Qu'est-ce que ça peut te faire qui je baise ?

— Est-ce que, oui ou non tu baises Vince Masters ?

— Non ! Je ne le baise pas !

Darko le repoussa pour retrouver un peu d'espace vital.

— Ne me mens pas !

Maxum repoussa Darko contre le mur et se pencha vers lui pour l'y garder immobilisé cette fois.

Darko le défiait en relevant le menton.

— Pourquoi est-ce que je mentirais ? Crois-moi si j'avais quelque chose à te lancer à la figure en ce moment, je le ferais... ça épargnerait mon poing.

— Alors qu'est-ce que tu fais avec lui ?

— Vida et moi sommes amis depuis des années. Nous sortons ensemble une fois de temps en temps, parfois à la demande de Dane parce qu'il me fait confiance pour sortir avec lui et *ne pas* coucher avec.

— Et le voyage à *Salientis* ? Tu vas me dire que tu n'y as rien fait ?

— Bien sûr que non. Il y avait encore beaucoup d'employés qui sont esclaves sexuels pendant que nous y étions. Même si j'ai passé l'essentiel de mon temps avec Paris.

L'aveu de Darko devint plus précis, espérant que jeter un nom le blesserait suffisamment pour le faire reculer. Il regarda chaque ligne et contour de son visage se tendre, mais Maxum ne bougea pas. Darko poussa donc plus loin, inversant les rôles.

— Et qu'en est-il de toi ? se moqua Darko. Toi et cette queen en pyjama se pavanant à ton bras. C'est le petit ami que tu cachais ?

— Quoi, la queen en pyjama ?

La question stridente de Simeon fila vers eux depuis l'intérieur des toilettes de l'hôtel avant que Maxum puisse se défendre contre le coup bas.

Maxum fit volte-face pour voir Simeon qui se tenait juste derrière lui, les mains sur les hanches qui faisaient saillie sur le côté en une parfaite pose coquine. Et juste derrière lui se trouvait Vince, seulement son expression avait l'air bien plus blessée que celle de Simeon. *Merde, cette soirée était une catastrophe complète et les conséquences étaient certaines de durer un moment.*

Simeon chaussé de ses sabots tourna les talons et décampa furieux. Le regard lourd de Maxum fila vers Darko pendant une fraction de seconde puis il sortit derrière son ex-compagnon qui à la base l'avait embarqué de force ici. La seule raison était qu'il voulait s'assurer qu'on ne lui forcerait pas la main pour autre chose avant que la nuit soit terminée.

— Bon sang, Simeon. Attends ! lança Maxum alors qu'il quittait les toilettes.

Darko laissa sortir l'air de ses poumons en expirant lourdement par les narines, se retourna et fracassa de son poing la porte de la cabine.

— Est-ce que Dane te paie pour sortir avec moi ? L'implora la fragile question de Vida-Vince.

Darko secoua la tête. Rien de ce qu'il avait dit ne le sous-entendait, mais il pouvait voir du point de vue de Vida pour quelle raison cela l'était.

— Non, Vida... Vince, je veux dire. Ce n'est pas le cas. Je te le promets.

La voix de Darko devint profonde et basse sous la douleur qui lui déchirait le torse, et il frappa à nouveau la porte. Ses charnières se rompirent, renvoyant la porte en arrière, ainsi que du shrapnel. Seulement, la porte rebondissante revint si rapidement qu'elle s'écrasa contre les articulations de Darko qui fut pris au dépourvu par ce retour, et recula sa main sous une douleur aiguë bien pire que celle que le coup de poing d'origine avait créée.

Maxum retourna à l'intérieur après avoir poursuivi Simeon jusque dans la rue où il avait hélé un taxi et filé sans lui. Il se frotta la joue, apaisant la brûlure d'une autre claque. Ses émotions bouillonnaient juste sur ça. Sa tolérance là-dessus était excessivement usée qu'il les mérite vraiment ou pas. Il aperçut Darko et Vince au bar où il avait eu totalement l'intention de nicher ses fesses pour noyer ses émotions houleuses avant de rentrer chez lui, mais il se retint un instant pour juste les regarder.

Vince venait de prendre un torchon empli de glace demandé au barman, le tenait sur la main de Darko et pleurait clairement. Darko essuyait ses larmes et regarda avec attention son front un instant avant d'attirer l'homme fragile contre son torse et de lui embrasser la tête de la même manière que Maxum l'avait vu embrasser ses sœurs. Ou la fille que le frère aîné de Darko appelait maintenant sa fille. De la même manière que Dane embrassait Vince. *Intimement – mais pas sexuellement.*

Quelque chose que lui et Darko avaient dit durant cette dispute avait troublé Vince et l'avait rendu émotif. Une chose pour laquelle Maxum était certain d'avoir des nouvelles de Dane demain.

Maxum ajouta mentalement *crétin* sous les mots *seul* et *raté* sur la liste du tableau noir de dégoût de soi, puis se retourna et s'en alla.

CHAPITRE DOUZE

Bien qu'on soit dimanche, ça n'avait pas d'importance à Tokyo. *Seuls les Américains pensent que le weekend était un moment de congés –* avait-on souvent entendu dire M. Hasamoto en parlant des hommes d'affaires américains, mais jusque là il ne l'avait jamais dit à Maxum. Il était assis dans son bureau après avoir terminé sa conférence téléphonique, se rendant compte qu'il n'avait pas encore eu de nouvelles de Dane. Il était presque quatorze heures. Même en tant qu'oiseau de nuit, il devait être levé maintenant.

Son nouveau téléphone à peine sorti de sa boîte sur son bureau où l'ancien se trouvait avant, bourdonna avec l'appel de la réception.

— Qu'y a-t-il, Lee ?

Lee était son assistant du weekend et l'interne qui supervisait l'essentiel des opérations discrètes. Si quelque chose se présentait avec un client, habituellement un de l'étranger, et si c'était davantage qu'une affaire ordinaire, Lee savait qu'il devait l'appeler lui ou l'un de ses employés si nécessaire. Après tout, ils étaient américains et Maxum ne forçait pas son personnel à travailler sept jours par semaine. Lee était aussi une bénédiction là-dessus. Un jeune diplômé travaillant sur son Master en Marketing Global, qui avait tellement de cours entassés dans ses semestres qu'il n'avait pas le temps pour un travail de bureau de neuf heures à dix-sept heures. Et peu d'entreprises financières arrivaient avec des horaires de weekend qui payaient bien. Maxum avait besoin de plus qu'un homme à tout faire au bureau, donc leur arrangement marchait bien pour eux deux, et pour montrer son appréciation Maxum sponsorisait l'essentiel des frais de scolarité de Lee et son inscription. Cependant, c'était accompagné d'un contrat de travail de quatre ans aussi. Comme Maxum disait toujours, il investissait sur le long terme, et il savait quand il avait quelque chose de bien devant lui. Sauf, peut-être, quand il s'agissait de Darko Laszkovi. Celui-ci le retournait et ne faisait de lui que sensation et émotions jusqu'à ce qu'il ne puisse plus du tout penser logiquement. Maxum était tellement prédéterminé à investir à longue échéance que cela avait rendu compliqué et difficile d'apprécier la béatitude à court terme qu'il avait eu avec Darko.

— Vous avez reçu un appel de Vince Masters pendant que vous étiez en conférence. Il semblait troublé. Une chose au sujet de son frère qui en aurait après lui ? Savez-vous à quoi il faisait référence ?

— Merde. Quand ?

— Il y a environ une demi-heure.

— Bon sang.

L'esprit de Maxum s'empressa d'établir le scénario. Il faudrait à Dane environ une heure pour rejoindre l'atelier de Darko depuis sa maison dans les Hamptons, ce qui lui donnait seulement trente minutes pour l'intercepter.

— Annule le reste de ma journée.

Maxum savait que le garage de motos restait ouvert pendant le weekend puis était fermé les lundis et mardis, ce fut là donc qu'il se dirigea. Il espérait seulement que c'était là qu'il trouverait Darko avant Dane.

Vingt-trois minutes et une poignée de secondes plus tard, Maxum se gara dans le parking du garage de motos de Darko. L'Audi de Dane était déjà garée devant la devanture du magasin, la portière côté conducteur laissée grande ouverte. Maxum entendait la confrontation houleuse qui se déroulait à l'intérieur quand il arrêta la voiture et en sortit rapidement pour s'y diriger avant que cela empire.

— Je veux savoir pourquoi mon frère a été vu quittant les Wine Cellars hier soir en pleurant, puis a terminé aux urgences, et ne veut pas me dire la moindre chose sur ce qui s'est produit !

Maxum entendit la mauvaise humeur de Dane Masters rugir contre les murs comme le tonnerre dès qu'il entra.

— Personne n'a blessé Vida. Je te le jure.

Il y eut une pause suivie d'une explication rapide :

— J'ai eu une altercation avec quelqu'un d'autre et...

Et rien de plus. Maxum tourna au coin du comptoir avant de l'atelier juste à temps pour voir Dane frapper d'un coup de poing Darko, le projetant contre une des motos sur lesquelles il était apparemment en train de travailler, et lui et la machine s'écrasèrent sur le sol.

— Dane !

Maxum accourut, mais il était trop tard. Darko était inconscient sur le sol.

— Que diable fais-tu là ? C'était toi ?

Dane fit un mouvement vers lui.

— Toi, je peux te virer ! Même si ça ne fera pas grand-chose. Je ne peux pas me permettre de te racheter ! cracha Dane vers Maxum.

Des flammes brûlaient dans ses yeux comme s'il était absorbé dans une hallucination périphérique d'une zone de guerre.

— Dane ! Calme-toi ! lui cria Maxum en retour, sa concentration retournant sur son amant sur le sol, qui ne bougeait toujours pas.

— Je ne veux pas être calme ! Je veux savoir ce qui est arrivé à Vince hier soir !

— Darko et moi nous sommes disputés. Je l'ai accusé d'être plus engagé avec Vince qu'il ne l'est. En défendant l'honneur de Vince, il a été blessé involontairement.

Dane se redressa en se maîtrisant et il prit une profonde inspiration, au grand soulagement de Maxum. De toute évidence, Darko n'avait pas exagéré sur le fait que Dane lui faisait totalement confiance en sachant qu'ils ne finiraient jamais au lit ensemble.

— À quel sujet vous disputiez-vous ?

Maxum fut le suivant à prendre une longue et profonde inspiration. Passant ses doigts dans ses cheveux alors qu'il baissait les yeux sur le corps inconscient qui réussissait toujours à l'exciter d'une manière ou d'une autre.

— Commence à parler ou je recommence à cogner, l'avertit Dane.

Le regard de Maxum passa sur les autres hommes dans l'atelier, s'attardant à proximité comme s'ils voulaient venir en aide à leur collègue, mais suffisamment intelligents pour rester éloignés du Titan impliqué.

— Darko et moi avons une liaison. Et hier soir, il a découvert Simeon, qui lui, a découvert Darko.

— Bon sang, c'est génial. Une liaison. Ça n'explique pas pourquoi ces deux-là ont terminé aux urgences.

La main de Dane s'agita vers le corps sur le sol.

Maxum ramena son regard sur la main droite de Darko, une orthèse noire soutenait son bras en écharpe et ses doigts étaient fixés à une attelle.

— Qu'est-il arrivé à Vince ? demanda Maxum, la seule question à laquelle il pensait que Dane voudrait bien répondre en ce moment.

— Trois points de suture au-dessus de l'œil gauche. J'ai dû les arracher et coller la coupure pour qu'il n'ait pas une cicatrice permanente. Putain de médecins idiots !

— Je suis désolé, Dane. Je ne sais pas comment c'est arrivé, mais je vais émettre une hypothèse et dire qu'une porte de cabine de toilettes a dû être impliquée.

Darko sentit la douleur aiguë bien avant de penser à ouvrir les yeux. Bon sang, sa tête lui faisait mal, mais… *ah oui…* Dane lui avait donné un coup de poing. Il se redressa brusquement.

— Holà, holà, holà. Du calme. Le match est terminé. Reste tranquille, dit une voix familière tandis qu'une main chaude s'installait sur son épaule, le repoussant doucement sur le canapé.

Il y eut un éclair de lumière blanche qui frappa Darko quand il ouvrit les yeux, bien qu'elle soit faible, et devant cette légère clarté, se trouvait Maxum, assis à côté de lui, le visage tendu comme s'il était vraiment inquiet.

Darko tendit la main, cherchant jusqu'à trouver le poids qui le maintenait et repoussa la main de Maxum de son épaule, sentant venir le flot de sa douleur et de sa colère.

— Que fais-tu ici ?

Maxum prit une profonde inspiration, le contemplant simplement.

— J'ai essayé de devancer Dane. Je suppose que je n'avais pas la bonne voiture aujourd'hui.

Maxum essaya de plaisanter, de prendre les circonstances à la légère, appuyant toujours la compresse froide sur la joue de Darko.

Celui-ci ne mordit pas à l'hameçon, n'abandonna pas non plus ses émotions aussi facilement. Il écarta les mains de Maxum, attrapa le gant de toilette humide et le lança de l'autre côté de la pièce.

— Tu devrais le laisser. Tu as pris un sacré coup, le sermonna Maxum doucement pour cette provocation.

— Oui, eh bien, il en reste un paquet à venir quand Pyotr découvrira que je ne peux pas m'entraîner pendant deux mois. Ça n'a été qu'un faux coup de chance que je sois sorti des urgences avant que Pavle découvre que j'y étais, grommela-t-il.

Il souleva les bras, les croisant sur ses yeux, et resta couché là, rageant silencieusement – refoulant des larmes alors qu'il s'éloignait mentalement de l'homme assis au bord du vieux canapé à côté de lui.

Maxum ne comprenait pas bien comment le frère de Darko, Pavle, avait un rôle dans tout ça, mais il pensa que ce n'était probablement pas le meilleur moment pour le demander maintenant. Il ne pensait qu'à offrir la requête que Darko pourrait lui demander, et le remords qu'il ressentait résonna dans chaque mot.

— Y a-t-il quelque chose… quoi que ce soit que je puisse faire ?

༺♥༻

— Oui… fous le camp.

Les mots se déversèrent avant que Darko puisse y repenser à deux fois. Mais il était impossible de les ravaler et c'était probablement mieux que Maxum ne le contredise pas. Il jeta un coup d'œil sous son bras et regarda Maxum se lever et le laisser. Même dans la faible lumière provenant seulement de la petite lampe de bureau de son office, Darko pouvait apercevoir son corps dans le pantalon taillé sur mesure, et la chemise blanche impeccable. Pas de veste cachant son derrière parfait cette fois. *C'était bizarre.* Maxum ne sortait jamais sans sa veste. *Il avait dû être pressé d'arriver quelque part.* Et c'est là qu'il sentit le coup contre son torse et la piqûre de larmes qui menaçait davantage ses yeux.

Merde.

༺♥༻

Maxum sortit, refermant la porte derrière lui. Il essaya de gagner du temps, sa main tenant toujours la poignée, restant là un instant. Il savait qu'il n'était pas le bienvenu et qu'on lui avait ordonné de partir, mais ses pieds refusaient de lui obéir et de l'emmener.

Il entendit Darko se déplacer à l'intérieur de l'office, suivi de sa voix triste.

— Zdravo. C'est moi, Darko. J'appelais juste pour vérifier... hé, tu es réveillé...

Maxum entendit la voix attentionnée de Darko à l'intérieur.

— Non, non. Ça va. Tout va bien. Je voulais juste m'assurer que tu allais bien.

Darko avait à l'évidence appelé Vince. Maxum pouvait le dire, parce que chacun parlait à Vince de la même manière. Excessivement protectrice. Comme un grand frère.

— Que dirais-tu de sortir ce soir ? Disons un dîner et un film, je t'invite.

Il y eut une pause.

— Oui... parler serait génial.

Maxum se força finalement à s'éloigner. Il n'avait aucun droit de se sentir jaloux ou de revendiquer quoi que ce soit. Darko avait rendu clair que s'il le voulait rien que pour lui, il devait rester, et Maxum ne l'avait pas fait parce qu'il avait déjà laissé quelqu'un d'autre se mettre en travers de son chemin. Darko avait tous les droits de passer à autre chose.

CHAPITRE TREIZE

Darko avait abandonné l'idée d'avoir des nouvelles de Maxum. Il n'avait jamais passé d'appels, car on n'aurait pas répondu même s'il l'avait fait. Il avait été sûr que leur weekend ensemble chez son frère s'était bien passé. C'était nécessaire de son point de vue, l'attirance qu'ils partageaient était si brûlante qu'ils avaient besoin d'une sorte de base tangible, rien que pour prouver que même une intense attirance comme la leur pouvait être sérieuse et engagée. Qu'ils pouvaient en fait partager une vraie relation, pas simplement une liaison de rapports sexuels excessifs pendant un moment frivole. Pour autant, il n'y avait même pas eu de sexe entre eux depuis leur weekend ensemble. Rien de plus que la possible occasion qu'il l'ait vu au *Club Pain* puis la dispute à la soirée de Noël des Wine Cellars qui ne s'était pas très bien passée. Les trois doigts de sa main droite toujours attachés en attelle étaient un rappel de cette nuit-là. Il avait depuis jeté l'orthèse de son bras pour pouvoir au moins recommencer à faire de l'exercice.

Il était assis au bar du pub Taverne à tripoter l'étiquette de sa bière. Cela faisait des semaines qu'il n'avait pas eu de nouvelles de Maxum, pas qu'il le devrait après lui avoir dit de sortir de son bureau d'un ton qui ressemblait davantage à *va te faire foutre*. Son attention dériva vers ses amis alors que les rires montaient d'un cran au-dessus des tables de billard. Cela faisait tout aussi longtemps depuis qu'il avait laissé les garçons de l'équipe d'aviron le convaincre de sortir, mais être ici ne signifiait pas qu'il faisait partie de la soirée. Maintenant, juste quelques jours après un autre Noël – *seul* – il n'était pas intéressé. Même en cet instant alors qu'il était assis au pub du coin, rempli à ras bord, plein à craquer de jeunes étalons sexy qui sauteraient volontiers dans son lit avec à peine plus qu'un clin d'œil de sa part pour piquer leur intérêt – le sien ne l'était pas. Darko les avait déjà tous écartés, pas un ne suscitait son désir comme l'homme puissant sur lequel il avait passé de nombreux après-midis et nuits à fantasmer en souhaitant l'avoir à nouveau sous lui.

Il laissa tomber la bouteille vide sur le bar et à point nommé, une autre fut poussée devant lui. Il prit une longue gorgée, laissant les notes de malt et de chocolat noir du breuvage glisser dans sa gorge. Il pensa à la manière dont le baiser d'un homme aurait le goût d'un whisky puissant ou d'un sombre sherry aux noix contre son palais, aux saveurs puissantes et mystérieuses, à la nourriture sophistiquée, aux machines rapides et à des hommes forts. Rien que pour nommer quelques-unes de leurs compatibilités.

— *Héééééé...* Je sais comment te redonner envie de grimper au rideau.

Un bredouillement ivre et un bras chaud venant de derrière Darko se tendirent pour s'enrouler autour de ses épaules.

Darko attrapa la main qui essayait de se glisser dans sa chemise, la retira de son cou et la plaça d'une prise ferme sur le bar.

— Pas ce soir, Josh. Je ne suis pas d'humeur.

L'homme qu'il avait appelé Josh, affala son corps mince sur le tabouret de bar à côté de lui, ses yeux embués essayant de se concentrer sur lui.

— Depuis quand n'es-tu pas d'humeur ? J'ai entendu des histoires sur toi.

— Oui, eh bien, tu sais ce qu'on dit sur les histoires…

— Uh-uh, elles sont géniales au lit, railla Josh avant de se pencher, ses bras essayant encore une fois de tenter leur chance.

La main de Darko se souleva, claqua à plat contre le torse de Josh, l'empêchant d'approcher davantage. Il tressaillit sous le pincement de douleur provoquée par les attelles qui comprimaient ses doigts. *Un putain de rappel supplémentaire* – il secoua la tête et se leva du bar, se dirigeant vers les tables de billard à l'arrière.

— Bralick, et si tu gardais ta pute pour toi ce soir ? aboya Darko vers son coéquipier, alors qu'il le dépassait.

— Tu peux l'avoir, si ça peut te mettre de meilleure humeur.

Bralick palpa son entrejambe en direction de Darko avec un coup de reins, se moquant de lui comme si cela allait changer quoi que ce soit à son irritation. *Ce n'était pas le cas.*

— Merde mec, tu sais que Darko n'est pas partant pour ce genre-là.

Hemi devint défensif, fit le tour de la table de billard et il se dirigea vers Darko. Le bras à la peau mate du Néo-zélandais se glissa autour de la taille de Darko avec une caresse suave de ses doigts et il se retourna pour offrir le contact de son corps pour son plaisir.

— Viens avec moi, mon chou, je vais faire en sorte que tu te sentes mieux.

Darko laissa le Néo-zélandais l'attirer vers les cabines téléphoniques qui ne servaient à plus rien d'autre qu'à des coins sombres pour se bécoter. Lui et Hemi avaient couché ensemble un certain nombre de fois, bien qu'il n'y ait rien de plus que de la familiarité, et jamais eu d'alchimie entre eux. Car aussi bestial que soit Hemi, avec son allure de guerrier sauvage au visage tatoué, il était trop doux, trop passif au lit. Aucun feu pour faire vraiment vrombir les moteurs et ce n'était pas suffisant pour vouloir être plus que ça l'un pour l'autre. En tout cas, pas pour lui. Hemi, d'un autre côté, avait proposé d'être vraiment avec lui un certain nombre de fois malgré ce qui manquait. Seulement, Darko ne voyait pas l'intérêt d'affirmer une sorte d'engagement envers quelqu'un qu'il ne voyait que comme un peu plus qu'un ami. Tout de même, pour l'instant, ici et maintenant, Darko permit à cet homme sa proposition d'approche, espérant que ce réconfort lui ferait un peu de bien, et le sortirait de sa déprime.

Il s'appuya contre les panneaux en bois, lui offrant son cou, laissant le Maori tatoué avoir le champ libre avec lui. Sa position était mécanique, sans aucune contribution personnelle, laissant Hemi faire le travail pendant qu'il buvait sa bière.

Un des deux devrait l'aider.

La main de Hemi tomba sur l'entrejambe de Darko, tâtant son paquet de la paume, essayant doucement de l'entraîner vers une érection en le frictionnant lourdement contre le denim de son jean.

— Allons, bébé, tu sais que mon miel est bon, mais il faut que tu le veuilles.

Hemi se rapprocha, sa main essayant d'exciter Darko, mais son corps était tout aussi réticent que ses émotions à monter au créneau pour qu'Hemi joue avec lui. Darko tourna la tête et ferma les yeux, peut-être que s'il visualisait juste l'homme qu'il désirait pour se frotter contre lui, alors il pourrait tromper sa verge pour qu'elle durcisse. Il pencha la tête en arrière, vidant le reste de sa bière en une longue chaîne de gorgées sans fin et malgré tout... *rien.*

Un déplacement au bar et le fracas d'une chaise qui tombait le firent sortir de ses pensées sous le choc, ses yeux s'ouvrant brusquement pour voir un homme qui se précipitait vers la porte de devant. Bizarre comme cet homme ressemblait assez à Maxum de derrière, jusqu'aux détails de la vareuse en laine bleu marine qu'il portait souvent.

OK, c'en était assez. Son corps n'était pas intéressé par Hemi ce soir, sa tête non plus. Maintenant, il s'imaginait voir l'homme qui le touchait vraiment, mais ne voulait pas de lui en retour.

Fait chier.

— Hemi, dit Darko en repoussant son ami, secouant la tête à contrecœur. Ça ne va pas marcher ce soir.

Les bras de Hemi essayèrent de se glisser à nouveau autour de lui, mais Darko le repoussa. C'était le truc avec Hemi, une des nombreuses choses qui manquaient cruellement pour Darko : il n'était qu'un amant de dernier recours. Pas de feu, pas d'octane. Il était la vanille sans l'épice de la gousse. Et pourtant un bon ami. Darko lui caressa la joue de la paume un instant puis s'échappa.

— Je vous verrai à l'entraînement.

Il attrapa son manteau et l'enfila alors qu'il sortait.

Le froid new-yorkais le gifla. D'une manière ou d'une autre, il se dit qu'il le méritait, ressentir de la souffrance ou un truc comme ça. Mais il ne savait pas pourquoi. Il avait fait tout ce qu'il pouvait pour faire au mieux pour Maxum. *De l'octane.* Oubliez l'excès d'octane, il y avait trop de SOA. Pas qu'il s'en plaigne. Il en adorait chaque goutte, mais comment pouvez-vous convaincre un homme que vous pouviez toujours avoir une vraie relation profondément engagée tout en brûlant vivement ainsi ? Il avait à l'évidence échoué dans cette tentative et maintenant il était coincé à essayer de faire face pour accepter que sa vie se contente de quelque chose de bien plus médiocre, ayant aperçu et goûté ce qu'il voulait maintenant... *cette idée craignait.*

Il se retourna et avança sur le trottoir, reconnaissant d'avoir une longue marche devant lui. La route gelée l'avait forcé à laisser la moto à la maison, ça et le fait qu'il avait eu totalement l'intention d'effacer Maxum de son cerveau en buvant. Il n'était pas sûr de ce qui était arrivé à ce plan et puisqu'il était loin d'être aussi éméché qu'il aurait voulu l'être, il avait aussi échoué là-dessus.

Darko ne jeta même pas un coup d'œil par-dessus son épaule quand une voiture le rejoignit tranquillement, roulant derrière lui à peu de distance en faisant vrombir un peu son moteur.

— Monte, lança un homme depuis le véhicule.

— Casse-toi ! Les prostitués sont de l'autre côté.

Darko se retourna pour lancer un regard dur au conducteur, mais se figea net. Il n'y avait pas beaucoup d'hommes roulant dans une Pagani Zonda Roadsters dans cette ville et certainement un seul qui oserait se faire prendre devant un bar gay. Maintenant, Darko était plus qu'agacé, il était furieux à de nombreux niveaux.

Il s'approcha de la voiture, laissa tomber ses mains sur l'encadrement de la portière, et se pencha pour scruter l'intérieur par la vitre passager baissée.

— *Toi*, particulièrement, tu peux aller te faire foutre !

— Je ne te l'ai pas demandé. Maintenant, monte, grogna Maxum avec autant de frustration que de colère.

— Je ne suis pas une baise bon marché que tu peux ramasser quand ton autre amant ne te fournit pas de plaisir. Va dilapider dix autres plaques, peut-être que la folle écartera les jambes cette fois. Tu peux sûrement te le permettre. Je ne suis pas à vendre.

Darko s'écarta de la voiture et avança sur le trottoir en tapant du pied à un rythme rapide.

La voiture-fusée haut de gamme s'avança brusquement avec un vrombissement ronchon et aigu puis tourna au ralenti alors qu'elle roulait à côté de lui.

— Monte avant que la police vienne patrouiller et pense vraiment que je cherche du cul !

— Ce n'est pas le cas ? Rentre chez toi, Maxum. Je ne suis pas l'homme qu'il te faut. Tu l'as dit toi-même, tu te souviens ?

La voiture vrombit de nouveau, accéléra, monta et bloqua le trottoir devant Darko. Celui-ci s'arrêta, ses lèvres se retroussant étroitement tandis que sa mâchoire se serrait, ravalant les mots qu'il voulait dire, la douleur qu'il ne voulait pas admettre.

Il fit un pas de côté pour faire le tour, mais la voiture fit marche arrière pour l'en empêcher.

— Bon sang, Maxum !

— Alors, monte et dis-le-moi en face ! lui lança Maxum.

Darko se pencha, ses yeux s'enflammant vers l'homme dans la voiture.

— Oh, ne t'y hasarde même pas. Là, c'est toi qui joue sur les deux tableaux ! lui cria-t-il, rendant très clair qu'il ne le ménagerait plus.

— Et maintenant, je te dis de monter !

Maxum fit vrombir la voiture et passa une vitesse.

— Avant que je décide de t'écraser !

Darko se redressa, la fureur résonnait dans ses os, mais il voulait des réponses. Savoir pourquoi Maxum était là et pour quelle fichue raison il ne cessait de fuir d'abord ? Les réponses, s'il les obtenait, vaudraient la peine d'une courte promenade. Darko saisit la portière et l'ouvrit brusquement, il se laissa tomber sur le siège et la claqua, imaginant dans sa tête qu'il cassait quelque chose. Son regard se fixa droit devant lui, il serra la mâchoire alors que Maxum les conduisait plus profondément dans la ville.

☙❧

La tension silencieuse ne faisait que monter entre eux alors que Maxum roulait vers la nouvelle Tour Beekman – le gratte-ciel bizarre d'acier tordu et de verre qui était plus haut que tout autre pour l'instant. Darko fit de son mieux pour ne pas avoir l'air surpris quand Maxum inséra une carte magnétique et que le portail au troisième étage du parking adjacent s'ouvrit sur un autre niveau réservé entièrement pour Maxum et à la collection de voitures qu'il avait constituée au cours des années. *Il possède une île, tu te souviens ?* se morigéna Darko mentalement avec un sarcasme silencieux et dégoûté.

Son regard se déplaça lentement d'une place de parking à l'autre, remarquant la variété de voitures de sport exotiques, quelques classiques et quelques-unes dont il n'était pas sûr de savoir dans quelle classification les mettre. Pourtant, chacune possédait un charme pour un plaisir juvénile caché chez l'homme adulte dont Darko était tombé amoureux. Il se tourna, jetant un coup d'œil au visage accablé de Maxum alors qu'il se garait, les émotions comme des flots de fumée se projetaient autour de lui comme un cabriolet faisant tourner ses roues et prêt à foncer sur la piste. *Qu'il soit maudit.*

Ils entrèrent par une porte latérale réservée aux résidents privés, leur permettant de contourner l'entrée de l'hôtel qui prenait toute la section principale en bas de la tour. Un ascenseur les emporta au-dessus de l'hôtel et passa par la section affaires qui constituait le deuxième niveau. Le trajet en ascenseur prit fin avant que l'un des étages supérieurs soit accessible, les laissant sur l'accès privé, le niveau Terrasse-2, premier étage, troisième niveau.

Et jusqu'en haut, la tension grandit encore, seulement maintenant la colère de Darko se consumait en désir. Oh, il avait entièrement l'intention d'empaler cet homme, d'abord avec son sexe, *puis* il aurait ses réponses.

— Tu vis ici ? demanda-t-il alors que Maxum le menait dans le corridor et passait quelques portes jusqu'à ce qu'ils arrivent au dernier appartement au bout du couloir.

— Oui, répondit Maxum d'un ton inexpressif alors qu'il sortait son portefeuille.

— Tu sais qu'il reste plusieurs étages au-dessus, le provoqua Darko pour sa vanité et pour masquer son ébahissement.

— Oui, mais j'ai la terrasse.

L'affirmation exaltée prenait le dessus sur l'idée que *celui qui avait le dernier étage avait le meilleur emplacement.* Après tout, vint-cinq étages de plus quand vous étiez déjà au cinquante et unième ne donnait pas un air différent aux fourmis en bas. C'était l'accessoire ajouté qui faisait que le *sien* était nettement mieux que les autres, et il le savait. Maxum inséra une carte par la fente de sécurité sur le mur et fit entrer son invité kidnappé.

Darko jeta un coup d'œil autour de lui. L'endroit était immaculé et spacieux. Et les baies vitrées le rendaient accessible à la vue – pour n'importe qui, c'est à dire avec un hélicoptère. Un homme aussi riche pouvait se permettre d'avoir un manoir alors pourquoi ici ?

— Je n'arrive même pas à imaginer combien cet endroit peut coûter ou à comprendre pourquoi quelqu'un voudrait l'acheter.

— Je suis un des investisseurs pour le promoteur. J'ai négocié un arrangement. De plus, j'aime vivre en ville et plutôt mourir que d'être assis dans mon bureau et regarder ce truc sans vivre dedans.

— Ton bureau ? demanda Darko et en réponse, Maxum lui pointa du doigt l'extérieur, par une des baies vitrées qui donnaient sur la ville.

Darko suivit la direction pointée et regarda de l'autre côté vers la tour Woolworth, juste de l'autre côté du parc.

D'accord, ça expliquait tout – des saveurs puissantes, des plats sophistiqués, des machines rapides, des hommes forts et l'ego du roi de la montagne[7]. Ses yeux balayèrent l'espace alors qu'il s'avançait à l'intérieur. Tout lui semblait si familier. Comme si cela avait été conçu et aménagé pour correspondre à ses goûts et ce fut cela qui le frappa. C'était comme s'il était chez lui, avec le même genre de meubles et de couleurs, excepté la partie où les affaires dans son appartement ne coûtaient au total que quelques centaines de dollars alors que Maxum avait clairement la version améliorée de plusieurs milliers de dollars. Il se retourna, examinant encore tout, jusqu'à ce que ses yeux se posent sur Maxum, et il se figea, tout autour d'eux devenait silencieux. Tout sauf la braise intense qui couvait entre eux avant que les flammes de l'enfer soient attisées par un éventail. *Se battre ou baiser*. C'étaient les seuls choix qu'ils avaient maintenant et il ne pensait pas que Maxum l'avait amené chez lui pour se battre. Cela devint absolument certain quand Maxum s'avança vers lui, tendit la main et attrapa son col de manteau, l'attirant jusqu'à ce que leurs lèvres se retrouvent pour un baiser bestial.

Baiser ou se battre.

---

[7] Référence à un jeu d'enfants, où le vainqueur est celui qui réussit à rester en hauteur alors que les autres joueurs essaient de le déloger pour prendre sa place.

L'esprit de Darko se précipita sur une décision parce que s'il ne s'abandonnait pas à du sexe féroce, il allait commencer par se battre. Trop d'émotion, trop de combustible de Protoxyde d'azote entre eux pour ne pas soulever de contestation d'une manière ou d'une autre. Bien sûr, il n'était pas contre l'idée de ruiner une autre tenue non plus. Il chercha son chemin dans le manteau de Maxum, trouva la chemise et l'ouvrit d'un coup sec, faisant sauter les boutons qui résonnèrent avant de rebondir sur le plancher en bois.

Maxum lui rendit la pareille. Ses mains se faufilèrent sous le haut de Darko et se fixèrent sur ses mamelons avec un pincement dominant avant de descendre rudement ses paumes vers sa ceinture. Comme des gladiateurs dans un combat, ils luttèrent davantage pour le contrôle de qui mettrait l'autre à nu le premier, et peu de choses s'en sortirent sans une forme de dommages ou une autre. Les seuls vêtements restants sur eux furent un jean et un pantalon. Des braguettes ouvertes et des sexes affamés et en colère saillant pour saluer l'excitation de l'autre.

Le sexe de Darko gonfla d'une vivacité totale et en rut.

— Putain, oui.

Il fit un mouvement brusque en avant, saisit Maxum par la nuque et l'attira dans un baiser dur et grinçant, complété par l'entrechoc de leurs dents et de leurs lèvres meurtries. Au moment où leurs langues se trouvèrent, exigeant un enchevêtrement plus rude pour la domination, il poussa ses hanches en avant, son membre cherchant un contact total, trouvant le sexe de cet homme tout aussi impatient d'aller à sa rencontre sous certaines conditions.

— Sois maudit, grogna Maxum, ses deux mains remontant sur les côtés de la tête de Darko, saisissant les boucles de cheveux couleur café.

Il l'attira étroitement dans ses bras, mais se détacha de ses lèvres.

— Je ne devrais pas désirer ça.

L'aveu fit à Darko l'effet d'une douche froide et son désir ardent devint amer en un instant – *baiser ou se battre*. On dirait bien qu'ils allaient se battre finalement.

— Oh, eh bien, tiens.

Il frappa de ses mains le torse de Maxum et le repoussa.

— Laisse-moi arranger ça pour toi.

Il se retourna vers la porte.

Darko l'ayant frappé si fort, cela força Maxum à reculer, le faisant presque trébucher, il se rattrapa, mais le voyant se diriger vers la porte cela le remplit d'une rage dont il ne sut pas quoi faire.

— N'essaie pas de sortir par cette porte !

Darko se retourna à peine, le foudroyant vivement du regard par-dessus son épaule.

— Tu ferais bien d'avoir une sacrée bonne raison de m'avoir amené ici. Parce qu'habituellement je ne reste pas pour faire des numéros.

— J'ai essayé de rester à l'écart !

— Tu y es bien parvenu.

— Non, c'est faux. Et quand j'ai vu cet homme te tripoter...

— Oh, maintenant je vois, dit Darko en se rapprochant pour être nez à nez avec Maxum. Tu ne veux pas de moi, mais plutôt mourir que de laisser quelqu'un d'autre m'avoir. C'est ça ?

— Non !

(◕‿◕)

— Vraiment ? D'abord le *Club Pain*... c'était toi, n'est-ce pas que j'ai vu sortir en courant ? Puis les Wine Cellars. Et maintenant ça ?

Mais il y avait une autre question bien plus pressante qui le tourmentait et Darko la laissa sortir avec un hurlement accusateur :

— De quoi as-tu peur ?

— Toi !

La réponse de Maxum revint en un éclair.

— Je ne sais pas comment t'influencer pour m'assurer que tu restes !

— Peut-être que je n'ai pas besoin d'être influencé ! tempêta Darko. Peut-être que je suis parfaitement capable de savoir exactement où est ma meilleure place.

L'espace entre eux se referma sèchement entre leurs corps et la bouche de Darko s'écrasa contre celle de Maxum, forçant l'entrée pour la pénétrer durement et profondément, ce qui déclencha un désir charnel dès le début et il lui fut impossible de refuser l'échange enflammé cette fois. Instantanément, ils se griffèrent mutuellement. Le jean de Darko se défit par la force de sa main de même que par celle de Maxum, jusqu'à se retrouver à ses chevilles. Le pantalon de Maxum fut le suivant. Leurs bouches se soudèrent, leurs mains prenant possession de leur chair quand leurs vêtements reposèrent à leurs pieds. Darko commença à les faire avancer vers le large canapé d'angle au milieu de la salle de séjour.

— Oublie tout ce que tu rationalises et prends tout simplement ce que tu veux, grogna Darko entre leurs baisers brutaux.

Maxum s'éloigna d'un pas de lui.

— Ce n'est pas si simple. Ce que mon corps veut et ce que ma tête veut sont deux choses différentes.

— Qu'est-ce que ton corps veut ?

— Il te veut, toi.

— Alors *je* suis ce que tu auras ce soir.

À la seconde où ces paroles passèrent les lèvres de Darko, et que ses doigts se tendirent pour lui effleurer le bas ventre – *une zone tellement érogène pour lui* – Maxum frissonna et bondit. Le moindre lambeau de désir de maintenir une sorte de distance ou de contrôle s'évapora d'un coup. L'occasion d'aller lentement cessa d'exister, pas qu'elle ait eu beaucoup de chance avec eux de toute manière. Maxum s'agrippa à la tête de Darko et plongea pour un baiser violent et possessif, forçant le passage dans sa bouche et marquant son territoire avec chaque coup de langue et morsure.

De la chair chaude et masculine marquait au fer rouge les mains de Maxum, partout où il la touchait, et le fait qu'il pelotait l'homme qu'il désirait avec une intensité effrayante ne faisait qu'encourager davantage son dangereux amant. Darko embrassa, lécha et mordilla ses lèvres et sa mâchoire, pendant que ses mains se déchaînaient sur tout le corps de Maxum en retour, lui grognant son désir brûlant et ses intentions dans sa barbe chaque fois que leurs bouches se séparaient spirer. Maxum répéta les mêmes grognements, et d'une certaine manière cela excitait Darko davantage.

(ᵔᴥᵔ)

Darko enfonça sa langue dans la bouche de Maxum de la même manière agressive avec laquelle il voulait matraquer son derrière, espérant que le baiser lui donnerait un certain répit. À la place, cela fit monter les désirs indignes de Darko d'une douzaine de crans et son sexe enfla à un point diaboliquement rigide et douloureux. Tout à l'intérieur de lui s'enflammait pour en avoir davantage – plus vite, plus rapidement, et plus chaud – comme un moteur brûlant intensément. Il était à plein régime pour que son corps puisse atteindre la jouissance dans le corps de Maxum. Et peu lui importait comment il l'obtiendrait.

Incapable de lutter contre la tornade de besoin le dévorant, Darko brisa le baiser et poussa Maxum sur le ventre contre le dossier du canapé du salon.

— J'ai besoin d'un préservatif.

— Poche arrière, lui grogna Maxum en retour par-dessus son épaule d'un ton charnel davantage pour l'avertir de s'y mettre que parce qu'il s'inquiétait pour la protection demandée.

Darko lança un regard par-dessus son épaule vers le pantalon noir sur le sol.

— Ne t'avise même pas de bouger, ordonna-t-il, allant vers le pantalon, il le ramassa, et chercha la poche dans le tissu froissé.

Il récupéra le portefeuille, en sortit l'emballage en aluminium, et le déchira de ses dents.

— Bon sang, Darko, dépêche-toi de me baiser ou que Dieu me vienne en aide, je vais te retourner et te pilonner moi-même !

Darko était déjà juste derrière lui, ses hanches se projetèrent en avant frappant la croupe de Maxum, l'envoyant contre le canapé. Son sexe était coincé entre son ventre et la raie des fesses de Maxum. Il roula des hanches d'un geste taquin et plongea vers le bas, laissant l'extrémité arrondie errer contre Maxum en une longue caresse, affirmant sa position de possessivité.

— Même pas en rêve.

Darko recula, ses mains écartant les fesses de Maxum et il se pencha pour faire taire l'agitation. Son haleine chaude souffla contre son orifice puis il y passa la langue, faisant de son sujet une épave tremblante. Darko se débarrassa du préservatif qui était dans la pochette en aluminium, n'utilisant que le sachet de lubrifiant, et l'étala sur son membre dur. Il se releva, gardant Maxum immobilisé avec une main ferme sur son dos, caressant sa chair dure pendant un instant de délectation, puis il aligna son gland contre l'orifice étroit et s'enfonça.

Le corps entier de Maxum se tendit sous la brusquerie de Darko qui entrait en lui, mais l'avidité salace l'emporta – ses muscles fléchirent et il se recula, forçant le gland de Darko à continuer au-delà de l'étroit anneau de muscles. Tous deux exprimèrent un grognement d'exclamation qui ne se transforma que légèrement en gémissements alors que Darko se glissait plus profondément. Sa main se posa sur celle de Maxum qui s'accrochait au dossier du canapé, ses doigts s'entrelaçant avec les siens puis formant un poing, l'immobilisant alors qu'il continuait à le pénétrer. La prise que Darko maintenait sur les doigts de Maxum aurait pu les écraser s'il avait eu de plus petites mains, mais celui-ci se réjouissait de cette force éprouvante. Il sentit le corps qui l'envahissait se courber sur lui, ressentant le souffle

rauque alors que les lèvres de Darko venaient se poser contre sa joue,
lui chuchotant :

— Je n'ai jamais pris autant de plaisir avec un homme comme avec
toi, *dragi*.

Darko jura dans une langue étrangère, Maxum supposa que c'était
du serbe et pourtant rien d'autre n'existait. Ce fut jusqu'à entendre –
oh doux putain de Dieu au paradis, bébé – les hanches de Darko se
pressèrent contre son derrière et Maxum sentit les derniers
centimètres de son sexe entrer jusqu'à être complètement accueilli en
lui.

Maxum gémit d'un ton bas et profond. C'était comme si ses fesses
s'ouvraient en signe de bienvenue pour l'accueillir à l'intérieur. Une
fois que Darko lui eut enfoncé chaque centimètre jusqu'à la base, le
passage de Maxum se referma autour de lui en un étau de
compression. Cela semblait différent, comme s'il y avait plus de
terminaisons nerveuses impliquées cette fois, plus d'abrasion
délicieuse et – il se retourna vers Darko jetant un coup d'œil enflammé
par-dessus son épaule.

— Tu n'as pas mis le préservatif ?

Le choc parcourut son organisme.

— C'est ça.

Darko resta courbé sur lui pour grogner dans son oreille. Maxum
pouvait même sentir le sourire jubilatoire.

— Je sais parfaitement que tu ne laisses personne d'autre entrer en
toi et je n'avais jamais partagé ça avec quelqu'un d'autre avant. Alors
ce soir… rien entre nous. J'ai l'intention de marquer mon nom dans
ton corps, parce que, bon Dieu, si c'est la dernière fois où je pourrais
te baiser… tu te souviendras de ma présence pour le reste de ta vie.

Darko recula de l'étreinte en étau que les parois internes de Maxum formaient autour de son membre, gémissant alors que chaque centimètre épais déclenchait de la friction à l'intérieur de Maxum en ressortant. Laissant Maxum vide et suppliant pendant un battement de cœur, avant que Darko s'enfonce à nouveau avec un coup de reins plus vif et moins contrôlé. Une gêne brûlante entoura l'orifice de Maxum, mais son grognement était d'un pur plaisir animal en sentant Darko envahir son être.

— Oh bon sang... Maxum... Maxum, s'exclama Darko en introduisant son sexe à l'intérieur de son amant, une troisième et une quatrième fois. Oui, putain... c'est tellement incroyable d'être en toi.

Lâchant une des mains de Maxum, Darko lui empoigna les cheveux avant d'enfouir son visage contre sa joue.

— Tu es tellement étroit et chaud. Comme si tu avais été fait pour ma queue et rien que la mienne.

Darko souffla ces mots crus et torrides lourdement contre la joue de Maxum, humidifiant sa peau.

Maxum tourna la tête sur le côté malgré la poigne qui le maintenait et agrippait ses cheveux. Il trouva le regard passionné de Darko, les yeux écarquillés, contenant une profondeur sauvage d'azur pur. Il y eut une pause d'un instant pour communiquer silencieusement entre eux alors que leurs yeux se croisaient. La faim qui poussait Darko à s'exprimer sur ses intentions muettes faisait comprendre à Maxum que cette nuit était une question de baise sans retenue et de marquage au fer. C'était ce que Maxum voulait et qu'il était sur le point de recevoir. Quand leur connexion libertine fut terminée, l'assaut du sexe sauvage se laissa aller et il serait impossible de les arrêter jusqu'à ce qu'ils aient passé la ligne d'arrivée.

Comme s'il ne pouvait pas se contrôler, Darko jura à plusieurs reprises alors qu'il utilisait sa verge pour empaler à nouveau le corps de Maxum, étirant son orifice – *tellement bon, putain.* Ils serrèrent tous deux la mâchoire alors que Darko demandait d'une voix rauque :

— Est-ce que je te fais mal ?

— Ahh, non, putain… tellement torride. Continue à me baiser, bébé, grogna Maxum, faisant de son mieux pour pousser son derrière contre chaque pénétration du sexe de Darko, *désirant* de tout son être se sentir dominé par cet homme. Ne t'arrête pas.

Maxum se tourna avec l'intention de lécher le bras de Darko, seulement à la place, il le mordit. Darko venait de faire feu dans sa croupe avec un tir sans équivoque et le prit jusqu'à la garde, terminant avec un frottement brutal dans son orifice étiré.

— Baise-moi ! Plus fort, salaud ! supplia Maxum sans censure.

Il rejeta la tête en arrière, se projetant violemment pour se tenir debout contre celui qui le pilonnait, une poussée à la fois sur le champignon par-derrière. Maxum tourna le visage et mordit à l'aveuglette, mordillant le menton de Darko, qui obéit à l'ordre en prenant de la vitesse, et il s'enfonça à l'intérieur de Maxum avec plus de force. Chaque coup que Darko donnait dans les parois de Maxum les embrasait clairement tous les deux et ils y allaient plus fort. Darko utilisa toute la force de ses hanches, enfonçant Maxum contre l'arrière du canapé avec une accélération de précision, encore et encore, forçant le canapé à marteler le sol, quittant l'ajustement avec les autres parties.

Darko était en sueur et elle gouttait sur le dos de Maxum, et chaque poussée de ses hanches envoyait ses testicules claquer entre les cuisses lisses de Maxum à lui en faire céder les genoux.

— Tu es tellement sexy et étroit, Maxum, murmura Darko d'une voix emplie d'un émerveillement brut.

Il se baissa dans un mini frottement profond juste assez longtemps pour se pencher sur Maxum, sa langue lui lécha l'oreille, suivit le pavillon et continua jusqu'à son épaule.

— Je n'ai jamais rien ressenti comme avec toi de toute ma vie.

Il s'éloigna en pivotant, se retira presque complètement puis s'enfonça à nouveau en Maxum, cette fois l'emplissant totalement en introduisant délicatement et plus lentement son sexe. Il serra la main de Maxum et déposa un doux baiser sur son omoplate.

— Et tu ne retrouveras jamais quelqu'un d'autre comme moi qui peut te baiser ainsi.

Darko se déplaça soudain, retira sa main puis les envoya tous les deux sur le dossier du canapé où ils se retrouvèrent courbés, et les coups de reins reprirent.

Maxum ne pouvait plus lutter, il laissa son visage atterrir sur les coussins du canapé, son sexe intrépide calé sous lui, se faisant polir par le glissement intense de son corps sur le doux capitonnage en cuir.

— Darko... oh putain... s'il te plaît, bébé.

L'émotion commença à submerger Maxum, pendant que son corps s'abandonnait à une pure sensation obscène, le faisant gémir sans discontinuer d'une manière qu'il n'avait jamais connue avant, quand il se faisait pénétrer par quelqu'un d'autre. Avec sa croupe remplie au maximum, le membre de Maxum se raidit au point que cela en était douloureux. Ses testicules devenaient plus sensibles à chaque claquement de peau, et son rectum se resserra en une prise brutale autour de la masse enfoncée de Darko. Maxum grogna à nouveau, sa joue plantée dans le coussin du canapé, mais se délecta de l'arrivée soudaine du menton de Darko juste là sur son épaule.

D'une manière ou d'une autre, Maxum trouva un flou de contact visuel entre la proximité et les ombres, et se souda sur le regard empli de désir de Darko.

— Fais en sorte que je te sente en moi pour toujours.

Seigneur, il ne savait pas ce qu'il disait, pourtant des mots bizarres s'échappaient de ses lèvres indépendamment de sa volonté.

(°ω°)

Le souffle de Darko se bloqua de manière audible. Le mouvement traversa tout son corps et fit glisser délicieusement son sexe dans les parois internes soyeuses de Maxum.

Darko tira sur les cheveux de Maxum, baissant la voix alors qu'il cherchait un baiser. Il taquina ses lèvres contre le bord de sa bouche avec le bout de la langue.

— Il y a une raison pour laquelle nous sommes faits l'un pour l'autre...

Son front vint se poser sur la tempe de Maxum. Darko plaça ses lèvres pile sur son oreille et prononça doucement la réponse :

— Un indice d'octane élevé.

Il pistonna Maxum, envoyant ses hanches plus profondément dans le dossier du canapé.

— Moi, j'aime les motos dures à cuire avec beaucoup de puissance, de couple et de flashy et toi tu aimes les voitures de sport, rapides, exotiques et rares.

Darko se déplaça, se redressa et changea de position. Quand il s'installa dans ces nouveaux angle et tempo, il enfonça son front derrière la tête de Maxum avec un balancement rude, alors que ses hanches se trémoussaient en s'enfonçant à l'intérieur de Maxum encore plus profondément, les forçant tous deux à laisser sortir un grognement brûlant.

— Tu aimes les saveurs puissantes. Musquées, chaudes, masculines et épicées. On ne fait pas mieux que moi. Tout le reste est sans vie. Et tout comme les machines de précision que nous aimons piloter, avec le soin adéquat, elles durent pour toujours.

Darko souleva une des jambes de Maxum, l'installant sur le dossier du canapé, suivant la position avec sa propre jambe et il accéléra plus fortement et profondément qu'il n'avait jamais été en lui. Sa faim le dévorait en cet instant, le broyant et le recrachant. Il ferma les yeux seulement pour s'apercevoir que la pièce tourbillonnait sans aucun contrôle sous eux.

— Oh putain, je vais jouir, grogna Darko contre la tête de Maxum.

Il ne le voulait pas, pas encore cependant, il n'avait plus le contrôle. Il était impossible d'arrêter la tempête de sensations déchaînées s'amalgamant dans ses testicules, remontant et se préparant à faire feu. Il sentit la contraction – son scrotum – ses cuisses – tout monta en flèche. Sa bouche s'ouvrit en grand, essayant de dire le nom de Maxum, mais rien n'en sortit. Le mouvement de piston, accélérant la pression comme un ressort à combustible qui s'enroulait de plus en plus serré, le poussa atrocement vers l'orgasme. Il sentit la pression se précipiter dans ses testicules, son corps entier se tordit en une note de musique suralimentée, se repliant sur le corps de Maxum. Où le corps de l'un commençait-il et l'autre finissait ? Darko ne savait pas où étaient les limites en cet instant. Il cria, puis retomba, et se fixa sur l'épaule de Maxum, le mordit comme une bête sauvage prenant possession de son compagnon.

Darko remonta brusquement ses hanches contre Maxum plusieurs fois, ses bras s'enroulèrent autour de sa taille, soulevant les siennes pour qu'il puisse grimper plus loin avec un roulement appuyé. Ses coups de reins pressaient le sexe de Maxum contre l'arrière du canapé et déclenchèrent sa propre libération pour se laisser aller. Ses fesses aspirèrent avec son orgasme prostatique le sexe de Darko.

— *Ahhhhh...* putain ! hoqueta Maxum. *Ah*, putain.

Maxum se débattit sous Darko avec une saccade à s'en déboîter les os, et il cria lorsque la douleur lui transperça les hanches et les cuisses. L'éclair vif lui fendit les muscles, les incitant à se crisper, mais il poussa son sexe rigide et ultrasensible contre le coussin arrière de manière répétée dans les affres d'un second orgasme qui fit que son sexe trempa le revêtement en cuir avec une flaque de sperme piégée entre le canapé et lui.

Ils cherchèrent ensuite leur souffle alors que Darko se libérait encore à l'intérieur de Maxum. La libération euphorique était plus agréable grâce à l'étreinte étroite de Maxum.

— Bon sang, je peux te sentir jouir tout autour de moi.

Darko lui embrassa l'arrière de la tête, imprégné de cheveux humides maintenant.

— Peux-tu me sentir tremper tes parois ? grogna-t-il avec une respiration irrégulière lorsqu'une autre vive contraction en Maxum suffoqua sa verge.

Darko s'effondra sur lui et s'abandonna en haletant.

— C'est incroyable, termina-t-il.

Maxum attira le bras de Darko autour de lui à l'endroit où il pourrait l'atteindre et l'embrassa de toutes ses forces, ayant besoin de ce contact, terrifié de se perdre complètement alors que l'orgasme continuait à le frapper avec le pouvoir d'un ouragan de catégorie cinq. La croupe de Maxum se contracta de nouveau, et Darko eut une dernière accélération, frissonnant alors que la fin du sien secouait son corps.

Haletant toujours et essayant de reprendre son souffle ensuite, Maxum tenta de se redresser, mais Darko le garda immobilisé contre le dossier du canapé avec son corps solide.

Son visage enfoncé dans la courbe du cou de Maxum, il marmonna juste avant de lui mordiller la nuque,

— Ne bouge pas un muscle. Je n'en ai pas encore fini avec toi.

Darko commença à créer une carte routière de baisers sur les épaules et le haut du dos de Maxum, et parvint immédiatement à agiter des parties de son corps récemment repues. Maxum n'avait même pas retrouvé son souffle quand il commença à sentir son corps trembler alors que Darko effleurait son dos de ses lèvres et buvait la transpiration parsemant sa chair. Il inspirait de l'air frais à chaque contact avec sa langue compétente et son menton aux poils rêches. Darko s'arrêta un instant joignant ses doigts, effleurant la peau d'une manière qui hérissa les poils sur tout le corps de Maxum. Alors que Darko descendait le long de sa colonne vertébrale en le léchant et l'embrassant, Maxum enfonça son visage dans le coussin, étouffant encore un autre gémissement. Son corps entier était enflammé, toujours sensible après cette férocité. Son sexe se contracta dans sa lutte pour durcir de nouveau. Quand Darko atteignit la raie de ses fesses et qu'il passa ses dents sur les globes aux courbes charnues, il sentit le souffle d'air froid pile dans sa raie. Le cuir du canapé craqua sous le mouvement entre ses cuisses, et immédiatement après la pulpe d'un doigt effleura sa raie et son orifice toujours palpitant.

— Merde... oh merde.

Darko passa une seconde fois son doigt sur l'orifice sensible de Maxum qui illumina les terminaisons nerveuses de son postérieur pour une nouvelle vie. Maxum ne put s'en empêcher. Ses jambes se resserrèrent, laissant son corps pendre sur le canapé, mais ses bras se redressèrent, creusant le dos alors qu'il envoyait sa croupe vers le jeu diabolique de Darko.

— Qu'est-ce que tu fais ? grogna-t-il.

Maxum savait ce qu'il voulait, mais il n'osait pas l'espérer. Pas maintenant. Pas en cet instant.

Maxum ne voyait pas le sourire de Darko, mais il le sentit. Son empreinte imprima la courbe supérieure de sa fesse gauche.

— Je termine ce pour quoi tu m'as amené ici, murmura Darko. Tu présumes peut-être que je n'ai pas l'étoffe de quelqu'un qu'on garde sur le long terme.

Il écarta les fesses de Maxum et descendit sur la raie en la léchant.

— Mais je ne pense pas que je devrais laisser mon homme affamé sans lui offrir quelque chose qu'il adore.

Là-dessus, Darko donna un petit coup de langue d'avant en arrière sur l'entrée de Maxum, lui envoyant une sensibilisation accrue aux terminaisons nerveuses récemment utilisées.

Oh, merde. Putain de bordel de salopard. Darko continua à taquiner de la langue tout le pourtour de son anus, et avec un bruit rauque qu'il ne put étouffer, Maxum se pressa contre ce contact sans avoir honte. Personne ne lui avait jamais fait de feuille de rose après l'avoir pénétré, et la sensibilité acérée supplémentaire dans son orifice et son passage récemment rempli augmentait cent fois les sensations. Maxum désirait déjà intensément ce genre de baisers même s'il n'aimait pas que ses partenaires le sachent, et Darko le découvrant d'une manière ou d'une autre, rendait ça meilleur et plus intime en le léchant à cet instant, déchiquetant le peu de réserve qu'il restait à Maxum.

༼ຶໝຶༀ༽

— Dis-moi, mon amant, dit Darko alors que sa langue suivait les courbes inférieures de ses fesses. Est-ce que ton petit ami t'a déjà fait ça ?

Et juste à ce moment-là, Darko plongea profondément sa langue dans l'anneau détendu de son orifice. Un plaisir incompréhensible dévasta le corps de Maxum, enrayant ses pensées à n'en plus pouvoir parler. Il ne pouvait que gémir et lancer des jurons incompréhensibles pour montrer qu'il était submergé par l'attention charnelle que Darko lui prodiguait. La réponse était non. Simeon n'était pas un amant à prendre des risques. Il était receveur et peu de chose d'autre. Il était comme une épouse vieux jeu dont chaque homme se plaignait parce qu'il n'avait pas de sexe à la maison. Malgré cela, Sim avait toujours été consistant. Il pouvait convaincre même la foule la plus collet monté dans une soirée d'affaires, ce qui rendait cela plus pratique en l'emmenant à un certain nombre de dîners et de collectes de fonds ennuyeux auxquels on s'attendait si souvent à voir Maxum assister à cause de son argent.

Darko n'était rien de tout ça. Il consumait son organisme comme un troupeau d'étalons, laissant le corps et l'esprit de Maxum décrochés et déstabilisés sur leur axe. Il était comme une tornade en compagnie de cet homme, rien que l'avoir dans ses pensées était mortel. Le matin venu, Darko serait parti, de retour sur son cheval bimoteur, et roulerait en direction d'un prochain amant qui le supplierait pour avoir un contact mordant. Cependant, pour l'instant, c'était son corps qui s'embrasait sous un contact qu'il n'avait jamais eu auparavant. Il n'était pas étranger au fait de donner du plaisir en pratiquant une feuille de rose, mais lui n'y avait jamais eu droit.

— Bon sang, fais-le. Fais-le.

Chaque gémissement guttural que Maxum relâchait semblait de moins en moins humain. Il remua ses fesses, faisant des cercles contre le visage de Darko, ne se souciant pas de ce que lui voulait, ou de la manière dont le mouvement intensifiait la contraction qui progressait dans sa jambe.

— Dévore-moi.

Darko laissa échapper un petit grognement alors que son visage s'enfonçait entre les fesses de Maxum. Il lui donna une tape sur son derrière puis l'écarta largement à nouveau, passant d'un mouvement léger de sa langue à une succion pure et dure, pour enfin pénétrer son orifice. Maxum l'encourageait avec des termes grossiers, et Darko le satisfaisait avec chaque tape, coup de langue et pénétration qu'il effectuait à son anneau palpitant, murmurant des sons pendant tout ce temps qui donnaient l'impression à Maxum qu'il appréciait tout ça autant que lui.

Une autre vague intense s'écrasa comme lors d'une tempête, emportant les pensées tourmentées de Maxum, ne laissant rien derrière elle sauf du charabia et des jurons essayant de s'accrocher à la réalité.

Son corps peinait sous la tension alors qu'il se balançait en arrière contre l'attaque de la bouche de Darko. Juste au moment où Maxum ne pensait plus pouvoir respirer, encore moins supporter le plaisir que Darko lui offrait si librement, son amant-adrénaline le transperça à nouveau de la langue et la glissa à l'intérieur.

— Oh putain, putain !

Maxum relâcha un autre cri qui lui érailla la gorge. *Oui.* Darko s'enfonçait dans son corps encore et encore, sa langue pénétrait chacune des innombrables terminaisons nerveuses présentes et les envoyait dans un délire sauvage. L'action précipita Maxum dans un vortex de désir écrasant où rien d'autre n'avait d'importance. Darko passa la langue et suça sur son orifice sensible puis gémit avant de faire entrer de nouveau sa langue dans sa croupe hypersensible. Chaque geste était imprégné de tant d'intimité qu'ils catapultèrent rapidement Maxum vers le dénouement.

— Aide-moi.

Maxum en était maintenant réduit à supplier. Ses émotions s'envolaient aussi haut que son corps l'était déjà et ses boucliers s'évanouirent complètement. Son être se tortillait de haut en bas, tremblant, hors de contrôle, Maxum pressa sa main entre ses jambes pour saisir son sexe tendu. Juste au moment où il enroulait sa main autour de sa verge et pompait, Darko passa le plat de sa langue à l'arrière de ses testicules, remonta jusqu'à son scrotum, puis sur son anus sensibilisé, et termina enfin avec une morsure marquée sur sa fesse gauche.

Darko disparut, et quand Maxum put mobiliser suffisamment de cellules cérébrales pour jeter un regard, il le trouva devant lui, se laissant tomber sur le canapé et se tortillant sous lui. Darko lui attrapa les jambes et l'encouragea à le rejoindre sur le canapé et avant qu'il s'en rende compte, ses genoux enfourchaient la tête de Darko, et il lui offrait son membre.

La tête de Maxum dodelina, baignant dans une vague vertigineuse alors que Darko aspirait l'intégralité de son sexe à demi détendu qui n'allait pas rester ainsi longtemps vu la manière dont Darko s'y prenait pour le ramener à un état douloureusement rigide. La tête de Darko montait et descendait pour le sucer, de la base à l'extrémité, sa langue humidifiant avidement chaque centimètre.

Maxum sentit les mains de Darko glisser sur ses hanches, le caressant plus que le tenant, suivant les courbes de ses fesses. Ses doigts étiraient la raie jusqu'à ce qu'enfin l'un d'eux trouve son chemin dans son orifice, et commence à le pénétrer avec une régularité qui correspondait à l'attention que son sexe recevait dans la bouche de Darko. En conséquence, la contraction douloureusement douce dans ses testicules se déclencha et il sentait qu'il allait jouir bien plus vite qu'il ne l'avait cru possible. Maxum se retira, libérant son sexe de la bouche de Darko, et enroula rapidement son poing autour de son membre, se masturbant avec une frénésie folle. Il força ses yeux à s'ouvrir pour contempler l'homme séduisant sous lui, qui le regardait, attendant la récompense.

— *Ahhhh* !

Maxum releva la tête, envoya sa libération verbale vers le plafond alors que des filets de sperme jaillissaient sur le visage et le torse de Darko. Quand les contrecoups se calmèrent suffisamment, il s'écroula pratiquement sur Darko, atterrissant dans ses bras. Il se réjouissait de sentir son poids sur lui. Ils s'embrassèrent avec la simple connexion de leurs lèvres, trop épuisés et vidés pour en faire plus. La semence de leur sexe se pressait entre leurs corps en sueur et parfumait la pièce entière autour d'eux.

Maxum laissa tomber son front contre celui de Darko, y restant un long moment pendant qu'ils se calmaient et retrouvaient une respiration normale. Il laissa enfin sortir un gémissement âpre, incapable de former des mots pour catégoriser l'instant dans sa mémoire. Puis finalement, il émit un petit rire, s'affalant pour gigoter entre Darko et le dossier du canapé, où il s'abandonna complètement.

Ils sommeillèrent par intermittence, leurs bras et leurs jambes étirés sur le canapé s'entremêlaient chaotiquement alors que l'esprit de

Maxum ne le laissait pas complètement tranquille. Après la relation sexuelle brutale et implacable que Darko venait d'administrer à son postérieur, il n'aurait pas été surpris si l'amant, qui le déstabilisait tellement sur son orbite qu'il s'en sentait effrayé, l'avait laissé gérer ses squelettes, et la douleur des conséquences d'un « couche avec et tire-toi ». Cependant, ce n'était pas là qu'ils en étaient maintenant. L'homme qui l'avait pénétré avec une possession complète s'abandonnait maintenant dans ses bras pour un câlin post-coïtal. Un acte pour lequel Maxum avait une faiblesse et qu'il avait si peu reçu dans sa vie. Et ça... ça le déstabilisait. Comment était-il possible que le même homme qui baisait comme une bête puisse également se pelotonner comme un chaton sur ses genoux ?

Du soufre et du caramel.

Ça n'avait pas de sens. Il n'avait même pas besoin de le demander.

Incapable de faire taire ses pensées qui s'emballaient dans son esprit, il fouilla pour trouver la télécommande qui s'était coincée entre les coussins et alluma le grand écran, faisant d'abord attention à couper le son. Instantanément, l'écran se remplit de couleurs floues dues à la vitesse des voitures de course de formule 1 qui accéléraient devant une caméra de piste. Il les regarda passer les unes après les autres, rétrogradant violemment alors que les véhicules spécialement conçus prenaient les virages en épingle à cheveux avant d'accélérer, et d'emballer le moteur avant même d'avoir passé le dernier tournant, filant vers la ligne droite.

Maxum pouvait sentir son cœur battre la chamade dans son torse, il sentait la poussée d'adrénaline s'écouler dans ses veines même maintenant, alors qu'il reposait repu et vidé, à côté de l'homme qui était en définitive et intimement son champ de courses.

Cela ne l'aidait absolument pas du tout. Pourtant il fut presque surpris quand il vit sa propre main, de sa propre volonté, errer dans la pénombre sur le corps de Darko, traçant chaque détail, chaque virage en épingle à cheveux, continuant sur les poils doux qui s'arrêtaient à mi-chemin de ses cuisses, sur les nœuds d'amour juste sur ses hanches et sur son sexe maintenant détendu et reposant sur sa cuisse, toujours poisseux de leurs fluides.

Merde.

Maxum retira sa main et se frotta le visage. *Qu'est-ce qui n'allait pas chez lui, bon sang ?* Quelque chose n'allait pas en lui. Son cœur ne battait pas seulement la chamade, il lui faisait mal, et tout ce à quoi il pouvait penser, c'était remettre sa main où elle était et terminer ce qu'il avait commencé. Aimer le corps à côté de lui.

— Même si regarder des courses de formule 1 à deux heures du matin n'est pas nouveau, ce n'est pas ce que j'ai à l'esprit, mais tu peux monter le son ou commencer à me parler, marmonna la voix ensommeillée de Darko juste au moment où il se tournait pour lever ses yeux bleus vers Maxum.

Maxum prit une profonde inspiration en plissant le nez. Il était tellement loin dans son esprit perdu qu'il lui fallut un instant pour que les paroles prononcées aient du sens pour lui.

— Je vais bien. Je lutte juste contre le sommeil.

— Conneries.

Darko se repositionna en posant son dos sur les genoux de Maxum et levait maintenant les yeux vers lui plus fermement :

— Les foutus engrenages qui tournent dans ta tête font tellement de bruit que je ne peux pas dormir.

Après une autre inspiration profonde, que Maxum ait vraiment eu l'intention de révéler ses insécurités ou pas, elles sortirent quand même et malheureusement, d'une manière qui les envoya indiscutablement dans la mauvaise direction, celle où ils n'allaient pas pouvoir faire marche arrière.

— Dis-moi qui était cet homme au bar.

— Hemi ? C'est un ami ainsi qu'un membre de mon équipe d'aviron.

— Et quoi d'autre ? Pourquoi l'as-tu laissé te toucher si librement ?

— C'est un ami avec quelques avantages, rien d'autre, si je le souhaite.

— Tu le laisses te baiser, quand tu le souhaites ?

Darko se redressa, se retirant du confort du corps de Maxum et il se retourna pour le foudroyer du regard. À la façon dont il voyait ça, s'il devait être bombardé d'accusations, il serait dans une position plus appropriée pour se défendre.

— Je ne laisse pas *n'importe quel* homme me baiser.

— Je te baise.

Maxum grogna, laissant tomber son front dans sa main dont le bras était posé sur l'accoudoir du canapé.

— Oui et tu es tellement casse-couilles là-dessus que je me demande pourquoi je m'emmerde.

Maxum voyait dans quelle direction il s'était aventuré maintenant, mais il ne pouvait pas faire marche arrière. Il avait besoin de comprendre ou plutôt, il cherchait une excuse pour ne plus ressentir ce qu'il craignait de ressentir. Il plaqua sa main sur son visage, le frotta à plusieurs reprises puis, il jeta un coup d'œil à Darko, qui le regardait et attendait la prochaine pierre qu'il allait lui jeter.

— Donc, cet arrangement entre amis avec des avantages et rien d'autre... c'est ce que tu aimes chez un homme ?

Il secoua la tête, soudain furieux contre lui-même d'avoir de nouveau poursuivi cet homme seulement pour finalement être blessé. Darko était tout ce qu'il désirait et tout ce dont il avait peur chez un homme. Il ne lui donna même pas une occasion de répondre.

— Je ne peux pas faire ça avec toi, dit Maxum en décampant du canapé avant de commencer à faire les cent pas dans la pièce. Je ne peux pas avoir de relation sans attaches. J'ai besoin de quelque chose de constant. Autre chose anéantirait ma vie.

Même si Darko s'était déjà retiré des bras de Maxum, l'absence de leur proximité dans l'air qui se rafraîchissait dans la pièce fut immédiate contre sa peau quand il s'éloigna de lui.

— C'est drôle que tu dises ça, parce qu'à la moindre idée d'autre chose que de baiser ton cul, tout ce que je vois c'est ton *cul* qui décampe.

— C'est tout ce que nous avons. C'est tout ce que tu veux.

— Non. Ce que je veux c'est *toi*, dit-il en attrapant Maxum par le poignet quand il passa à sa portée pour l'attirer vers lui, malgré sa réticence à revenir à ses côtés. Rien. D'autre. Que. Toi. Seulement, je te veux tout le temps, et pas seulement pour la baise intense, quand tu te sens prêt à accepter quelque chose d'inhabituel loin de ce type à voile et à vapeur qui porte des sabots et que tu appelles ton petit ami.

Darko tendit la main, ses doigts s'enroulèrent autour de la nuque de Maxum pour le faire retomber sur le canapé avec lui, l'attirant dans un baiser profond.

— Bien sûr, ne t'attends pas à ce que j'abandonne cette partie-là non plus.

Il relâcha sa prise, laissa sa main glisser sur le torse de Maxum alors que celui-ci se redressait sur le canapé, les yeux de Darko le suivaient, profitaient de ce qu'il voyait et de ce qu'il touchait. Mais il percevait aussi les engrenages qui tournaient toujours en Maxum, il ne pouvait essayer qu'une autre stratégie pour le faire lâcher prise et lui faire confiance.

— Tu te souviens de toutes les âneries de gay-harmony que je t'ai lancées une nuit ?

— Oui, je me souviens.

Maxum se leva et s'éloigna.

— Ce n'était pas des âneries.

Darko laissa sa tête retomber sur la pile de coussins en cuir, fixant le plafond et laissant échapper un lourd soupir. Il ne resterait pas couché là à raconter des histoires de contes de fées sur qui et sur ce qu'ils pourraient être ensemble. Une intense passion engendrait un intense tout le reste. Ça les éloignait autant que ça les rapprochait. Mais, il ne pouvait pas nier ses sentiments pour essayer d'avoir Maxum dans sa vie. Il ne pouvait pas expliquer ce que c'était, mais l'alchimie et l'attirance brûlante étaient au-delà du simple désir. Il ne savait simplement pas comment les mettre en mots pour que Maxum les entende ou soit convaincu de rester assez longtemps pour qu'ils partagent autre chose que du sexe. Et ils semblaient tous les deux refuser de remettre à plus tard cette partie de leur confrontation.

Darko redressa la tête pour regarder cet homme qui se tenait magnifiquement nu au milieu de la pièce. Maxum avait l'air d'être sur le point de partir à tout instant. De s'enfuir. Le seul problème c'était qu'il était chez lui.

— Sois mon rendez-vous pour le Nouvel An.

Maxum recula encore une fois, retournant à ses cent pas, et ses pensées accablées, secouant la tête.

— Non, je ne peux pas.

— Bien sûr que tu peux. Il y a une grande fête organisée par des amis de mon frère et j'ai été invité. Qui sait, ça pourrait être amusant.

Ce qu'il ne lui disait pas, c'était que c'était une collecte de fonds qui était organisée par Diesel Gentry pour le centre contre le cancer. La dernière chose qu'il voulait que Maxum pense c'était qu'il l'utiliserait comme son petit ami. Il ne lui demandait pas de sortir avec lui pour faire une donation, il voulait juste qu'il soit avec lui quelque part en dehors de la chambre. Ou à portée d'un coin discret qui serait facilement accessible pour s'envoyer en l'air dans une autre maison.

Maxum alla d'un pas nonchalant vers le canapé et s'assit sur le bord avec une expression presque contrite.

— Non, j'ai déjà des projets et je ne peux pas les annuler. Des obligations qu'on attend de moi.

— Bon. Nous pouvons aller aux deux, nous commencerons par l'une et finirons par l'autre.

Darko tendit une main détendue pour le rapprocher de lui, mais Maxum mit sa main hors de sa portée et quitta à nouveau le canapé. Il était clair qu'il voulait être à proximité, mais pas suffisamment près pour que ses barrières puissent tomber maintenant.

Maxum passa ses doigts dans ses cheveux, les repoussant en arrière énergiquement.

— Je t'ai dit que ça ne peut pas marcher.

L'ultime espoir de Darko s'évanouit. Maxum l'avait laissé dans l'ignorance pendant trop longtemps, seulement il était tombé sur lui dans une de ces fêtes *chicos* exhibant l'homme avec lequel il était censé avoir rompu. Puis il sortait de nulle part comme un roadster qui rôdait, voulant faire un tour sur les pistes de bolides. Darko commençait à se rendre compte à quel point il avait été utilisé, malgré les émotions que Maxum affichait. Il espérait qu'elles lui révélaient que ce n'était pas intentionnel. Mais, ça suffisait, il ne pouvait pas appeler au stand un homme qui ne voulait pas être dans son équipe.

— Qu'est-ce qui ne le peut pas ?

— Ça... peu importe comment tu veux l'appeler, cette relation. Ça ne marchera pas entre nous.

— Quelle relation ? interrompit Darko en se redressant. Tu es tellement résolu à fuir et à la rejeter que tu ne lui as même pas laissée une chance, et pourtant tu es si rapide à la repousser. Dis-moi Maxum, pourquoi me suis-tu ? Pourquoi ne cesses-tu pas de te pointer si nous ne pouvons pas être ensemble ?

Le visage de Maxum se tendit, Darko put voir l'ondulation des muscles serrés le long de sa mâchoire alors qu'il avançait à grands pas pour fournir un argument viable, mais juste à ce moment-là le téléphone se mit à sonner. Maxum laissa échapper un soupir prononcé, jetant un coup d'œil sur l'heure affichée à sa montre.

Il n'y avait probablement qu'une personne qui oserait appeler Maxum à trois heures du matin et à moins qu'il n'ait des clients au Japon, Darko était certain d'avoir bien deviné au premier essai.

Et, comme pour gagner ce pari silencieux, la voix de Simeon résonna dans le répondeur, se répandant dans le couloir jusqu'à eux depuis l'endroit où il était placé. Ils écoutèrent tous les deux comme s'ils reconnaissaient le tic-tac d'une bombe prête à exploser à tout instant alors que sa voix se faisait entendre :

— Passe me voir, Chéri, tu m'as manqué ce soir.

La ligne se coupa et l'air autour d'eux devint mortellement silencieux. Tout excepté le mécontentement croissant que Darko ressentait à l'intérieur de lui et qui semblait rugir dans sa tête. Le téléphone sonna à nouveau et une fois de plus, Maxum ne fit aucun geste pour répondre, laissant le répondeur s'en charger.

— Maxi, tu ne veux pas au moins me parler ? Je sais que tu ne pensais pas ce que tu as dit et je te pardonne. Passe me voir et tout s'arrangera.

Quand il sonna une troisième fois, Maxum ne fit toujours aucun geste. Il se tenait là figé sur place avec des yeux incandescents. Quelque chose avait coincé les engrenages maintenant et Darko devinait que c'était lui, il était toujours la fichue liaison.

Quand le répondeur prit l'appel, le numéro hurlant d'un homme désespéré arriva :

— Je vais me suicider si tu ne me parles pas, Maxi, chéri. S'il te plaît. Je vais le faire, je suis sérieux.

Maxum se laissa tomber sur le canapé, posa ses coudes sur ses genoux et son visage tomba entre ses mains.

— Je ne peux pas gérer ça, marmonna-t-il.

Puis il laissa échapper un grognement furieux d'exaspération réprimée, avant de baisser les bras et de se rendre au stratagème de l'appelant.

Mais à qui Maxum le marmonnait-il ? Darko n'en était pas certain. À lui ? Ou à lui-même ? D'une manière ou d'une autre, il n'avait pas l'intention de rester là plus longtemps. Il regarda Maxum attraper le téléphone sur la table et sans même jeter un coup d'œil dans sa direction il répondit, jouant son meilleur ton du « *tu viens de me réveiller* ».

— Il est tard... quelque chose ne va pas ? demanda Maxum en baladant sa main sur son visage avant de la remonter pour écarter ses cheveux. Non. Il est tard. Je dormais, que ferais-je d'autre ?

Au bord de la jalousie, Darko sentit la rage bouillir en lui, ce qui l'empirait c'était d'écouter cet homme mentir sur ce qu'il venait de faire. Maxum ne le trompait pas pour jouer au mari avec la *June Clever* [8] des queers, Maxum trompait Simeon pour rassasier ses testicules avec lui.

Darko se leva brusquement et fit le tour du canapé, vers la pile de vêtements qui y reposait et commença à se rhabiller, partagé entre l'envie de faire le plus de bruit possible, ou juste s'éloigner silencieusement avec sa douleur qui lui enserrait le torse comme un étau. C'était probablement une bonne chose qu'il n'ait pas une bouteille de bière à la main où il l'aurait totalement catapultée de l'autre côté de la pièce parce qu'en cet instant, rien ne serait plus agréable qu'une poussée soudaine d'énergie physique.

— Plutôt crever que de rester assis là tranquillement pendant que tu joues les maris fidèles avec l'homme dont tu t'es soi-disant séparé.

---

[8] Un des personnages principaux de la série Leave It to Beaver (1957-1963) souvent évoqué avec son mari Ward, comme l'archétype des parents banlieusards des années 50.

— Je me suis séparé de lui.

Maxum releva la tête, son attention se déplaça du téléphone vers l'homme qui était prêt à partir, c'était écrit partout sur son visage. Il laissa tomber le téléphone sur ses genoux et tendit la main pour attraper le corps de Darko, mais n'y réussit pas, car celui-ci l'esquiva et il le suivit des yeux.

— Alors pourquoi est-ce qu'il t'appelle ? grogna Darko d'un ton bas.

À cet instant, il était pourtant bien au-delà de se soucier de la réponse. La douleur le menaçait et il voulait s'en aller avant qu'elle le frappe durement, car lui frapperait probablement Maxum.

— Pourquoi à ton avis ? Je suis désolé si ma rupture n'est pas une affaire amicale aussi claire et nette que les tiennes s'avèrent peut-être l'être.

Darko secoua la tête de dégoût.

— Tu mérites la folle en pyjama.

— Tes insultes envers lui ne rendent pas ça plus facile pour moi en ce moment. Alors pourquoi t'y sens-tu obligé ?

Darko savait qu'il avait tort et dans des circonstances normales, peu lui importerait ce que Simeon portait ou comment il se comportait. Malgré cela, son cœur égoïste était impliqué et il avait besoin de frapper un plus faible.

— Parce que tu m'insultes à tout bout de champ en me traitant comme si j'étais un gigolo gratuit !

Les émotions de Darko fumaient comme une bouilloire quand une main attrapa son bras et le retourna. Le téléphone, toujours dans la main de Maxum, était pressé contre sa cuisse pour bloquer toute parole incriminante.

— Où est-ce que tu vas ?

Maxum le regarda de travers.

Oh, la royauté narcissique a dû se tapir profondément dans l'ascendance de celui-là pour demander un truc aussi vaniteux, pensa Darko.

Il repoussa Maxum, le faisant trébucher, mais malheureusement pas assez fort pour l'envoyer au sol. Darko regarda l'autre tas de vêtements et le portefeuille où il avait récupéré l'emballage du préservatif, des coins blanc verdâtre qui dépassaient l'attirèrent pour qu'il le ramasse. Il l'ouvrit, en sortit plusieurs billets et laissa tomber le reste par terre. La douleur dans ses yeux s'immergea dans une rage totalement lancinante alors qu'il foudroyait Maxum, celui-ci essayait de lire dans son regard, alors qu'il prenait l'argent.

— La *baise* était offerte par la maison comme d'habitude, mais tu couvriras le tarif du taxi pour que je rentre chez moi.

Et il prit la porte, ne se donnant pas la peine de tout boutonner avant de sortir. Il y avait encore un long trajet en ascenseur pour descendre.

☙❧

Maxum se tenait là, stupéfait. Il attendait, retenant son souffle, essayant de se convaincre à moitié que cet homme reviendrait en furie, mais ce ne fut pas le cas, et à l'intérieur de son torse ce fut l'effondrement aussi clairement que s'il voyait l'ascenseur l'emmener. Malgré toutes les histoires et l'argument qu'il y opposait, Darko qui le plaquait était le pire sentiment de tous, et il se rendait enfin, compte pourquoi.

— *Maxi, chéri ?*

La voix de Simeon se propagea depuis le téléphone et Maxum ramena lentement le récepteur vers son oreille.

— Ne m'appelle plus, Simeon. Toi et moi, c'est fini depuis longtemps. Il est grand temps que j'avance dans la vie.

— *Mais...*

— Non, Sim. Tu ne m'aimes pas et je ne t'aime pas. L'homme que j'aime vient de passer la porte de mon appartement à cause de cet appel téléphonique et maintenant je dois trouver un moyen de le convaincre que je vaux la peine qu'il me revienne. Au revoir, Simeon.

Et son pouce appuya sur le bouton pour raccrocher.

CHAPITRE QUATORZE

À la Saint-Sylvestre, Darko se montra à la *Soirée Nouvel An-Nouvel Espoir* de Diesel Gentry, trimballant un rendez-vous de dernière minute. Il détestait les trucs comme ça, en l'absence de son privilège d'être en très bonne compagnie et prenant en compte que Dane n'était pas prêt de le laisser à nouveau être le rencard de Vida de sitôt, un des gars de l'équipe l'avait branché avec un ami, et Darko souhaitait déjà qu'il ne l'ait pas fait. Cependant, les choses avec Maxum faisaient qu'il se sentait un peu incertain et il avait passé les dernières soirées à faire une fixation sur ce qu'il aurait pu faire différemment pour qu'il le voie vraiment mieux qu'une bonne partie de jambes en l'air. Il aurait vraiment dû aller parler à Pyotr, mais il avait choisi de se tenir à distance, son frère avait déjà l'esprit et le cœur qui se brisaient avec la santé de Kimmi qui faiblissait sans discontinuer. À la place, Darko pensa aux réponses que son frère aurait pu lui donner.

Certains feux brûlent trop intensément. Même s'ils aiment ça, il n'est pas facile d'y prendre part et de ne pas craindre de se brûler... Darko laissa échapper un lourd soupir alors que la réponse suscitée lui traversait l'esprit. Il pouvait entendre Pyotr dire quelque chose dans ce goût-là – ou quelque chose d'approximatif. Il intercepta le grognement qu'il aurait probablement poussé alors que d'autres pensées et découragements s'infiltraient dans sa tête, se rendant compte qu'il n'avait pas suffisamment la perceptibilité de son frère pour répondre à ses propres questions, mais il ne voulait pas que Sognac écoute ses pensées non plus. Il aurait aimé pouvoir parler à son frère, surtout quand le nom de Maxum ne cessait d'apparaître sur sa présentation du numéro. Tout de même, Darko ne pouvait pas se décider à déranger Pyotr avec ça. Il trouverait un moyen de se débrouiller tout seul. Il souhaitait seulement ne pas avoir choisi Sognac pour le faire. Cet homme essayait trop d'être le meneur et cela l'agitait davantage.

Même quand ils s'arrêtèrent devant l'hôtel, Sognac donna des instructions à suivre.

— Reste où tu es pour que je puisse t'ouvrir la portière, bébé.

Puis il descendit pour faire le tour précipitamment. Darko roula des yeux, secoua la tête, et ouvrit lui-même la portière pour sortir juste au moment où Sognac tendait la main. Son rendez-vous lui lança un regard déconcerté et Darko lui tapota le visage d'une manière qui signifiait, *ce sera pour la prochaine fois vieille branche*.

Il aurait dû faire ça en solo. Il avait assez d'amis et de famille ici pour s'amuser, mais la vérité était qu'il avait amené un rencard pour distraire ses pensées de l'homme avec lequel il voulait être.

À son grand soulagement, Maxum repéra Trenton Leos et Diesel Gentry immédiatement, et comme d'habitude ils s'étaient déjà repliés dans un coin reculé cloisonné pour un petit moment. Maxum n'était pas encore tout à fait prêt à s'attaquer à la foule de mondains. Il se dirigea donc tout droit pour les rejoindre rapidement, s'avançant vers le petit bar privé dissimulé hors de portée du rassemblement des invités participant à la soirée. Il pointa deux bouteilles sur l'étagère, sachant qu'elles lui étaient spécifiquement réservées. Le barman les lui tendit, une dans chaque main pour les voir de plus près.

— Laquelle voulez-vous ?

Maxum regarda le *Bodegas Dios Baco, un Xérès Amontillado Impérial* puis la bouteille de *Remi Martin*. Il se frotta les doigts, considérant ses objectifs de la nuit.

— Commençons d'abord par le xérès.

Le barman hocha la tête, remplit un verre à vin tulipe à moitié, et le posa devant lui. Alors que Maxum prenait un instant pour savourer le panache aromatique du xérès, il jeta un coup d'œil vers Trenton pour le saluer.

— Tu as été malin et tu as laissé Simeon à la maison pour changer, hein ?

Trenton s'approcha, lui tendit la main pour le saluer. Il lui fit signe de l'accompagner à l'autre extrémité du bar pour se joindre à Diesel et lui, là où ils étaient assis. Également avec eux se trouvait la toujours présente Katianna Dumas, qui était à la fois son esclave dans leur style de vie, mais également son amante bien-aimée, actuellement assise *sur* le bar, tandis que Trenton reprenait sa position entre ses jambes et s'appuyait sur le rebord.

Maxum était assez surpris par la plaisanterie. En dehors du fait que Trenton avait été socialement discret depuis la tentative de kidnapping de Katianna, il n'avait jamais été un grand farceur non plus. Cependant, il savait que les frères de Trenton le poussaient à reprendre sa position emblématique dans la communauté, donc Maxum l'écarta simplement comme une tentative téméraire, bien que médiocre d'entamer une conversation légère, et il se laissa tomber sur un des sièges de bar à côté de lui, et leur épargnant les détails il admit son changement de vie.

— Non. Simeon et moi sommes partis chacun de notre côté maintenant.

— Bien fut tout ce que Trenton dit alors qu'il avalait un shot de sa tequila Platinum préférée puis le fit suivre d'une touche de sauce piquante qui avait été malicieusement répartie sur les doigts de Katianna, puis prit le citron vert qu'elle lui tendait.

Maxum se sentit un peu contrit par le commentaire pendant une fraction de seconde, incertain de comment le prendre alors qu'il regardait Trenton donner un verre de vin à sa petite femme. Ils avaient une relation si étrange et unique. Pourtant, il était visible entre eux ainsi que sur leurs visages qu'ils étaient heureux. Puis, il se rendit compte que, *c'était bien ainsi*. Simeon n'avait pas été le bon partenaire pour lui depuis un certain temps et il semblait que tout le monde sauf *lui* l'avait vu. Il était inutile d'avoir des remords, ou d'être offensé d'ailleurs.

— Alors, maintenant quoi ? demanda Trenton, faisant signe au barman pour une autre tournée, puis il attira Katianna pour l'embrasser avant de la relâcher, ses yeux flottaient sur son corps et vers ses cuisses dessinées par le tissu doux de sa robe de soirée qui s'y accrochait.

Il leva une main et caressa une de ses jambes, des pensées diaboliques se reflétaient dans ses yeux, le distrayant clairement silencieusement. Puisque Maxum ne pouvait pas trouver de réponse, les pensées friponnes de l'autre homme continuèrent jusqu'à ce que le barman revienne avec leurs boissons et Trenton les distribua, levant la sienne pour porter un toast.

— Aux nouveaux départs.

Maxum hésita, il n'en avait pas eu l'intention, mais les mots étaient incomplets dans leur signification pour lui. Était-ce vraiment un nouveau départ ? Ou y avait-il une zone grise qu'on devait traverser avant qu'il arrive ? Il avait une entreprise géniale qui rendait beaucoup de gens riches, il avait un foyer qui reflétait parfaitement ses goûts, il avait un garage pour ses voitures – toutes ses favorites.

~~ *Mais, y a-t-il une clôture blanche ?* ~~

Non. Ce n'était pas le cas. Maxum baissa les yeux, fixa la boisson dans ses mains, il pouvait sentir leurs regards, même s'ils ne le jugeaient pas. Il regarda les reflets à la surface de ce qui était très probablement de la tequila qu'on lui avait tendue. Les clôtures blanches étaient des choses que vous ajoutiez à la maison après avoir tout résolu, alors maintenant comment pourrait-il avoir ça un jour ?

— Tu sais, juste parce que tu as renoncé à une personne, ça ne signifie pas que tu ne t'en souciais pas. Cela signifie juste que tu t'en es rendu compte qu'elle non.

La tête de Maxum se redressa brusquement vers cette femme et fut accueilli par un sourire larmoyant. Son visage était si chaleureux que cela le toucha et le soutint et soudain ce qu'elle avait dit fut compris. Le poids – tellement de poids le quitta à cet instant comme de la vapeur et un petit rire bref sortit. Elle avait raison – tellement raison. Ce n'était pas sa faute.

— Aux nouveaux départs.

Il leva son verre à shot puis le ramena pour les rattraper.

Il descendit le shot et le posa sur le bar, reprenant son verre de xérès. *Un nouveau départ,* mais ses pensées tombèrent sur le nouveau départ sur lequel il avait déjà eu une chance et fait une bourde. Peut-être que celui-là était de sa faute.

— Pourquoi pas des vacances en villégiature ? Paris a déjà dans son agenda pour le mois de mai des rencontres pour célibataires. Sors, Maxum. Rencontre de nouveaux hommes, commenta Diesel en posant son verre vide sur le bar tout en caressant la cuisse de Kat de façon provocante en reculant.

— Je l'ai déjà fait.

Il vit l'air surpris sur le visage de Trenton.

— Rencontré quelqu'un, je veux dire.

Maxum hocha la tête, avala son verre jusqu'à ce qu'il soit vide en pensant à quelle vitesse il pourrait peut-être terminer la bouteille de xérès.

— Il était tout ce qu'un homme pouvait fantasmer. De l'octane plein gaz, grisant, pur et dur, dit-il en posant son verre sur le bar pour qu'on le remplisse. Il a été un peu mon réveil. Mais, j'ai appuyé sur le bouton « snooze » trop de fois et j'ai certainement gâché ma chance.

Il se tut, prit le verre rafraîchi et l'avala d'un trait. Derrière ses yeux et dans son esprit, il voyait ses ébats amoureux avec Darko, des impressions brûlantes qui lui feraient toujours chercher *Darko* dans chaque homme pour le reste de sa vie.

— J'ai essayé de l'appeler pour que nous puissions parler, mais il n'a pas pris mes appels. J'ai dû l'appeler au moins dix fois.

— Seulement dix fois ? demanda Diesel avec un sourire suffisant.

Maxum grimaça.

— Il semble que j'ai pris une pénible habitude de lancer mes téléphones d'une manière à en finir avec eux.

Diesel laissa échapper un petit rire, et secoua la tête.

— Ce n'est pas drôle.

— En fait, si, répondit Trenton face à son objection, le sourire fasciné planant juste sous la surface de son visage.

— Content d'avoir servi d'amusement alors.

— Comprends-moi bien, mon ami, dit Trenton en posant son shot de tequila pour se concentrer sur Maxum. Nous nous connaissons depuis longtemps. Nous en sommes là parce que tu nous as aidés à maximiser l'attribution de nos ressources. Mais, toi... tu es l'un des hommes d'affaires autonomes les plus puissants avec qui j'ai pu travailler. Un membre de fortune 500 et tu as plus d'argent que moi-même et mes frères réunis. Je ne t'ai jamais vu hésiter en prenant une décision.

— Ce sont les affaires, là c'est une question d'émotions. Une chose pour laquelle je n'ai aucun entraînement. Malgré toute l'importance qu'avait Simeon, notre relation avait tout le peps émotionnel d'une brique d'argile sèche. Cet homme me renverse avec un simple effleurement de la main et son désir brûlant dans les yeux. C'était une liaison, comment aurais-je pu y voir autre chose que des risques potentiels ?

— Peut-être qu'à la place tu n'as pas réussi à voir le potentiel de croissance d'un nouveau concept. Un que tu n'as pas essayé avant. Les plus grands gains sont effectués dans un terrain de jeu à marges de risque important. Tu nous as appris ça, intervint Diesel en espérant faire une analogie que son ami saisirait.

Il comprenait que lorsqu'un homme avait déjà des règles définies, c'était très difficile de l'en faire sortir. Alors peut-être qu'ainsi, il pourrait le pousser un peu. Ça valait la peine d'essayer. Quelqu'un tenait sa corde sensible, et l'entraînait vers le large, parce qu'aucun d'eux n'arrivait à se connecter à l'autre. C'était quelque chose que Diesel lui-même connaissait. Même s'il savait exactement où était Paris et ce qu'il faisait, la distance entre eux était douloureuse. Une séparation qu'il avait prévu de régler bientôt.

— Je suis devenu très réservé avec les années, réfuta Maxum avec sa mauvaise excuse pour justifier sa position.

Trenton prit une profonde inspiration, lui envoya un regard plus direct, mais son expression était plus douce qu'on n'aurait pu s'y attendre de la part d'un homme qui tenait le titre de Dominus dans la communauté BDSM haut de gamme.

— Non, juste nerveux sur une nouvelle ligne de départ.

Maxum fit de même avec sa respiration profonde et la laissa ressortir en un soupir. Il se retourna vers le bar et fit signe au barman de venir lui en remettre un autre et regarda son verre se remplir à ras bord de Xérès. Ses pensées s'évadèrent alors qu'il l'approchait de ses lèvres, laissant simplement les tons bruns aux noisettes du sherry, teintées d'eau de mer et de prune blanche, s'infiltrer en lui pendant un instant avant de l'avaler, bien plus vite qu'il ne l'aurait fait habituellement avec un Xérès qui coûtait soixante-quinze dollars la bouteille. Et pourtant, Trenton avait raison, il pouvait se le permettre, et soixante-quinze billets n'étaient rien pour lui. Trenton le connaissait assez bien pour comprendre ses goûts, non seulement pour les marques coûteuses, mais il savait qu'il avait le goût des saveurs mystérieuses et inhabituelles comme la bouteille de *Cognac Daniel Bouju* que son regard venait seulement de repérer derrière le bar et il envisageait à moitié l'idée de la descendre également avant que la nuit soit finie.

Il laissa tomber son verre sur le bar et se retourna, lançant un coup d'œil à Trenton. En dehors de connaître ses goûts, Maxum ne pouvait pas dire qu'ils étaient devenus proches, mais il savait qu'il pouvait lui faire confiance pour lui dire ses quatre vérités ou rien du tout. Il ne tournait pas autour du pot et ne mâchait pas ses mots, et il semblait certainement avoir une perspective globale sur les gens. Mais cela semblait plutôt sans importance à ce stade-là.

— Je suppose que ça n'a plus vraiment d'importance maintenant. J'ai tout foutu en l'air et abandonné la course avant même d'avoir fait un tour de chauffe sur la piste.

Si l'expression de Trenton était un indice, Maxum aurait dit qu'il ne partageait pas ses idées sur la défaite. En outre, on aurait dit que le Dominus avait l'air de déjà savoir à cause de qui Maxum était dans tous ses états. Il avait cette expression bizarre amusée du *chat qui avait attrapé le canari*. Maxum se débarrassa de cette idée. Ils étaient peut-être dans un petit cercle social, mais il l'écarta comme une possibilité improbable. Trenton ne pouvait pas savoir qu'il avait une liaison avec Darko Laszkovi. *N'est-ce pas ?*

— Allons, dit Diesel en s'éloignant du bar avec un hochement de tête vers la foule. Il est temps de participer et d'encourager les contributions.

Maxum hocha la tête à contrecœur, mais pas autant que Trenton, ce qui lui fit émettre un petit rire, enfin ça et le regard que Diesel lançait à Trenton comme s'il allait le sortir de là par la force. De même, eh bien, il fallait bien l'avouer, quand on connaissait Diesel Gentry on savait qu'il était le genre d'hommes capable de faire exactement ça.

Trenton descendit un autre shot, puis souleva sa petite Esclave du bar, la plaçant debout pour qu'elle marche devant lui. Sa main glissa sous les longues boucles ondulées de cheveux châtain clair, prenant possession de sa nuque, où elle resterait pendant presque tout le reste de la nuit, une posture qui disait à tous – *à moi.* Pas que qui que ce soit ait besoin qu'on lui dise. Tous ceux qui savaient qui était Trenton Leos, connaissaient également son style de vie et ce que représentait dans sa vie la femme menue, au collier en platine serti de saphirs autour du cou.

Maxum était obligé de les admirer. Ils vivaient une relation que le monde ne comprenait pas et une attention venait avant une compréhension observatrice, pourtant cela ne gâchait rien entre eux. Trenton ne retenait jamais la manière dont il vivait ou ce qu'il ressentait pour Katianna. Quelque chose que Maxum avait aussi savouré dans sa vie. Être gay dans le monde des affaires n'était pas toujours un candidat bienvenu avec qui faire des affaires, mais il respectait ses engagements dans les deux aspects de sa vie. Il rendait des hommes riches et n'avait jamais dissimulé qu'un homme couchait dans son lit.

... Ou plutôt, qu'il en aurait voulu un dedans. Juste un. Malheureusement, comprendre de *qui* il pouvait bien s'agir était peut-être arrivé trop tard.

Se sociabiliser dans les fêtes était toujours un vrai cauchemar dans le travail de Maxum. Il détestait les traverser seul. Avoir des contacts – c'était la partie qui lui déplaisait le plus, les chasseurs de célibataires tendaient toujours la main pour le toucher comme si faire ça lui donnerait envie d'être avec eux. En dehors de cela, il pouvait errer dans une foule comme si elle n'était pas là. Cependant, y aller seul le faisait se sentir plus vulnérable, comme s'il portait une enseigne avec un néon qui hurlait – *Je suis célibataire, venez me toucher et tentez votre chance*. Rien qu'à cause de ça, il allait détester le moment où le mot serait passé comme quoi il était maintenant un célibataire disponible. Heureusement, Trenton et Diesel n'étaient pas du genre à l'annoncer, pas ici et jusque là les rencontres tactiles avaient été peu nombreuses et sporadiques. Exceptée la rousse qui lui attrapait toujours le bras et l'attirait vers elle, pour lui marquer la joue de son rouge à lèvres carmin. Cette *couguar* en particulier le faisait que Simeon soit à son bras ou non. *Elle ne s'en souciait simplement pas.*

Elle était également une de ses clientes de longue date, apparemment très douée à son jeu de croqueuse de diamants. Il endurait donc cette unique offense, mais ne lui avait jamais permis de traverser la ligne au-delà de ça.

Tous les quatre allaient d'un pas désinvolte, s'arrêtant pour des banalités avec un certain nombre d'élitistes, d'amis, de célébrités qui vivaient dans la région, des membres de leur club social, même quelques représentants de l'équipe du gouverneur venus soutenir la soirée à sa place. En plus de la présence d'une bonne partie de la fine fleur de New York se trouvaient quelques globe-trotters avec des possessions précieuses, sans doute achetées par l'intermédiaire des enchères aux Esclaves des Champs Élysées de Trenton. *C'était toujours l'adoration dans les yeux du soumis qui les trahissait.*

— Excuse-moi, je vois quelqu'un à qui je dois dire bonjour.

Diesel tapota le dos de Maxum et disparut dans la foule. Maxum, pas intéressé pour y faire face seul resta aux côtés de Trenton et entra dans une conversation plus détendue et amicale avec Dane Masters et son frère magnifique, Vince, placé prudemment sous son bras.

Cependant, si les émotions de Maxum n'étaient pas déjà au large dans *cette* conversation, les eaux tempétueuses empirèrent lorsqu'il entendit la voix familière de nulle autre que Simeon Correl, juste de l'autre côté d'une des tables du buffet.

— Si vous voulez bien m'excuser.

Il hocha la tête puis s'éclipsa rapidement avant que Sim puisse le repérer.

Darko venait d'envoyer Sognac prendre des boissons, et même s'il en avait bien besoin d'une autre pour calmer le tourment qui bouillonnait dans ses tripes depuis le début de soirée, c'était davantage pour avoir un instant de répit sans cet homme.

— Alors qu'est-ce qu'il est ? demanda Diesel en penchant vers la taquinerie. La conquête de la soirée ?

Darko se frotta le menton un instant. C'était presque risible, si seulement il avait été d'humeur à rire. Lui et Diesel parlaient assez souvent pour que Deez sache que l'homme qu'il avait amené n'était pas son genre.

— C'est plutôt une provocation spontanée provoquée par l'émotion et un mauvais plan de dernière minute.

Darko réussit à pousser un petit rire léger pendant que ses yeux dérivaient sur la foule. Il l'avait fait toute la soirée, regardant – cherchant un visage qui n'était pas là. Cela ne faisait qu'agiter ses nerfs. À ce rythme, il serait capable de lancer un petit avion des champs de test de Salt Flats[9] grâce à toute l'énergie qui se dégageait de lui. *Où est Sognac avec sa bière, bon sang ?* se demanda-t-il, cherchant maintenant l'homme qu'il aurait voulu éviter d'avoir à ses côtés.

— Oh, au fait, je ne sais pas si vous vous êtes déjà rencontrés...

Diesel ramena l'attention de Darko au point central.

---

[9] Le Bonneville Salt Flats est une plaine de 260km² couverte de sel dans le nord-ouest de l'Utah, connue pour le Bonneville Sopeedway : une piste tracée sur sa surface où des véhicules viennent chaque année tenter de battre des records de vitesse.

Darko ramena automatiquement son regard sur Diesel ainsi que sur la personne à qui il était sur le point d'être présentée, seulement pour se retrouver face à face avec...

— Voici Maxum St. Laurents, dit Diesel en posant doucement sa main sur l'épaule de Darko. Maxum, voici mon ami, Darko Laszkovi.

Si la terre s'était arrêtée brusquement en cet instant, Darko aurait sûrement été envoyé droit dans l'espace à cause de l'absence de point d'ancrage qu'il ressentait à ce moment-là. Et ce ressort d'énergie explosa soudain en lui – de petites bombes éclataient dans ses tripes, sa tête et son cœur. *Putain !* hurla sa tête.

Ce qui sembla être une éternité figée et silencieuse s'arrêta enfin et la réalité se fit ressentir, il jeta un coup d'œil autour de lui et... Maxum volait en solo. *Où était June Cleaver ?*

— Nous... nous nous sommes déjà rencontrés, bredouilla Maxum, mal à l'aise tout comme ses mains.

D'abord, il resta figé, puis apparemment envisagea de lui serrer la main, mais cela échoua aussi, et elles retombèrent le long de son corps. Il y avait une ondulation d'émotions sur le visage de Maxum qui semblait correspondre à ce que ressentait Darko, mais elle disparut trop vite pour savoir lesquelles gagnaient. Excepté la dernière, la confusion, qui s'attardait.

— Que fais-tu ici ?

La question suspicieuse frappa Darko de travers, il était presque tenté de l'ignorer et de ne pas y répondre, ou de dire quelque chose d'impoli, comme signaler que Diesel avait utilisé le mot *ami*, mais il ravala la réplique. Il ne ferait pas ça devant ses amis – ou à Maxum d'ailleurs. Ce n'était pas l'endroit pour mettre en scène un drame personnel.

— Tu te souviens…

Il marqua une pause, ne sachant pas à quel point exactement Maxum et Diesel se connaissaient bien et peut-être – *eh bien, cela devenait plus difficile*. Il n'était pas du genre à se cacher derrière des écrans de fumée, mais il avait eu une liaison avec Maxum et se rendait compte que ce qu'il était sur le point de dire serait incriminant, et la reformula rapidement.

— Mon frère Pyotr a récemment adopté la sœur de son amant…

— Celle que j'ai rencontrée chez ton frère. Elle était malade.

Le commentaire de Maxum balaya tout secret et son inquiétude fut visible. C'était un petit réconfort pour Darko. Maxum claqua des doigts.

— Kimmi…

Le claquement s'arrêta et il pointa un doigt comme s'il indiquait la réponse à sa question silencieuse.

— Elle ne s'appelle pas Kimmi ? Elle a une leucémie ? Je suis désolé.

Maxum dégagea une tristesse qui aurait aussi pu être envers lui que pour Kimmi, une partie disant *Je suis désolé, j'aurais dû savoir*.

Darko fut presque surpris que Maxum risque de révéler la vérité, mais cela le perturba peu. Ce qui était difficile c'était de se tenir là à côté de lui à faire semblant d'être poli et ne rien dire du tout sur les circonstances de leur rencontre. Il détestait encore plus l'attirance puissante qu'il ressentait toujours pour cet homme.

— Oui. Elle est toujours malade.

La tête de Darko fit un signe vers Diesel.

— C'est son ange gardien. Ce gala est pour d'autres personnes comme elle.

Maxum se raidit soudain, juste devant lui. Il avait l'air presque nerveux comme s'il était prêt à s'enfuir et Darko fut obligé de se demander pourquoi il réagirait aussi fortement, à moins que...

Diesel devînt également agité.

— Dis, Maxum, lança-t-il alors que sa main le prenait par l'épaule pour le pousser vers Darko, alors que ses yeux regardaient la foule d'invités. Pourquoi ne pas emmener Darko sur la piste de danse.

— Mais je ne sais pas...

Diesel le coupa immédiatement.

— Oui, mais Darko si et il adore danser.

L'instant d'après, Diesel les avait pratiquement accrochés l'un à l'autre et les avait envoyés en les précipitant d'un côté, pendant que lui filait de l'autre. Même pendant un instant Maxum sembla jeter un coup d'œil par-dessus son épaule. Darko fronça les sourcils en direction de Maxum avec un regard presque noir alors que celui-ci le tenait maintenant par le bras, résolu à faire ce que Diesel lui avait ordonné et le guida davantage vers le milieu de la foule avant de finalement le retourner vers lui.

La mélodie de *Schiller*[10] n'était pas rapide et palpitante comme la musique qui appelait Darko au *Club Pain*, mais pas si lente pour ressembler à un slow. Cependant, Maxum avait soudain deux pieds gauches, ses bras par contre prirent rapidement leur place autour du

---

[10] Groupe allemand de musique électronique, nommé d'après le poète allemand Friedrich Schiller, qui chante des textes en anglais et en allemand.

corps de Darko comme si c'était la seule chose dans la vie dont il avait besoin pour vivre.

Darko, pendant un instant, s'y abandonna, à cause de cette même idée fausse – *il en avait besoin.*

Il fit ce qu'il put pour le diriger dans un tempo de mouvements avec des pas simples, mais il ne s'en sortait pas si bien lui-même alors que les émotions le bousculaient, et il abandonna finalement en posant son front contre celui de Maxum, et ferma les yeux pendant que tous deux se balançaient simplement sur place.

Darko sentit qu'il s'appuyait contre les bras forts qui le serraient, presque comme s'il avait besoin d'eux pour le tenir debout. Il entendit à l'instant le grondement bas dû à l'abandon de Maxum et se détendit contre lui, sentant la caresse chaude de ses doigts qui remontaient le long de sa colonne vertébrale. Mais, son esprit était ailleurs, le grincement des engrenages évident.

— Qu'est-ce qui te fait réfléchir si profondément ?

Il sentit Maxum secouer la tête de manière saccadée, puis lever les yeux vers lui, peiné et troublé par quelque chose. La main de Maxum se leva pour lui caresser la tempe, ses yeux errant sur son visage et ses cheveux comme pour... eh bien, Darko n'en était pas sûr, vraiment.

— Tu n'es pas un gigolo. Je suis désolé de t'avoir donné cette impression. Je...

Il secoua la tête de nouveau et son visage exprimait clairement qu'il n'était pas content des mots qui sortaient de sa bouche.

— J'aurais aimé mieux te traiter, parce que tu le méritais.

Leur danse s'arrêta brusquement et la pièce disparut jusqu'à ce qu'il ne reste plus qu'eux et rien d'autre.

— J'aimerais avoir une autre chance d'être meilleur pour toi.

La voix de ténor profonde de Maxum coula sur sa peau, accélérant le rythme cardiaque de Darko. Sa respiration fut profonde et lui sembla lourde dans son torse.

Les paroles de Schiller changeant l'ambiance emplirent la salle de bal de mots qui semblaient ne parler qu'à eux.

~~ J'ai été là tout le temps – J'ai été là tout le temps – Pour autant que je sache, faisant ce qu'il fallait – J'ai toujours attendu le moment où tu passerais ma porte. ~~

Les yeux de Darko se remplirent de la présence de Maxum. Il avait toujours été beau, mais ce soir-là il était différent, même s'il portait toujours la veste de costume qui cachait sa silhouette masculine. Pourtant, la chemise teinte à la main en dessous était suffisamment fine pour que, Darko en était certain, s'il essayait, il puisse le goûter au travers, et rien que cela lui mit l'eau à la bouche à l'idée d'un goût qu'il savait apprécier. *Bon sang, c'était fou les choses que cet homme lui faisait ressentir.* Il sentit l'attraction et se pencha pour embrasser Maxum, et lui faire savoir qu'il pourrait l'avoir...

— Ça vous dérange si je vous interromps ?

Une voix assez agitée brisa l'enchantement et ils se retournèrent tous deux pour voir Sognac qui se tenait à côté d'eux et guère enchanté.

L'expression de Maxum s'effondra et il recula d'un pas.

— Bien sûr.

Il abandonna Darko avec respect au rendez-vous qu'il avait amené avec lui.

Encore une fois, la planète s'arrêta brutalement et Darko sentit même l'inclinaison venant de la force centrifuge dans son torse alors qu'il regardait avec une horreur silencieuse et émotionnelle Maxum disparaître dans la foule.

PUTAIN !

Maxum retrouva son chemin jusqu'à Diesel, l'apercevant en train de discuter avec des amis communs, Bob et Sandra Prats, tous deux connus pour leur implication exceptionnelle dans l'amélioration de la communauté et si un gala de collecte de fonds était organisé, il était probable qu'ils y soient. Il saisit quelques mots au sujet des fonds réservés pour la nouvelle annexe du centre anticancéreux quand il s'avança, seulement pour se figer quand il vit Simeon discutant parmi eux, comme toujours, l'habituel mondain comme s'il attendait que Maxum arrive. Bob attira rapidement Maxum dans la conversation pendant que Sandra continuait sur le Programme des Anges Gardiens qui recevrait une hausse importante de fonds grâce à ce soir-là pour aider à couvrir les dépenses de soins personnels qui n'étaient pas couvertes par les assurances standards et aider les familles à faible revenu. Maxum était sur le point de s'échapper vers le bar quand il se retourna et vit Darko avec l'intrus qui avait volé l'instant qu'il espérait redécouvrir avec lui.

Eh bien… n'était-ce pas des montagnes russes à travers l'enfer de Dante ? Il pourrait tout aussi bien conduire sa voiture en direction d'un train arrivant en sens inverse si on se fiait à l'épave qu'il ressentait à l'intérieur de lui en cet instant.

Quelqu'un derrière lui parla de quelque chose, son cerveau se mit en pilote automatique immobilisant ses pieds et il répondit sans vraiment prêter attention à ce qu'il disait ni à la conversation. Il fixait simplement Darko. Bon sang, il aurait aimé pouvoir effacer tout ça, recommencer depuis le début. Le faire différemment. Quelque chose... N'importe quoi. Il voulait simplement dire qu'il était désolé et le supplier de lui laisser une chance de tout arranger entre eux.

La conversation sur le centre de traitement se déplaça sur des noms de personnes ou d'enfants qui s'y faisaient soigner, et quelque chose en lui s'infiltra. Une chose que Darko avait dite – avant d'aller sur la piste de danse. Et brusquement, Maxum les interrompit tous, dirigeant sa question vers Darko.

— Tout à l'heure, tu as dit que cette soirée était pour d'autres personnes *comme* elle. *Comme Kimmi...* mais tu n'as pas dit que ça l'aiderait. Pourquoi ?

Darko resta silencieux alors même que tout le monde se tournait pour les regarder. Sentant qu'il y avait bien plus de paroles prononcées que ce qu'ils en entendaient, Diesel secoua la tête et prit l'épaule de Maxum d'une main ferme.

— Elle a signé ses papiers de dernière déclaration.

— Qu'est-ce que ça signifie ? demanda Simeon, ayant bu chaque parole dite entre eux.

Cela agaçait Darko – non – ça l'énervait en fait. Peu lui importait si Simeon s'en souciait ou pas.

— Cela signifie que Kimmi va mourir de Leucémie, répondit Darko laconiquement avant de s'éloigner, sa soirée du Nouvel An passant de morose à épave disloquée en deux secondes et demie.

Cela devait être un record mondial de malchance. Il ne se donna même pas la peine de voir si Sognac le suivait et il espéra que non. Il n'avait pas besoin d'être consolé par quelqu'un dont la compatibilité lui donnait l'impression d'être du sable dans son carburateur. Il s'arrêta au bar et commanda un double shot d'alcool le plus fort qu'ils avaient, puis se retourna pour s'appuyer dessus, regardant vers l'homme qu'il avait laissé à côté de Diesel. Son cœur se demanda s'il troublait l'esprit de Maxum autant que Maxum St. Laurents troublait le sien. Darko ne remarqua presque pas quand Trenton Leos s'avança.

— Veux-tu être avec lui ou pas ?

La tête de Darko partit presque dans le décor devant cette question, et il lui fallut un long moment pour former des mots cohérents.

— Je... Je n'en suis plus sûr. Je veux dire, je le voulais, c'est simplement que je ne suis pas certain que ça en vaut la peine pour être rejeté encore et encore.

Trenton hocha la tête vers lui, compréhensif.

— Je veux dire... quel est l'intérêt s'il est encore avec son partenaire.

— Maxum et Simeon ne sont plus ensemble. Maxum est venu seul, seulement Simeon est venu également, sachant qu'il serait là, et il essaie péniblement de s'accrocher à son droit de se vanter.

Darko se pencha un peu en avant à cette révélation.

— Alors pourquoi ne le mets-tu pas dehors ?

— Vouloir quelque chose que tu as pris pour acquis et que tu ne peux maintenant plus avoir n'est pas un crime.

Le regard de Trenton le quitta pour se reporter vers la foule de gens.

— De plus, il semble qu'on en découvrira et qu'on en apprendra plus ce soir en le laissant rester.

Trenton laissa échapper un lourd soupir. Un qui fut presque copié par Darko. *Pourquoi fallait-il que la vie soit aussi compliquée, bon sang ?*

— Maxum est un homme extrêmement puissant et intelligent. Il ne gagne pas sa vie en dirigeant des entreprises, il le fait en étant aux commandes des fonds personnels privés des gens et il sait comment les diriger à sa volonté. C'est également un travail très inconstant extrêmement stressant. Donc quand il rentre chez lui, il veut quelque chose de confortable et de sécurisant.

Trenton se retourna vers lui et sourit, les yeux couleur Bailey's et crème du Dominus étincelaient de compréhension face aux plaisirs qui accompagnaient le pouvoir.

— Dur de croire qu'il soit si doux à l'intérieur. Seulement, il est difficile de trouver de la nourriture réconfortante quand on a des goûts de luxe comme lui. Cependant, il y a des choses sur lesquelles tu peux compter. Il fera beaucoup de sacrifices, il cédera, se pliera, et même abandonnera des choses pour te rendre heureux.

L'attention de Trenton se déplaça vers Katianna qui était assise, silencieuse sur ses genoux, écoutant et regardant la foule. Ses yeux suivaient ses traits, absorbant chaque détail de son corps avant de revenir à nouveau sur Darko.

— Peux-tu dire qu'un jour tu en aurais fait autant pour quelqu'un que tu désirais ?

Darko avait écouté, mais plus que cela, il voyait – *absorbait chaque détail* – tout comme Maxum le regardait un instant auparavant.

— Mais je n'ai pas demandé à Maxum d'abandonner quoi que ce soit. Je voulais juste qu'il nous laisse une chance en essayant, qu'il ne m'ignore pas juste parce que nous avions commencé en baisant comme une tempête de feu.

— Peut-être que tu aurais dû.

Le sourire de Trenton était presque moqueur, comme Pyotr le faisait toujours.

— Lui demander quelque chose, ajouta-t-il pour être certain que Darko comprenne.

Maxum regarda Darko s'éloigner. Il savait qu'il ne devait pas le poursuivre, mais ses yeux le talonnèrent jusqu'à ce qu'il s'arrête devant le bar. Il n'allait pas non plus le laisser là-bas longtemps. Il regarda l'homme qui avait interrompu son moment avec lui.

— Je suis désolé, je ne crois pas avoir saisi votre nom.

Maxum tendit la main.

— Sognac. Comme cognac, mais avec un *S.*

Maxum hocha la tête, incertain de la raison pour laquelle il devait donner une référence pour son nom. Le dire suffisait sans un exemple de prononciation.

— Sognac. OK, je suis Maxum et voilà Simeon.

Maxum l'attira, appuya sa main doucement sur son dos pour l'amener à jouer le mondain.

Sognac échangea facilement la main de Maxum pour celle de Simeon. Comme un mécanisme, Sim fit un pas de danse bien répété d'approche.

Maxum engagea la conversation.

— Alors, depuis combien de temps connaissez-vous Darko ?

— Je l'ai rencontré ce soir. Un ami nous a branchés, c'était en quelque sorte un truc de dernière minute.

Maxum hocha la tête. Pour une certaine raison, il se sentit mieux en entendant cette information et en plus, il avait remarqué que Sognac n'avait pas encore lâché la main de Simeon.

— Dites, Sognac, pourquoi n'iriez-vous pas au bar avec Simeon chercher du champagne ? J'aimerais avoir une chance de pouvoir parler seul avec M. Gentry une minute.

Simeon oscilla vers cet homme sans même un regard en direction de Maxum. Une chose qui, par le passé, n'aurait fait qu'ajouter de la souffrance à Maxum dans leur relation, mais pas cette fois-ci. Cette fois, il l'avait prévu et compté dessus. Il regardait ce bateau prendre le large pour la dernière fois. Il avait presque envie de leur dire adieu de la main, mais cela aurait été un geste aigre-doux de moquerie. Pas autant parce que Simeon faisait exactement ce qu'il avait pensé qu'il ferait et c'était si facilement détourné par d'autres hommes, mais que c'était à cause de ça que Maxum n'avait cessé de repousser Darko.

Maxum jeta un coup d'œil à Diesel qui avait l'air de déjà savoir ce qu'il allait dire. Même s'il n'en était pas vraiment sûr lui-même.

— Je... euh... je sais que nous sommes des associés en affaires et n'avons jamais été vraiment proches, mais, je ne sais pas vers qui d'autre me tourner.

L'intéressé ne fit que le regarder, silencieusement. C'était une chose qu'il avait toujours remarquée chez Diesel Gentry, il n'était pas un homme loquace. Le silence lui venait facilement.

— Ce n'est peut-être pas ma place pour te le demander ni la tienne pour me répondre, mais j'ai vraiment besoin de perceptibilité sur cet homme.

— Tu veux parler de Darko, n'est-ce pas ?

— Il semblerait que je sois devenu plutôt transparent au cours du dernier mois.

— Pas nécessairement transparent, mais on peut considérer que l'énergie qu'il y a entre vous est suffisamment puissante pour avoir sa propre source électrique et faire sauter une petite ville de la carte.

— C'est essentiellement comme ça que sont nos interactions aussi.

— Ce n'est pas habituellement mon rôle de donner des conseils. C'est vers Trenton que tu aurais dû aller ou vers Pyotr, le frère de Darko. Mais puisque tu me le demandes, la réponse est, *sois avec lui.*

Et comme ça, d'après Diesel, la bonne solution venait de lui être révélée.

— J'ai juste...

— Pas de mais.

Diesel interrompit le torrent de boue que Maxum était sur le point de déverser sur sa solution simpliste.

— Darko est un homme bien, sa vie est bien ordonnée, il sait ce qu'il veut et il n'a jamais peur de chercher à l'obtenir. *Et*, il a de puissants liens familiaux. Il se peut qu'il te fasse planer complètement quand vous êtes ensemble, mais il est aussi enraciné profondément.

Diesel émit un petit rire, peut-être à une pensée intérieure, puis le regarda à nouveau, hochant la tête agréablement.

— Investis sur lui et la contrepartie fera de toi un homme très riche.

Maxum détourna le regard, ses yeux croisant ceux de Darko, assis au bar qui regardait vers lui, placé là comme une de ces voitures de sport exotiques pour lesquelles il avait une faiblesse. Ce qui ne passait pas non plus inaperçu, c'est que Trenton Leos était en train de *lui* parler.

— Écoute. Personne n'a dit que tu devais te marier le même jour, juste l'emmener pour un essai. Mais fais-le sur la bonne piste, ajouta Diesel.

Maxum pouvait voir Diesel du coin de l'œil l'observant regarder l'homme de ses désirs. Il se tourna, faisant face à Diesel par-dessus son épaule, qui lui souriait, comme s'il était ravi de savoir qu'il jouerait l'entremetteur de l'année pour eux. Diesel n'avait pas l'air, pas une seconde, inquiet d'une implication future avec Darko. À la place, il semblait penser que c'était le meilleur choix que Maxum avait devant lui. Et à cet instant, pour la première fois, il le ressentit aussi. Il ne restait plus qu'une chose à faire. Il jeta un coup d'œil autour de lui, mais ne repéra Simeon à aucun des bars à proximité, mais il savait essentiellement où chercher, donc il se dirigea vers les toilettes.

Il entendit les gémissements à la seconde où il entra. Il passa devant chaque cabine d'un pas nonchalant, s'arrêtant devant les lavabos et décida de se laver les mains. Un geste symbolique, devina-t-il. Il utilisa une des serviettes sur le comptoir en marbre pour s'essuyer les mains et la laissa tomber dans le panier, puis se retourna et se pencha en arrière pour un instant de réflexion. Il n'était pas en colère, en fait, il se sentait libre pour la première fois depuis longtemps. Même en sachant qu'à la seconde où il sortirait, il allait prendre Darko dans ses bras et le supplier de lui donner une chance de faire les choses bien avec lui, il se sentait toujours libre. Libre d'avoir ce qu'il voulait, ce qu'il désirait ardemment. Il entendit le grognement derrière la porte des toilettes suivi d'un compliment murmuré. Il se mit presque à rire. *N'est-ce pas gonflé ? Simeon voulait qu'il revienne et pourtant il faisait une fellation à un autre homme.*

— Hé, Sognac ! Ça ne te dérange pas de raccompagner Simeon, n'est-ce pas ?

Il s'approcha de la sortie.

— Merci, j'apprécie.

Et il s'en alla, se dirigeant droit sur Diesel qui lui souriait.

— Souviens-toi, utilise la bonne piste.

— La bonne piste, laquelle est-ce ?

— La piste des qualifications. Pas le champ de courses.

Maxum s'immobilisa à cette réponse – *il comprenait !* Il comprenait vraiment ce que Diesel voulait dire. Parce qu'il avait eu la ferme intention d'embarquer Darko et de le traîner à son appartement pour qu'ils puissent brûler les draps entre eux. Par conséquent, ce n'était pas la bonne démarche à suivre maintenant.

— Et n'oublie pas de déposer un chèque dans la boîte de dons en sortant ! lança Diesel derrière lui.

Maxum lui fit un sourire d'acquiescement par-dessus son épaule et se dirigea vers le bar.

Il fut reconnaissant d'y trouver Darko encore assis et pas Trenton Leos. Encore plus, quand sa cible n'essaya pas de s'enfuir en trombe quand il approcha. Faisant signe au barman, Maxum s'approcha de Darko, son regard tomba sur le bar où il posa ses mains l'une sur l'autre, et lui dit prudemment ce qu'il devait d'abord lui dire.

— Je ne t'ai jamais trompé.

OK, donc c'était un début maladroit, mais c'était tout de même un début et comme Darko ne disait rien, Maxum continua. *Quelque chose... N'importe quoi...* se rappela-t-il.

— Le jour où je suis parti pour aller chercher Simeon à l'aéroport, j'ai essayé de le câliner. J'ai dû en fait le culpabiliser pour le faire, parce que tu me manquais déjà. J'aurais pu aussi bien serrer un pantin dans mes bras. Je pense que j'ai juste obtenu un baiser. C'est tout. Je n'ai même jamais réessayé après ça. Je ne l'ai pas fait, parce que tu avais raison. J'étais avec la mauvaise personne. Je ne le savais pas, tout simplement, pas encore, et je suis vraiment désolé d'avoir merdé avec toi. Mais je ne t'ai pas trompé, si ça peut m'aider à avoir une autre chance avec toi.

Maxum risqua un coup d'œil. Darko était tout bonnement assis là à le regarder. *Mais que pensait-il, bon sang ?*

— L'autre soir quand tu es parti, je me suis rendu compte de quelque chose, et il m'a fallu le perdre pour savoir qu'en fait il existait.

— Et qu'est-ce que c'est ?

Darko laissa ses yeux tomber sur la bière brune qu'il buvait maintenant, pinçant l'étiquette d'un doigt, les deux verres à shot retournés tout flous dans sa vision comme un rappel de la douleur qu'il essayait de noyer.

— Mon cœur, répondit Maxum. La sensation angoissante que j'ai ressentie après que tu sois parti était une douleur que je ne veux pas continuer à ressentir... mais je ne veux pas de mon cœur s'il revient tout seul. C'est à dire sans toi.

— Moi aussi.

Ce fut tout ce que Darko lui répondit, mais ce fut suffisant pour que Maxum relève brusquement la tête. Seulement, Darko garda sa posture fermée et peu accueillante qui l'avertissait de garder ses distances.

Ne le brusque pas encore. *Baiser ou combattre.* Ils étaient tous deux doués pour ça, mais *ceci* – c'était une nouvelle frontière pour eux.

Maxum ramena son regard sur ses mains toujours sur le bar, son poids appuyé sur ses coudes. Il s'éclaircit la voix, rassemblant plus de choses à dire.

— J'aime des nourritures riches, hors de prix et excessivement sophistiquées. J'aime tenir la main, et conduire une voiture rapide lors d'un dimanche tranquille. Je déteste aller à des soirées froufroutantes, mais j'aime récolter les bénéfices provenant du réseau, donc j'y vais quand même. J'aime regarder des pornos les samedis après-midi...

Il marqua une pause en se souvenant d'un des commentaires de Darko au sujet de ne pas abandonner certaines activités régulières et il sourit malicieusement.

— Et... j'aimerais vraiment te baiser sur mon bureau qui surplombe la ville, de même que sur la table noire vitrée de la salle du conseil.

Le silence venant de Darko le tuait presque, et ses entrailles s'écroulaient, redoutant toujours d'échouer et de ne pas obtenir son pardon pour avoir une autre chance.

— Alors où est Simeon ?

La tête de Maxum était peut-être baissée, mais le sourire qui lui vint était impossible à rater. Dans les décombres qui menaçaient de lui enlever sa dernière chance de demander à Darko d'être avec lui, il avait exécuté un plan. Un plan pour se débarrasser des mauvais investissements et de la compétition. Cela s'était combiné assez efficacement. Rien que cela le faisait sourire.

— Qu'est-ce qui est si drôle ?

— Il est dans les toilettes à tailler une pipe à ton rencard.

Le visage de Darko se transforma en une expression incrédule. Puis sans un mot, il fila vers les toilettes de l'hôtel.

Maxum ne bougea pas, le bras toujours sur le bar, soutenant son poids pendant qu'il buvait des petites gorgées d'un verre de cognac – *avec un C* – et attendit simplement le retour de Darko.

Il ne se passa pas plus d'un instant avant qu'il entende la demande derrière lui.

— On dirait que j'aurais bien besoin qu'on me ramène.

Maxum se poussa du bar et se retourna pour regarder Darko, reconnaissant de voir qu'il n'avait pas l'air aussi énervé qu'il aurait pu l'être.

— J'adorerais le faire.

Darko marqua un temps d'arrêt lorsque Maxum gara la Bugatti dans le garage de la Tour Beekman/Gehry.

— Que faisons-nous ici ?

— Je... Je dois pisser et je n'arriverai pas chez toi à temps. Ça te dérange ?

Darko y réfléchit, c'était une piètre excuse, mais il était prêt à jouer le jeu pour voir ce qui allait se passer vraiment.

— Nan, ça ne me dérange pas. J'aurais bien besoin d'un arrêt au stand moi-même.

Darko suivit Maxum alors qu'ils montaient vers son appartement, seulement cette fois ils ne s'arrachaient pas mutuellement leurs vêtements. En fait, ils étaient plutôt calmes et réservés – ils pataugeaient presque, d'une certaine manière, mais Darko n'allait pas négliger ce nouveau comportement chez eux. Un rythme fraîchement découvert, pour montrer qu'ils pouvaient traînasser et peut-être qu'ensuite ils pourraient bricoler un régulateur de vitesse pour eux. Quand ils entrèrent, Maxum sembla tomber dans une routine automatique, il posa ses clés et son portefeuille dans un plat qui était placé sur la table contre le mur du vestibule, puis il rangea son manteau dans le placard qui fut suivi par sa veste de costume qu'il mit sur le dossier de la chaise à côté de la table. Puis il proposa à Darko de lui prendre son manteau et le suspendit.

La cravate de Maxum suivit, la desserrant alors qu'il se retournait, et il s'arrêta pour regarder Darko. Il était silencieux, même les rouages qui tournaient habituellement et essayaient de se déplacer s'étaient tus. Darko se demanda ce que tout cela signifiait. Est-ce qu'il se sentait vaincu après tout ça ? Maintenant n'était-il qu'un chiot perdu qui était prêt à suivre celui qui lui donnerait quelques bouchées à manger ? Il était sur le point de secouer la tête pour réfuter ses pensées, mais s'en empêcha. Il ne voulait pas donner d'autres doutes à Maxum que ceux qui étaient déjà là, mais il était incapable de lui donner autre chose.

— Veux-tu un verre ? J'ai plusieurs bières brunes et même deux ou trois bières noires si tu préfères.

Maxum chercha un commentaire à faire alors qu'il détournait le regard et traversait le salon vers le bar approvisionné le long du mur.

À la mention de la sélection, Darko lui emboîta rapidement le pas et le rattrapa.

— Personne ne garde de bière noire sous la main à moins de la boire, protesta-t-il. Ce qui n'est pas ton cas.

Mais lorsque Maxum ouvrit le petit frigo sous le bar, certaines marques saisirent l'attention de Darko. Il prit la porte de la main de Maxum et l'ouvrit plus largement. Effectivement, en dehors des quatre ou cinq bières brunes, trois desquelles Maxum l'avait déjà vu boire, il y avait tout autant de saveurs noires – Butchertown, Imperial Iba, Föroya Bjor Black Sheep, et Point 2012. Darko opta pour une bouteille de Brains Dark Ale à la place, pendant que Maxum se versait un verre de whisky hors de prix sur de la glace.

Pendant que Darko descendait la bière, il examina le bar. Ce n'était pas vraiment le genre de sélection pour – *disons* – une fête avec un large choix bon marché pour une multitude d'invités, mais plutôt customisé pour son propre palais. Peut-être quelques invités privilégiés pour le dîner et rien d'autre. Il avait à l'évidence acheté la bière noire juste au cas où il aurait l'occasion de le ramener à nouveau chez lui. Trenton avait dit que Maxum était le genre d'homme qui se plierait et fluctuerait pour correspondre à la personne dans sa vie. Cependant, pas une bouteille de champagne ou de vin floral pour montrer qu'une certaine personne avait déjà eu le plaisir de prendre un verre ici avec lui.

Et cette pensée toucha une corde sensible au fond de Darko.

Il regarda autour de lui l'immense appartement – *rien* – pas la moindre chose ne suggérait la présence de Simeon. Même en dehors de son aversion biaisée pour l'homme tape-à-l'œil, il n'était pas stupide au point de réfuter que Simeon était juste d'un genre différent. *Parce qu'il l'était.* Simeon personnifiait l'homme efféminé. Son foyer était probablement un déballage de pastels, de plantes d'intérieur et des dernières œuvres d'un artiste local. Rien ici dans l'appartement de Maxum ne disait : *Simeon était là.*

Est-ce que Maxum avait juste été minutieux en le faisant disparaître ? Ou est-ce que la brèche entre ces deux-là avait été si grande que Simeon n'avait jamais eu sa place dès le départ ? Tout venait de Maxum, accroché à sa morale pour faire fonctionner une relation. *Il n'y avait qu'un moyen d'en être sûr.*

— Ça te dérange si j'utilise la salle de bain ?

— Non. Au bout du couloir, première porte sur la droite.

Maxum la pointa avec son verre puis alla vers le canapé pour trouver la télécommande.

Darko avança dans le couloir, trouva la salle de bain assez facilement, mais celle qu'il voulait vraiment voir était celle attenante à la chambre de Maxum. Il s'aventura plus loin, trouva un bureau puis une chambre d'amis où personne ne semblait jamais avoir séjourné, une troisième pièce qui n'avait pas un seul objet dedans, puis trouva enfin la chambre principale qui était à peu près aussi grande que sa piaule entière.

— *Bah, dis donc*, hoqueta-t-il, examinant le décor.

Darko jeta un rapide coup d'œil par-dessus son épaule, il entendait les acclamations de la foule de Times Square arriver jusque dans le couloir, mais pas de Maxum. La voie étant libre, il entra. La chambre, contrairement à presque tout ce que Darko avait vu dans la résidence de luxe, était une combinaison directe de noir et blanc avec des ornements grecs pour une classe supplémentaire. Des murs noirs avec des cadres blancs à ornement plantaient le décor avec un lit à baldaquin king-size avec de hautes colonnes garnies de rideaux noirs qui avait le design de bordures en blocs grecs typiques. Même si cela le prit par surprise, cela lui plaisait en fait. Un lit à baldaquin n'était pas habituellement le premier choix d'un homme, mais cela tombait sous le sens, puisque comme partout dans l'appartement, les murs extérieurs étaient de grandes baies vitrées. Donc, des rideaux de lit étaient une nécessité si on voulait faire la grasse matinée les dimanches.

Ne voulant pas vagabonder trop longtemps pour éviter que Maxum vienne le chercher, Darko trouva la salle de bain et entra. Elle était presque aussi grande que sa propre chambre. Une double vasque, une douche de la taille d'un jumbo avec une pomme de douche suspendue jet de pluie, même un mitigeur avec plage chromée chute d'eau et des jets de massage sur les trois murs carrelés. Tout ce qu'un homme riche pouvait inventer pour une salle de bain était présent. Seulement, Darko ne trouva pas ce qu'il cherchait. À la place, il trouva ce qu'il avait besoin de savoir. Pas de deuxième brosse à dents, ni d'objets personnels qu'on trouverait si une autre personne vivait ou séjournait ici fréquemment. À la pure vérité, Simeon n'avait pas été là. Il ne l'avait jamais été. Malgré tous les efforts que Maxum avait mis pour construire une relation, Simeon n'avait jamais rempli le vide. Maxum ne pleurait pas la perte de son partenaire de longue durée, il pleurait de ne jamais l'avoir trouvé.

Jetant un coup d'œil au Jacuzzi high-tech avec le large écran de télé monté sur le mur juste en face, il se mit presque à rire. Tellement de jouets et de gadgets, et personne pour jouer avec eux. Peut-être que si maintenant.

Quand Darko revint dans le salon, il trouva Maxum qui se tenait là, devant le large écran avec les fêtards de New York à Times Square qui le remplissaient, mais pour cet homme, il aurait pu aussi bien être vide avec toute l'inquiétude qu'il affichait sur son visage. Darko le vit immédiatement, Maxum attendait son rejet.

— Pourquoi m'as-tu amené ici, Maxum ?

Les épaules de Maxum s'affaissèrent.

— Pour te supplier.

Il se détourna et passa la main sur son visage, peut-être pour cacher sa déception ou quelque chose de plus fort.

— Je suis désolé. Je vais te ramener.

Darko s'avança vers Maxum, le bloquant alors qu'il se dirigeait vers le placard. Leurs yeux se croisèrent en silence. Maxum, malgré toute son intelligence, n'avait aucune idée d'où il en était dans sa vie ni de ce que Darko pourrait vouloir de lui. Darko, quant à lui, malgré toutes ses années avec son frère, n'arrivait pas à trouver les mots pour parler à Maxum ou lui demander de réessayer. Donc il l'embrassa.

C'était doux et tendre, même s'il pouvait sentir une toute petite douleur.

— Là, j'aimerais avoir une grappe de raisin, murmura Darko contre les lèvres de Maxum alors qu'ils marquaient une pause dans leur étreinte.

Maxum recula d'un pas, son visage se plissa en une question.

Darko fit un sourire suffisant et lui offrit un haussement d'épaules enjoué.

— Ce baiser sucré t'a fait rester ce jour-là devant la maison de mon frère quand tu voulais partir. Je pensais que peut-être elle serait utile maintenant.

Quelque chose fondit, une ombre glissa du visage de Maxum.

— Veux-tu que je reste ?

— Je veux que tu essaies d'être avec moi.

Darko tendit les bras, prenant les mains de Maxum dans les siennes. Un sourire enfantin apparut sur son visage, parce qu'il devait admettre que c'était une sensation étrange. Pour lui, ainsi que pour eux deux, mais il n'allait pas lâcher prise pour autant.

— Je veux que tu *nous* laisses une chance.

— Tu me donneras une autre chance de faire les choses bien ?

— Les choses étaient déjà bien dès le départ, je te donne une chance d'arrêter de fuir.

Maxum laissa échapper un lourd soupir de soulagement.

— Pas de fuite. C'est ce que je veux.

Maxum se tut un instant, rassemblant sa résolution. Il ne s'était jamais considéré comme un véritable preneur de risques. La vie pour lui venait avec deux options. Pour lui, il y avait les obstacles délicats, des chiffres qu'ils savaient comment calculer largement à l'avance sur quelle direction ils prendraient qui signifierait qu'il récolterait les récompenses, et puis il y avait stupidement gaspillé son argent. Il aimait dépenser de l'argent sur des choses agréables, pas le jeter sans objectif ou utilité. Jusqu'à maintenant, il lui avait semblé que Darko était un énorme risque qui était arrivé avec d'immédiates récompenses, mais sans aucune certitude sur le long terme.

— Je vais être honnête, personne ne m'a jamais fait peur comme toi, mais je ne peux pas me forcer à te laisser partir. Je te veux. Bon sang, tu es déjà marqué dans mes veines. Je ne lâche pas prise alors tu ferais aussi bien de l'accepter.

— Seulement, j'ai quelque chose à te demander.

— Tout ce que tu veux.

— Non, pas tout ce que je veux, juste une chose.

— Qu'est-ce que c'est ?

— Que tu me laisses te montrer à quel point je désire être avec toi. Que je peux être cet homme avec lequel tu partageras ta vie pendant les années à venir.

— Alors par quoi commençons-nous ?

Le regard de Darko alla vers le large écran de la télévision et la foule qu'il montrait dans la ville en bas. Des acclamations et des substances illicites foisonnaient alors que le moment approchait.

— Eh bien, il est presque minuit. Peut-être qu'entrer dans la Nouvelle Année avec une vieille tradition serait un bon début.

— Tu veux que je prenne une résolution du Nouvel An ?

— En quelque sorte. Combien d'argent as-tu donné ce soir ?

Maxum prit une profonde inspiration et la laissa sortir en un soupir solennel qui se termina sur un sourire chaleureux.

— Cent cinquante mille.

Darko souleva un sourcil à la somme à six chiffres.

— Eh bien, cela pourrait t'obtenir un baiser.

Malgré la lumière faible de la pièce, la brillance cuivrée que Darko avait vue dans les yeux de Maxum la première fois qu'ils s'étaient rencontrés revint à la vie et il se rendit compte que la couleur scintillante lui avait manquée.

— Un baiser ? C'est tout ce que je vais obtenir ? demanda Maxum, en affichant soudain un air boudeur et perplexe. Même pas un gros lot ?

Darko haussa les épaules, essayant de ne pas rire devant l'air espiègle de son chevalier.

— À quoi est-ce que tu t'attendais pour seulement cent cinquante milles ?

Darko imita l'expression surprise en plus de son sourire diabolique.

— Eh bien, je ne sais pas. J'espère un peu pouvoir garder un peu l'homme qui donnera ce baiser.

Il avança d'un pas, les amenant presque nez à nez.

Darko prit un air plus présomptueux et arrogant.

— Je pense que tu surestimes la valeur de ton argent, là.

Il se pencha, toucha le nez de Maxum avec le sien d'un frôlement provocateur. Ses yeux bleus incandescents se baissèrent pour étudier les lèvres de Maxum en une caresse visuelle qu'il pouvait sentir.

— Peut-être que nous pourrions considérer ça comme un acompte et trouver une sorte d'arrangement.

Il attira une des mains de Maxum vers lui, la déposant sur sa hanche, puis prit l'autre dans la sienne.

— Avec ton budget, je suis sûr que nous pourrions arranger ça en mensualités. Peut-être même avec une place de parking.

Il passa un bras sur l'épaule de Maxum, émanant davantage de cette aura incandescente dont il était bien conscient qui faisait partie de ses talents de séduction. Le décompte à la télévision sur Times Square commença juste au moment où l'avaient fait les feux de départ signalant l'approche de Darko.

Dix... Neuf...

— Je devrais peut-être faire des heures supplémentaires, mais je pense pouvoir y arriver.

Maxum lui sourit.

Sept... Six... Cinq...

Le sourire de Maxum marqua une pause et il laissa échapper un soupir profondément satisfait.

— Je veux prendre une résolution du Nouvel An ici. Je veux promettre que je peux être un homme engagé pour toujours et que je suis prêt à dévouer le reste de ma vie à te le prouver.

Trois... Deux...

Et juste au moment où le compte à rebours atteignit son apogée avec le lâcher de la boule à Times Square qui était montré à l'écran de télévision, Darko attira Maxum, embrassant cet homme qu'il avait aperçu sur le bord de la route tôt un matin d'hiver et avait su alors qu'ils étaient faits l'un pour l'autre – *une attirance brutale* – *comme du carburant de fusée et des voitures rapides.*

PISTE D'ESSAIS D'EHRA-LESSIEN, ALLEMAGNE

C'était le début de l'été, et juste la bonne température pour la piste d'après les règles, ils avaient quand même dû attendre le début d'après-midi avant qu'on leur permette d'entreprendre ne serait-ce que le premier essai. Maxum y était allé le premier, atteignant la vitesse excitante et pétrifiante de quatre cent neuf kilomètres-heure. Puis pendant que sa voiture passait au stand pour un changement de pneus, du ravitaillement et une vérification complète pendant qu'elle refroidissait, un des pilotes certifiés de Bugatti avait pris leur nouveau modèle super-sport pour faire un tour d'essai et vraiment montrer ce que la conception de la voiture pouvait faire, brisant un record précédent de Bugatti de 431 km/h.

Maintenant, il était temps de laisser l'homme que Maxum St. Laurents avait conduit dans sa vie le dernier jour de l'année passée essayer la course d'adrénaline. Il s'appuya sur la portière de sa La Blanc Bugatti, regarda à l'intérieur son amant, Darko Laszkovi, assis sur le siège conducteur, ajustant les sangles du harnais de sa ceinture de sécurité, avant de revérifier son casque.

— Rends-moi service pendant que tu seras là-bas...

— Bien sûr, qu'est-ce que c'est ?

Darko était plus en réponse automatique alors qu'il restait concentré sur la voiture et peut-être sur les chocottes qu'il avait probablement. Maxum les avait eues alors qu'il se motivait pour sa première course ce matin-là pour le premier tour d'essai de la journée et il les avait de nouveau un peu maintenant.

— Ne te fracasse pas pour mourir ici. J'ai l'intention de te demander en mariage ce soir au dîner.

Darko attrapa le volant des deux mains, laissa sortir un long soupir nerveux et hocha la tête.

— Et comment !

Darko emballa alors le moteur de la voiture, ses yeux examinant les jauges pour la centième fois. Son expression marqua une pause un instant alors qu'il recevait une communication dans son oreillette.

— Ah, bien reçu, je suis aussi prêt que je puisse l'être.

Maxum sourit et s'éloigna de la voiture. Il avait vraiment voulu déposer un baiser sur Darko avant de le laisser partir, mais cela aurait été tout à fait impossible avec le petit espace de la fenêtre, le casque, et, eh bien... Darko avait déjà cette poussée d'adrénaline. Ce qui n'était pas très différent du subespace dont certains de ses amis parlaient. Donc il lâcha prise.

Maxum quitta la piste et s'installa derrière l'équipe de contrôle, regardant à la fois la voiture sur la piste et la multitude d'écrans de contrôle. L'un montrant la route depuis l'intérieur de la voiture, un dirigé vers le conducteur, et deux autres qui suivaient la voiture sur la piste à travers une série de caméras de sécurité high-tech tout du long.

Quelques écrans supplémentaires contrôleraient la vitesse et la performance du véhicule lui-même.

Utilisant les mêmes feux de signalisation compte à rebours utilisés dans les courses, Darko reçut le signal du départ et la voiture vrombit, et bondit en avant, seulement pour s'arrêter brusquement environ cent mètres plus loin.

— ATTENDEZ ! Où est Maxum ? cria la voix excitée de Darko par le casque. Qu'est-ce qu'il m'a dit il y a une minute, bon sang ?

Et en quelques minutes, Darko sortait de la Bugatti, et courait sur la piste, revenant là où il avait commencé.

Maxum sortit de derrière l'équipe, mais avec tout le revirement et l'adrénaline qui s'écrasaient dans ses tripes à cet instant, cela aurait aussi bien pu être lui assis dans le siège conducteur de la fichue voiture.

— C'était quoi ce truc à propos du dîner ce soir ?

Darko retira le casque alors qu'il s'approchait de Maxum.

Maxum émit un petit rire, ne serait-ce que pour faire en sorte que sa nervosité se calme un peu, mais c'était assez drôle aussi de voir la manière dont Darko se permettait d'être en colère contre lui.

— Je vais te demander de m'épouser.

Il se frotta le menton du dos de la main, faisant de son mieux pour ne pas commencer à transpirer.

Darko laissa sortir un soupir lourd et rauque comme s'il avait été poussé hors de ses poumons.

— Fait chier ! Demande-le-moi maintenant. Ici même, sur la piste.

Le plus large sourire qu'un homme puisse porter apparut sur le visage de Maxum, mais il devint soudain tout rouge lorsqu'il se rendit compte que l'équipe de la piste et celle de Bugatti se tenaient là, regardant et attendant. Il se gratta le nez puis plaça ses mains pendant un instant dans les poches de la combinaison qu'il portait encore. Un autre grattement qui n'était que pour gagner du temps et il les ressortit de ses poches, attrapa une des mains de Darko dans la sienne puis mit lentement un genou à terre devant lui.

☙❧

— Oh putain. Tu étais sérieux, hoqueta Darko alors qu'il sentait ses genoux fléchir un peu sous lui, avant qu'il reprenne contenance.

Ça ne ferait pas bien s'il s'évanouissait devant tous les autres gars qui regardaient. Mais ça pourrait être une bonne idée si l'un d'eux pensait à appeler une ambulance parce que son cœur s'emballait à une vitesse qui pourrait bien battre un record.

☙❧

— Darko Laszkovi, je n'avais jamais rencontré un homme comme toi. Tu viens à ma rencontre de plein fouet et pourtant j'atterris dans des bras forts et doux. Chaque fois que je me tourne pour te regarder, ça me coupe le souffle parce que tu me fixes déjà.

Maxum marqua une pause, prenant une inspiration nerveuse. Il voulait que ça sorte de manière parfaite sans bredouillement – ou qu'il oublie ses mots – ou qu'il s'évanouisse. Il s'entraînait depuis trop longtemps pour tout gâcher maintenant, quand ça comptait vraiment.

— Je ne veux jamais que tu lâches prise, ou que tu cesses de me regarder. Je te veux dans mes bras et dans ma vie pour toujours. Alors veux-tu s'il te plaît m'épouser et devenir mon mari ?

Un siècle avait dû passer durant cette milliseconde où il attendit en retenant son souffle la réponse de Darko, un souffle qui était également partagé par l'équipe, avec tout le silence qui régnait là-bas, pensa-t-il. Mais pas Darko. Soudain, Maxum se retrouva tiré vers le haut et ses bras qu'il avait mentionnés s'enroulèrent autour de lui avec une étreinte tout sauf douce cette fois, car ils l'écrasèrent contre le corps de son amour.

— Oui, grogna Darko, juste au moment où sa bouche se posait tout contre celle de Maxum pour sceller l'accord entre eux.

La vie ne pouvait pas être meilleure qu'en cet instant pour Maxum. Il était le roi du monde se tenant au milieu du circuit le plus privé et prestigieux du monde, dans les bras de son homme fraîchement fiancé, qui un matin s'était arrêté sur le bord de la nationale pour le secourir avec un baiser écrasant semblable à celui qu'il recevait maintenant. Un baiser qui avait laissé davantage qu'une marque crasseuse sur son costume. Et après tout ça, Darko l'appelait son *Preux-Chevalier-en-Armure-Scintillante*, quant à la vérité, Darko était le sien.

FINI

Cette série se poursuit dans le prochain volume :
Prise de Contrôle Trofim

Nous sommes venus— nous avons vu— puis nous avons rendu cela sexy.

C'est ainsi que les jumeaux en sont venus à écrire de la fiction érotique. Les jumeaux, Talon et Tarian de TPS Publishing, écrivent ensemble depuis leur plus tendre enfance, se défiant mutuellement tout en étant les plus grands supporters l'un de l'autre.

Pour eux, l'écriture a toujours été une question de fiction apocalyptique et de scénarios de films dans le genre action/drame et un peu de science-fiction. Ce n'est que lorsqu'ils ont commencé à écrire l'histoire d'une fiction historique que leur travail s'est orienté vers le genre érotique, qu'ils n'ont plus quitté depuis.

Après avoir passé leur vie à accumuler de l'expérience et à perfectionner leurs talents de conteurs, ils ont enfin commencé à mettre tout cela sur papier. *"Nous pensons qu'une bonne histoire doit vous faire vivre une expérience émotionnelle, vous faire vibrer et vous faire tourner en rond jusqu'à ce que vous ayez le vertige. Tout cela pour que les lecteurs puissent s'y plonger et s'évader de leur journée quand ils en ont besoin ou envie, et pour aiguiser leur appétit."*

Veillez donc à vous réserver des moments d'intimité, à vous servir un verre de vin et à vous installer confortablement, car, comme le dit toujours Talon—

« Je suis sur le point de vous exciter »

~ Talon ps

SUIVANT DANS LA SÉRIE

TAKING OVER TROFIM

THE DOMINION OF BROTHERS SERIES: BOOK 5

*MM-Romance / Forced Seperation to Second Chance /
Conspiracies / Abusive Family / Erotic Romance /
Exploratory BDSM*

Trenton Leos has always been known to many as the Dominus, the man to go to for the perfect D/s match. However, Trenton and his brothers are about to find out that he and their lifestyle has become the target of a political cleansing. A shady operation with very deep pockets comes to the surface when Trenton is asked to investigate a dark secret that threatens the future of Pyotr's younger brother, Trofim Laszkovi and his lover, Shay Wilks.

Trofim Laszkovi would never forget how right it felt to be in Shay's Wilks' arms five years ago. But Shay's father made it abundantly clear with threats hard to ignore, that Trofim's family would pay the price if he didn't stay away from Shay. So with the help of a friend, Trofim made a career move that put him an ocean away from his family— and his heart.

Even now, having finally returned home, only a year ago, to the family he missed, Trofim hadn't dared allow himself to look in Shay's direction.

Shay Wilks has done everything he could to keep his father's plans for him at arm's length and protect his internship as a doctor from ruin by the same man. All in hopes that the only man Shay has ever loved will one day return to him.

Now, five years later, Shay finally has another chance to be with Trofim. If only he can convince Trofim they are better together than apart as well as get out from under his father's brutal hold in time before Shay loses Trofim again— for good.

4-Stars! ~"Loved, loved, loved the mystery and suspense that accompanied the relationship in this tale, and hopefully opened the doors for future intrigue. I'm a sucker for a good romantic whodunit, especially one that is self-sustaining." ~Books n Cozy Spots Book Reviews

5-Stars! ~"Oh. My. God! The twins have done it again! I want to tell so much more but that would give away too much. What I will tell you is that this story is true to the Dominion of Brothers series. It will have you laughing, crying and cussing throughout the whole book." ~ Author Ava Snow

EXCERPT FROM CHAPTER ONE

Trofim finished his shower and went to his locker with nothing more than the towel tied at his hips. He needed to get out of there. Instead, he found himself dropping down to the bench, overwhelmed with old feelings. That face up on the bridge, looking down, just as his team rowed underneath— he knew that face, remembered it all too well. It still hurt to see him after all this time. Why Shay would suddenly show his face at their first outdoor practice seemed more than coincidence. It would be just like Shay Wilks to come sneaking around, but Trofim's heart couldn't take it.

"Are you joining us for dinner?"

Trofim heard the gentle question reach him through everything else that bombarded his mind. He looked over, finding his brother's concerned face. He never could hide anything from Pyotr, and it was no mystery that what he felt now had started back in the fall at the championship race.

Shay had been there too. Shay was pulling stroke seat on the New Rochelle Masters' Rowing Team. Trofim was only grateful he hadn't seen him on the river during the race or he would have likely created a similar wreckage of oars for his teammates as Shay had for his. *So, he was told.* No doubt Shay's father, former Senator Benjamin Wilks had been there as well and saw what caused his son's failure. The New Rochelle Team would have taken third place in the Masters if it hadn't been for that calamity. A wrecking ball Trofim was grateful to have been oblivious of.

Except when Shay came running up to congratulate him after receiving the championship trophy, Trofim nearly crash-landed off the back edge of the platform trying to get away. Seeing Shay again brought on a storm of old emotions, both good and painful. The worst of them was knowing

Shay's father would see them together, and Trofim couldn't allow that.

"Trofim?" Pyotr's fatherly tone broke through the clouds in his head again.

"Sorry." Trofim averted his eyes. Pyotr had just gone through the death of his lover's sister, Kimmi, and both Cliff and he were still nursing the pain and grief of the loss. The last thing Trofim wanted to do was dump his five-year-old broken-heart melodrama on him. "Nah, I'm good. I think, I'm just gonna grab something and head to Club Pain. Fashon will be expecting me there."

"When you're ready then." Pyotr gave him a long assuring look, like a pillar only a brother could provide before he vanished behind the wall to head out. It was his brother's way of saying he would be there for him whenever he was ready to talk. Even with a new love of his own, Pyotr would never stop being Pyotr. Nothing was too important to keep him from family. Always the big brother that looked after his siblings as if they had always been his own children, and in a sense, they were. After all, Trofim himself, had only been eleven years old when their parents sent them out of Yugoslavia to flee the coming civil war. Pyotr became the only mother and father they had after that.

Trofim stared at his locker, hating the sinking feeling he had. Even less, he lacked the motivation he needed to get dressed and forget what could not be changed.

"I got tired of waiting outside for you," someone spoke from behind him.

Trofim spun about, jumping to his feet and backed against the lockers at the familiar voice. His heart dropped the millisecond his eyes came upon the handsomely refined face of Shay Wilks. "What are you doing here?" He swallowed hard, trying to regain his bearings and hopefully some resistance.

Shay took a step towards him, closing the space between them that wasn't nearly enough, and placed one hand flat against the lockers next to Trofim's shoulder.

Trofim's eyes followed the possessive move of Shay's arm still molded with the muscles of an athlete and took that as a sign to move away. One step and Shay slapped his other hand up, blocking Trofim's escape.

"Still running, I see." It was more of an accusation than something arrogant. So much of the *rich boy* attitude was at work in Shay. *When he had Trofim in his targets, Shay fully intended to have him.*

"I didn't run. I left. I got that break into modeling. It required a lot of travel," Trofim blabbed out in his defense. Even if it wasn't entirely the truth.

ᶜ(•ᵤ•ᵓ

"Yes, I know. But were you so busy you couldn't pick up the phone and call you the love of your just once? I didn't even get a *sayonara* from you." Shay let his eyes drift down Trofim's body, lapping up the very sight of him. Then back to Trofim's eyes. Blue like the night was long. Not a light blue or a sky color, but deep like cobalt stone. The kind of blue most had to accomplish with contacts, but Shay knew first hand Trofim's eyes were all natural. The color of his soul—so deep, it was staggering.

"Senator Wilks saw to that," Trofim snapped, stifling the rest of the words whereas the shakiness of his voice conveyed there was more he wanted to say.

Shay stilled, just inches from Trofim's face. He had always known his father had some doing in Trofim's sudden departure, but no one, not even Trofim's brothers would speak of it. "I was angry for months after you left and then I saw the first modeling release of you." Shay laid a soft feathery kiss against Trofim's jaw. "I saw how beautiful you are, but those first few pictures also showed your pain. I saw in your eyes you were hurting too." He kissed him again with light, lingering contact. "I tried to reach out to you, but you never came back— 'til now." Shay leaned back, his gaze washing over Trofim's body as if he had done so with his hands. "So handsome," he whispered, as if remembering something far more intimate. "I think I've managed to collect every photo ad ever printed of you." His hands dropped from the lockers to Trofim's arms, delighting in the feel of the exerted muscles of his biceps. Shay's eyes locked on the muscular curves, "Damn, rowing has been good to your body." Shay moved his hands up over his shoulders, gliding down over his chest. Using both hands to firmly squeeze the firm gentle rise of pec muscles, then caught one of Trofim's sensitive nipples between his fingers and pinched him.

❂

Before the gasp could barely break past Trofim's lips, Shay came over them, his tongue plunging past his own lips to lapping at his tongue. Claiming Trofim all over again with a deep hunger that had never been quenched by anyone but Shay.

Trofim was spontaneously drowning in the kiss, feeling the man's arms tighten around him like a snake coiling around its prey, refusing to allow even the slightest chance for escape. Yet it was the kiss which made Trofim stay.

Shay had a mouth that could get him drunk on the euphoria of its caress, as if his kiss were made of honey wine. And

Shay was force feeding an entire barrel of it into Trofim's mouth that very moment. Delivering and eating all at the same time. Moreover, to ensure there was nothing left of his resistance, Shay pressed in, delivering a firm grinding of his hardened arousal against Trofim's own cock. Shay's hands wandering farther down and grasped Trofim's hips, pulling them to ride against him.

Despite every brain cell sending up immediate alarms to get away, Trofim's body knew he was in the arms meant to hold him and everything lit up. Awake and wanting. Convincing him to stay where he belonged.

DÉCOUVREZ LES AUTRES TITRE DE TALON PS & TARIAN PS

LA SÉRIE DES FRÈRES DU DOMINION – [French Edition]
Devenir Son Esclave - Partie 1 & 2
Dominer l'Héritière
Un Havre pour Cliff
Attirance Brutale

DOMINION OF BROTHERS SERIES
Becoming His Slave
Domming the Heiress
A Place for Cliff
Rough Attraction
Taking Over Trofim
Right One 4 Diesel
Touching Vida~Vince

Muse Me Only
Inspire Moi Seulement [French Edition]

QUANTUM MATES:
Pt 1~ What Torin Wants

DEAR SOLDIER SERIES:
Dear Soldier, With Love
Dear Soldier, With Love II: A Lost Soldier Named Grey

LYCOTHARIAN COLLECTION:
Bond of the Lycaon Concubine

༒

TALON's KEEP COLLECTION:
Feral Dream by Talon ps
Danny's Dom by Nick Hasse

༒

That's My Ethan

༒

THE TEDDY BEAR COLLECTION:
Their Plane from Nowhere
Big Spoon & Teddy Bear
Ivan vs Ivan
TIME: Wounds All Heal
Shaggin' the Dead

༒

THE SADOU ORDER – A Dark Taboo Series
Perfect Boy / Perfect Son

———•———•━━◆━━•———•———

THE PENDHRAGAIN LEGENDS
A Pre-Arthurian Historical Fantasy
Anáil Dhragain (Dragon's Breath)

༒

KEEPERS OF DESTINY SERIES
A Post-Apocalyptic Dark Fantasy
Keeping With Destiny

༒

THREE WRONG TURNS

A Coming-of-Age Gay Fiction Saga within an Abusive Home

————•————•━━━•━•————•—•—

TOPAZ OF ARABIA AND HER FOREVER HOME JOURNEY
Un livre d'activités et de coloriage sûr pour tous les âges

◕ᴗ◕

THE ADVENTURES OF HUGH JORGAN
En tant que ROCK HARDING ~ Un livre de coloriage coquin
pour adultes

————•————•━━━•━•————•—•—

SE CONNECTER ET SUIVRE LES JUMEAUX :

WWW.TALON-PS.COM

Milton Keynes UK
Ingram Content Group UK Ltd.
UKHW020700130824
446895UK00012B/415

9 798330 314713